JN200080

チェーホフとサハリン島

チェーホフとサハリン島

——反骨ロシア文人の系譜

糸川紘一

水声社

目次

まえがきに代えて

『サハリン島』は、一八九〇年にチェーホフが単身、流刑地サハリン島を探訪し、囚人たちが置かれた過酷な現実をつぶさに調査し、淡々と描写した記録文学である。

それは作家かつ劇作家としてロシア文学史に輝くチェーホフの書き物の中で、毛色の変わった、言わば「孤立」した作品に見える。作家として脂が乗り始めた時期に、なぜ「番外地」サハリンに危険と犠牲を孕(はら)む大旅行をしたのか。その動機は当時から現在まで、多くの謎を残したままになっている。

だがロシア文学史に流刑文学の「系譜」を辿ることで、この謎は解けてくる。

チェーホフの一世代前、ドストエフスキーは、西シベリアはオビ川の支流イルトゥイシ川のほとり、オムスクの要塞監獄で四年半の懲役に服し、その体験を踏まえた『死の家の記録』を書いている。佐々木基一は例えばこの作品と比較して、『サハリン島』は芸術的昇華が稀薄だとしている。流刑や懲役という同じテーマを扱いながら、ある意味で多分に対照的な作品を書いたことには、二人の大作家の対蹠(しょ)性が如実に現れたと見なすことができる。トルストイとドストエフスキーへの対し方について、チェーホフは前者を言わば消極的に受け入れたが、後者を言わば積極的に拒絶したという趣旨のことを神西清(じんざい)が書いている。

チェーホフがドストエフスキーに全然興味を持たなかったことは、改めて断るまでもなかろう。〔……〕トルストイになると、当時まだ健在で、ひどくチェーホフを可愛がってくれた関係もあるので、別の星の住み手として放って置く訳にはいかなかったらしい。

(「チェーホフ序説」、神西清全集、第五巻、文治堂書店、昭和五九年)

だがその一方でE・M・ルミャンツェワのように、サハリン行を経て転機を乗り越えたチェーホフは、例えば短編『発作』などでは、後期ドストエフスキーのテーマや作風に接近していると指摘する研究者もいる。『陰鬱な人々』というチェーホフの作品集の題名は、この本の基調を成す情緒的色合いがドストエフスキーの作品の特徴になっているものでもあることを、作者自身が指摘している。

(E・M・ルミャンツェワ「ドストエフスキーと一八八〇年代末におけるチェーホフの短編小説」、『F・M・ドストエフスキー、N・A・ネクラーソフ』、レニングラード、A・E・ゲルツェン記念国立教育大学、一九七四年。以降、ロシアで出版された本からの引用は、基本的に糸川の翻訳による)

チェーホフの同時代人コロレンコの作品に『鷹の島脱獄囚』という短編小説がある。これは『サハリン島』の訳者でもある中村融が原題『ソコリーネッツ』の邦訳としてつけた題名であるが、中村はこの言葉の「鷹の島びと」という字義的な訳語に「脱獄囚」を補って、小説のイメージ化を図っている。「サハリンっ子」と言えば日本人には分かり易いが、それだと無限定になり、作意から逸れる。「鷹の島」は、「鷹」のロシア語「ソーコル」と「サハリン」の響きが似通っていることもあって、原書の第二節や第四節にも「サハリン島」ではなくて「ソーコル島」と書かれている。「サハリーネッツ」なら字義的には「サハリンっ子」であるが、この小説ではサハリン（やシベリアなど）の懲役囚、移住囚、放浪者（多くは脱獄囚）を指す。

だがサハリン大学のE・A・イコニコワ教授は「ソコリーネッツ」の語源に関して、中村融とは少し違った見方をする。

『ソコリーネッツ』は九つの短い節から成り、いわゆる『劇中劇』になっている。物語の主人公たちはサハリンに居て、島からの逃亡を決心した懲役囚である。主人公たちの中から作家は先ず最初にワシーリイを抜き出して強調しているが、彼の綽名は鷹の形象と結びついている。鷹は自由で勇敢な鳥であり、いざという時には自身の獰猛（どうもう）な気性を現わすからである。そして鷹が空という自然力の支配下に身を置こうと努めるように、中心的主人公も他の囚人たちと一緒に、島に残るのでさえなければどんな犠牲を払うことも辞さない。

（「コロレンコの散文におけるサハリン」、『文学的案内書、またはチェーホフが辿ったサハリンの道』、ユジノサハリンスク、二〇一六年）

ヤクーチヤ（サハ共和国）の流刑地を舞台としたこの小説は、「放浪者の物語より」という副題を持ち、チェーホフがサハリン島へ旅立つ五年前（一八八五年）に、すなわち『サハリン島』の七―十年前に発表されている。コロレンコ作品集の解説には、「『鷹の島脱獄囚』は作家の芸術的手腕の一頂点である」と書かれ（V・G・コロレンコ六巻作品集、第一巻、モスクワ、「ともしび」出版、一九七一年、四八六頁）、チェーホフは一八八八年の手紙に「あなたの『鷹の島脱獄囚』は近年の最も傑出した作品であると私には思えます。それは芸術家の本能によって彼に囁かれるあらゆる規則によって書かれた名曲です」（ソ連科学アカデミー版チェーホフ三十巻全集（作品編：全十八巻、一九七四―一九八二年、書簡編：全十二巻、一九七四―一九八三年）、書簡編、第二巻、モスクワ、「ナウカ」出版、一九七七年、一七〇頁）と書いている。牢獄と流刑で六年間を過ごしたコロレンコは時に脱獄囚や放浪者と生活を共にし、彼らを仲間のような身近な存在に感じていた。彼らの運命が他人事ではなかったからこそ、その「放浪者の物語」（副題）は名作たり得たと言えよう。チェーホフのサハリン行が同時代人コロレンコの思想と行動にも幾分か触発されたことは十分考えられる。

ではチェーホフの後代はどうか。星霜移り世は替わり、十九世紀から二十世紀にページがめくられ、帝政ロシアが社会主義ロシアのソビエト連邦へと体制転換を遂げる。だがロシア革命の現実はやがてスターリニズムによる粛清の嵐を招来し、政治犯の収容所はシベリアやサハリンなどだけでは足りなくなる。言わば流刑地が「一島」から「多島」へと拡散し増大する。それは『サハリン島』が『収容所群島』へと変貌する成り行きに見合うのではないか。ここは言わずと知れたソルジェニツィンの出番である。

だがその作者も孤軍奮闘したのではなく、ソ連の「夜と霧」（V・E・フランクル）を描く反体制派の旗手として筆を執ったのである。メドヴェージェフ双子兄弟のロイは歴史学と哲学で、ジョレスは生物学と生化学で反スターリン主義を貫き、ソルジェニツィンと共にソビエト・ロシアの良心を世界に知らしめた。こうした「骨太の系譜」は、現代ロシアの政権に睨まれ、何者かによって無惨に暗殺され、例によって迷宮入りにされた故アンナ・ポリトコフスカヤ記者に至る。「今なぜ『サハリン島』か」という問いは、ここに焦眉の問いとして臨み来よう。ロシアの闇を見つめる文人や知識人たちはこうして「反骨ロシア・インテリゲンチアの群像」として現在に至る。

才能に任せ、一族郎党の生活を筆一本で支えるためにも作品を書きまくっていたチェーホフは、やがて「本当の意味での創作をしてこなかった」という後ろめたい思いに付きまとわれた。「骨太の系譜」に連なる大いなる一歩としてのサハリン行は、「本物の作家」に飛躍するための作家の一大転機なのであった。

現代ロシアには今なお、文人や知識人たちが向き合ってきた「闇の王国」（N・A・ドブロリューボフ）が悪しき伝統、旧態依然としてありはしないか。こうした問いのもと、「チェーホフ再読」も促されてよかろう。

＊

ロシア革命百周年の昨年（二〇一七年）、札幌市の北海道（立）文学館は創立五〇周年を迎えた。それを記念して九―十一月にチェーホフの『サハリン島』に焦点を絞った展示会と文学の会（トークショー）が開催された。

北方領土を挟んだ対岸のユジノサハリンスクには作家、いやこの本『サハリン島』を名にし負うチェーホフ記念文学館があり、二十二年の歴史を持つ。札幌市での記念行事のテーマとユジノサハリンスク市の文学館の名称がぴたり合致した。両市の文学館はかねてより折に触れて交流の実績を積重ねてきた。昨春五月末、筆者も加わった「道館」側の代表団六人は、ユジノサハリンスク市のチェーホフ記念文学館を訪問して両館の交流協定を締結し、秋に予定された札幌市での記念行事に向けた準備会合などを持った。ロシア革命百周年の年にこのテーマのもと両市の間で画期的な行事が開催されたことには、それなりに時宜を得た意義があったと言えよう。だがそれも、チェーホフのサハリン行が持つロシア史上の意義を確認せずには、曖昧なものに留まるであろうが。

ユジノサハリンスクのチェーホフ文学館。(筆者撮影)

チェーホフ文学館前の記念彫刻『サハリン島』。(筆者撮影)

第一章——ロシアの沈滞期と文学模様

ガルシン

チェーホフがサハリン行を敢行した一八九〇年はロシアの沈滞期の最中であった。この一八八〇―一八九〇年代の沈滞期は十九世紀後半に於ける人民主義者（ナロードニキ）の社会・政治運動が影を潜め、最後のロシア・トルコ戦争（露土戦争、一八七七―七八年）でロシアは勝利を収めたものの、サン・ステファノ条約に反対したイギリスやオーストリアの意向を汲んだベルリン会議で戦果が思わしくないものにされ、ロシア国内に不満がくすぶっている時期であった。

この沈滞期を象徴する存在が文学畑ではガルシンである。三十三歳で世を辞したガルシンは四十四歳で他界したチェーホフと同じく短命であったが、多作のチェーホフとは逆に、寡作な作家であった。代表作の『赤い花』と同じ一八八三年に発表されたガルシンの『兵士イワノフの回想より』をチェーホフは高く評価し、作者がこの作品の主人公イワノフと同じく露土戦争に一兵卒として自ら参加した体験なしには書けないという意味で、その登場人物ヴェンツェリ大尉は「明らかにこしらえものではない」と書いている。

その前の大きな露土間の戦争であるクリミア戦争（一八五三—五六年）では、セヴァストポリの会戦で将校として第四稜堡詰めという危険極まる軍務に就いたトルストイが、戦後に三部作『セヴァストポリ物語』を発表して文名を馳せた。ガルシンが露土戦争に参加した一八七七年に発表した『四日間』で世に知られたことはそれと軌を一にしている。戦争は科学技術の進歩を促すと言われるが、文学をはじめとする芸術の分野においても一期を画すことは否定できない。ナポレオン戦争とトルストイの『戦争と平和』や第一次世界大戦とレマルクの『西部戦線異常なし』などはその好例である。

こうした二人にやがて「一期一会」が訪れたのは偶然でない。『四日間』を発表した三年後の一八八〇年、二十五歳のガルシンはヤースナヤ・ポリャーナにトルストイを訪ねる。その八年後には自決して世を去る作家にとって、それは祖国の大先輩作家との千載一遇の対面であった。二人の間にはその前にも後にも、面会や文通がなかったが、終夜となったその面談でトルストイはガルシンが自分と思想的同志の後進作家であることを確認した、と『トルストイ百科事典』には書かれている。またトルストイは後に「彼は私の水車小屋に引かれる水である」と言ったとされるが、それは「水があればこそ水車も回る」（「持ちつ持たれつ」）という諺を念頭に置いている。トルストイ同様に実戦の経験を持つガルシンにとって、戦争とそれに喚起された印象は自身の創作における主要なテーマの一つになった。そのことを思えば、大先輩かつ大作家がこの後進作家を思想的同志として受け止めた心中は察するに難くない。

時と共にこの面談の詳細は忘れられてしまったが（ガルシンもトルストイもそれについて手記を残さなかった）、その面談で得られた相互理解の楽しい思い出はしっかり記憶にとどめられた。

（N・I・ブルナショア編『トルストイ百科事典』、モスクワ、「啓蒙」出版、二〇〇九年、五八九頁）

生涯トルストイのガルシンに対する見方は温かい、好意あるものであり、彼の作家的手腕に対する評価は決まって高いものであった。そして二人の作家を近づけたものは――「世の中で生み出される悪に対する個人的な責任感、自己犠牲の欲求、寛容主義、人間同士の兄弟愛に基づく人間の共同生活という秘められた夢」（同書、五九〇頁）であった。

ガルシンの出世作『四日間』は『戦争と平和』のちょうど十年後である一八七七年に書かれた作品である。その年の四月、ロシアはオスマン帝国のトルコに宣戦を布告するが、将校の子息だったガルシンは弾丸に身を挺する同胞の奮戦を座視して居られずに、学窓を捨てて志願兵になる。チェーホフが高く評価した『兵士イワノフの回想より』の主人公と同じく一兵卒としてバルカン戦線の歩兵隊に配属されたガルシンは足を負傷し、長い治療のあと退役になる。ガルシンの短い軍歴は外面からはそのように見えるが、その内面的結果は甚だ重要なものであった。「戦争の一挿話」という副題を付した短編小説『四日間』はガルシンがまだ軍隊にいて負傷の回復を待つ時期に書き始められ、小説の基礎を成すのは実際の出来事である。その主人公である「私」の原型は現実で重傷を負った歩兵V・アルセニエフであり、数日間ただ一人身動きできないでいた戦場で、ガルシンの部隊に七月十九日に偶然発見されたことが、七月二十一日付でガルシンが母親に出した手紙に書かれている。そして明くる八月にはもうこの小説が書かれている。主人公の「私」の心中を想像しては、誰しも『戦争と平和』のアンドレイ・ボルコンスキーを思い浮かべようが、案の定アイヘンバルトもそうしている。

悪罵が飛び交う戦場に力なく大の字になって横たわり、悪臭を放つ死体と辱しめを受けるように隣り合わせて、この人間を死体にした張本人の主人公は負傷した身体であるだけでなく、それと同じような疲れ果てた精神でもあるのだ。彼は地面に横たわっている、そしてアンドレイ・ボルコンスキーのように、空を見ている。戦場ではこのポーズはいともありふれた、いとも自然なことであり、血塗られた地面と静かな空という、この対置は知らず知らず目の前に現れるのである。彼は今ひとりぼっちであり、命あるものはすべて彼から遠い。そしてこの孤独と苦しみの中で、この死んだような静けさの中で、彼の意識は、裸にされて自分自身にゆだねられたように、互いに理解し合うことのない兄弟、そして互いに殺し合う兄弟のことに絶えず思いを馳せるのである。

（Y・I・アイヘンバルト『ロシア作家のシルエット』、モスクワ、「共和国」出版、一九九四年、三〇九頁。原版はベルリン、「言葉」出版、一九二九年）

『ガルシン短編小説集』（モスクワ、「ソビエト・ロシア」出版、一九七六年）の編者S・マシンスキーは巻頭論文の中で、「この短編小説の意義は複雑である」と書き、その理由は二つのテーマが混在していることにある、とする。すなわち、その一つは戦争の直接的な断罪であり、もう一つは人生が悲劇的に不幸であり、悪が至る所で勝利するという苦い認識である、とする。しかもこの二つのテーマは絶えず交差している、と。

この小説の意義が複雑であることに関すると考えられる問題に古来「アベルの殺人」という問題があるが、アイヘンバルトはこの難問を取り上げて詳説している。言わばそれは「カインの殺人」でなく、「アベルの殺人」である。旧約聖書の皮切りである創世記の、しかも冒頭の三章を受ける四、五章という早い所に書かれているこの弟殺しの話は、恰も血で血を洗う人類史を予言するかのようでもある。黒崎幸吉は創世記の第四章第八節を次のように註解している。

カインは神に顧みられざりし不平をその弟に向かって爆発せしめた。人は感情の激発せらるる時、一朝の怒に己を忘れてかかる大罪をも犯すに至るものである。人類が創造せらるるや否や直に罪悪史の一頁を充す事はまことに悲しむべき事であるが、之は厳然たる事実であって、之を如何ともする事が出来ない。

（黒崎幸吉編『旧約聖書略註』（上）、立花書房、昭和二一年、一九頁）

兄カインによる弟アベル殺しをただ「厳然たる事実」として受け止めるだけのこの解釈は人間の無力を痛感させるだけで、身も蓋もない。宗教家がこうしか言えないなら、文学者は何をか言わんやである。マシンスキーも書いているように、ガルシンは『四日間』の中でこうした問題に答えていないが、彼は『兵士イワノフの回想より』や『赤い花』などの戦争物の作品の中で、何度でもそうした問題を提起しているのである。そもそも小説は問題を正しく提起すればいいのであり、それに答えを出すものではない。このことはシールモントフが『現代の英雄』の「はしがき」でいみじくも予防線を張った通りである――「病が指摘されれば、それでいいのだ。どうやってそれを治すかは、神のみぞ知るである。」この教訓に学ぶなら、「カインの殺人」を逆さにした「アベルの殺人」を蝶々するのはそれこそ身の程知らずも甚だしいことになろう。だがもしガルシンが一命を投げ打ってこの問題と取り組んでいたとするなら、「答えは我が事にあらず」を決め込み、「回答は人の業にあらず」といって澄ましている訳にも行くまい。アイヘンバルトが「アベルの殺人」に執拗に固執する心の内を察することができるのも、そう考えればこそである。

兄弟同士が殺し合うことに人類はもう慣れてしまった。最初にそれをしたのはカインであり、彼の悔悟した末裔が彼の後について行ったのだ。だがガルシンに於いてはアベルが殺すのだ。これははるかに悲残で複雑である。行動と衝突した良心は、行動に負けたら、そこで法外な苦しみを嘗めなければならない。カインが殺したのは金儲けと羨望からであり、彼は殺したいと思っていた――アベルの方は清純で心が柔和であり、彼の心からは殺人的な心積もりや目論見は程遠いものであった。だがそれにも拘わらずアベルは殺してしまった。人殺しをするアベルというこのタイプは、かつてロシア社会によく知られたものであった。そしてほら、ガルシンの『四日間』に彼、そのアベルが、深く不仕合わせなアベルが戦場に横たわっているのだ、そして彼の意識が――かすかな、同情している、人間らしい意識が――お前は人殺しをしたのだと彼に言うのだ。彼の傍らには彼の犠牲者が――死んだ、血まみれの人間が――横たわっている。そしてアベルは考える――私はこんなことを望みはしなかった。闘いに歩いて行った時、私は誰に対しても悪を望まなかった。私が人殺しをしなくてはならないという考えは、なぜか私から去ってしまった。私はただ、どうやって自分の胸を弾丸の下に曝そうかと思い浮かべていただけだ。そして私は歩き出して、胸を曝したのだ――。（前掲書、三〇九頁）

今からちょうど百年前の一九一七年（大正六年）、有島武郎は『カインの末裔』を発表した。主人公の廣岡仁右衛門は函館の金持ちが親方（農場主）として経営する農場へ小作人として妻子と一緒に転がり込む。一編には開拓時代の北海道で、無教養かつ野性的な仁右衛門が厳しい自然とも闘いながら、生きようとする激しい衝動に駆られて、自分が関わる農場社会からは疎外されつつも、新しい生活の姿を模索する様が描かれている。

「創世記」の四には、弟のアベルを殺すカインは「地上の放浪者」になるだろうという主の予言が読まれるが、仁右衛門には北の大地の放浪者、大正日本のカイン然とした所がある。キリスト教の感化を受け、白樺派の有力なメンバーでもあった有島が、そうした小説に『カインの末裔』という題名を付したことは、さもあらんと納得できる。加えて有島はクラーク博士や内村鑑三といった札幌農学校の人脈に連なっていた。そして有島のこの小説に因めば、ガルシンは『四日間』において言わば『アベルの末裔』という小説を書いたと言えよう。そしてガルシンや有島の文学は新約だけでなく、旧約聖書の世界も近代文学に息づいていることを示す好例になる。旧約聖書と言えば、『カインの末裔』の舞台である大正時代の北海道は『罪と罰』のエピローグの舞台であるシベリアを彷彿とさせる。そして赤ん坊を亡くしたあと、鼻筋に斧を振り下ろして飼い馬をほふる仁右衛門は、金貸しの老婆とその義妹を斧でほうむるラスコーリニコフを思わせる。この主人公は自分がまだロージャ少年だった頃のこととして、馬が虐待される悪夢を見るが、有島にはその場面も念頭にあったであろう。有島は『アンナ・カレーニナ』においてトルストイがヒロインはじめ作中人物に対して抱く「広範な同情」に感心しているが、同様に登場人物に深く入り込み、その身になる「広範な同情」も有島文学に幅広さを与えているとされる。『カインの末裔』の舞台である大正時代の北海道はまた、『罪と罰』の主人公の徒刑地であるイルトゥイシ川のほとりを思わせ、旧約聖書「創世記」の大地にも擬されて、

「アブラハムとその畜群」の時代が眼前にある情景のように描かれている。『カインの末裔』の廣岡仁右衛門は六尺豊かな大男、荒くれ男で、並外れた体力に恵まれている。野性的であるだけでは済まず、時に野獣的な暴挙にも及ぶその直情的な人物像は、作者自身も含む二元に分裂した知識人の反措定（アンチテーゼ）、または対蹠人を意図したものとされる。自然人、野性人の仁右衛門と対照的な笠井は既成の道徳、習慣、制度などを体現した知性生活者として描かれるが、野性だけで自爆的に闘う仁右衛門は笠井ら常識人の地域社会に無惨な敗北を喫して、妻と二人で深雪の中、農場を後にする。その妻には最後まで名前もついていないことは、リアリズム小説としての欠陥を象徴するものであろう。武者小路実篤の「新しき村」という理想社会の企図にも似て、有島のこの小説も白樺派の限界を示す一面を持つことは否定できまい。それに、こうした大きなテーマは長編小説でなくては土台無理なことであろう。『カインの末裔』が標題小説、思想小説に傾いているという印象は拭い難い。

奇しくも、有島の出世作が『カインの末裔』であるように、ガルシンの出世作も言わば「アベルの殺人」を主題の一つにした『四日間』である。そして「カインとアベル」で繋がる日露の作家の死出の門出は共に尋常でなかった。『アベル』を書いたガルシンが自決して世を去ったように、『カイン』を書いた有島も人妻との心中で生涯を閉じた。才能と常識的な人生は往々にして相容れないことを示すかのように。複雑な家庭の事情もあって、ガルシンは生家を遠く離れたペテルブルグのギムナジウム（中学校）に留年を入れて一八六三年から十年間も在籍し、その間に時事戯評や詩を書き始めて校友会誌での活動もするが、その時期に精神病の最初の兆候が現われている。「そして彼、この心のハムレットに発症した狂気そのものは、偉大な良心の気高い狂気、すなわち真の人間的叡智にほかならない。」（アイヘンバルト、前掲書、三一五頁）

飯塚友一郎は「生と死と——有島武郎と波多野秋子」に次のように書いている。

〔……〕やはり私には有島武郎の生と死の観念が根本問題として重要です。日本人は、死の問題を真剣に見つめています。歌舞伎や浄瑠璃にしきりに現れる心中、愛人殺し、自殺、腹切り、こうした死の讃美を、もう一つ再検討しなければなりません。なぜ日本人は、ああした殺しや腹切りの場面に面をそむけずに、楽しく見つめるのでしょうか。

武郎秋子の心中道行も、私はやはり近松の現代版と考えます。義理人情の葛藤を超越した死の願望があります。人妻との恋愛の不義理に、切羽詰まっての死の道行という見方は浅はかです。〔……〕人間性の根本問題、つまり生と死の問題について有島武郎の生活と作品は、もう一つ突込んで研究すべきだと私は考えます。

（『有島武郎全集』第三巻、筑摩書房、昭和五五年、月報4）

これと同じことはガルシンについても言えよう。

一八八八三月二十四日、ガルシンは不幸な自死を遂げる。作家に敬意を表するために「ガルシン追悼」文学作品集を出す考えがその月の内に持ち上がり、チェーホフにも寄稿依頼が届く。それに応えて、同年十一月末に刊行された作品集に掲載されたチェーホフの短編小説が『発作』であり、その主人公ワシーリエフの原型はガルシンに他ならないことが知られている。一八八九年十一月末といえば、それはチェーホフのサハリン行の「その前夜」の晩秋であり、出発の四カ月前である。『発作』の六には同志のような作家だったガルシンの才能をチェーホフがどう見ていたかを伝える興味深いくだりがある。

友人の一人がある時ワシーリエフ〔ガルシン〕について、彼は才能豊かな人間だと言った。作家の、舞台芸術の、絵画の才能というものがあるが、彼には特別な――人間的な――才能がある。彼には苦痛一般に対する素晴らしい直感がある。名優が他人の動作や声を自分の中で反映するように、ワシーリエフは自分の心に他人の苦痛を反映する能力を持っている。涙を見たら、彼は泣く。病人の近くに居れば、彼は自ら病人になり、呻く。もし暴力を目にすれば、暴力を働かれているのは自分であるかのように思われて、少年のように怖気づき、怖さに興奮し、無我の境地にさせられるのだ。

（アカデミー版チェーホフ全集、作品編、第七巻、二一六―二一七頁。強調は引用者）

作家を知るのは作家である――この文面に読者はふとこうした思いに誘われよう。

ガルシンが没したちょうど二年後の一八九〇年春にチェーホフはサハリンへ旅立つが、一年を旅路と滞在に費やして帰国した翌年と翌々年、九一―九二年にロシアの農村は歴史的な不作、飢饉、疫病に見舞われる。『サハリン島』の単行本が出版された九五年の翌年に発表された短編小説『中二階のある家』には当時のチェーホフの社会的活動を反映して、主人公の画家「私」とリーダ・ヴォルチャニノワの激論が長々と綴られている。その論争の主な対象は民衆の状態と知識人の民衆に対する姿勢であるが、その問題はロシアの農村の貧窮を募らせた九一―九二年の飢餓とコレラに伴って特別激しい様相を呈していた。チェーホフは飢えた人々への援助やコレラとの闘いへの関与、農村での学校建設、農民の無償診療などの慈善的事業でこの危機への対処に大きな寄与をした。それにも拘わらず『中二階のある家』の「私」がそうした事業に強い反対意見を表明することには、ここでもまた、トルストイの若干の発言や思想がチェーホフの念頭にあることを否定し難い。この両年の飢餓を受けたトルストイの救済活動は目覚ましいものであり、チェーホフも九一年十二月十一日付スヴォーリン宛の手紙で、大作家の抜群の行動力に驚嘆し、脱帽しているからである。

正にトルストイ、トルストイですよ！　それは、現時点において、人間ではなくて大人物、ジュピターです。『論文集』に彼は飢餓救済食堂についての論文を出しましたが、この論文全体は助言と実際的な指示から成り、それは非情な程度に実務的、平易、理性的なので、〔……〕この論文は『論文集』ではなくて『官報』に掲載されるべきものです。

（アカデミー版チェーホフ全集、書簡編、第四巻、一九七六年、三二二―三二三頁）

ソ連崩壊の一九九一年は二十世紀における世紀末の一大事件であったが、丁度その百年前、十九世紀の世紀末、しかも沈滞期のさなかに祖国を見舞ったすさまじい飢餓に際してトルストイは一家を挙げて飢餓救済の事業に奔走し尽力したが、それは国家顔負けの実効性に富む、実り多いものであった。「飢餓について」というその論文（一八九一年）は行動に裏打ちされた国民的作家の筆に成るものだけに、説得力に富むものであった。チェーホフはサハリンから帰った翌る一八九一年の十二月、『サハリン島』や『決闘』などを執筆していた頃、飢餓救済活動に抜群の成果を挙げ、この面でも超人ぶりを発揮したトルストイに舌を巻いて、スヴォーリンへの手紙にこうした感懐を述べた訳である。サハリン行の前後、チェーホフはそれまで数年のあいだ傾倒していたトルストイズムから抜け出すのであるが、トルストイはいわゆるトルストイズム以上の存在であり、後進の作家がすっかりその引力圏外に出ることは至難の業であることが、この手紙文を書いたチェーホフの思いからも伺えよう。『トルストイの実像』（拙訳、群像社、二〇一七年）の著者B・F・スーシコフも、トルストイが『戦争と平和』を後年自ら「饒舌なたわごと」と呼び（第九章）、『アンナ・カレーニナ』を「忌わしいもの」と呼んだ（第十章）という事実を踏まえて、稀に見る説得力でトルストイ批判を打ち出しているが、次の終章には「古巣への回帰」を置いて、筆舌には尽くし難い天才トルストイの人物像を描き出している。

レスコフ

世紀末の長引く沈滞期に未曾有の飢餓に見舞われるという「泣き面に蜂」のこの時期に、ずばり一八九二年、「その年のこと」という書き出しでレスコフは「ラプソディー」という副題つきの『苦界』を発表する。沈滞期に晩年を過ごした作家レスコフは六〇年代には『どんづまり』（一八六四年）、七〇年代を目前にしては『いがみ合い』（一八七〇年）という、ニヒリズムをテーマにした長編小説を発表する。そのレスコフは晩年に掛けて作風に大きな変貌を見せ、八〇年代には『クリスマス・キャロル』の連作、『時宜に適した物語』の連作などを手掛けていた。また七〇―八〇年代には『信心深い人々』のシリーズ物も筆にしていた。モスクワの「プラウダ」出版がソ連崩壊直前の一九八九年に刊行したレスコフ十二巻選集は、レスコフ生前の作品集と同じく、第一巻に代表作とされる『僧院の人々』を、第二巻に『信心深い人々』を配している。このことは『僧院の人々』に次いで（あるいはそれと並んで）『信心深い人々』のシリーズもレスコフの代表作か、それに準じる作品であるという定評を伺わせるものであろう。有名なゴーリキーのレスコフ論には「この人はそれぞれの社会層、あらゆる人々の集団の中に信心深い人々を見出した作家である」（ゴーリキイ「レスコフ論」福岡星児訳―『ゴンチャロフ、レスコフ』、筑摩書房、昭和三四年）と書いている。またソ連崩壊後の一九九六年にモスクワの「テラ」出版は三十巻のレスコフ全集を出版したが、その第一巻の百ページ近い巻頭の解題「レスコフとロシア」の筆者Ｉ・Ｖ・ストリャーロワによれば、レスコフは自身の晩年でもある祖国ロシアの沈滞期にあって最後の期待を個々の人格に掛け、それ故に「信心深い人々」の人物像を創造したのだ、と言う。そしてそうした人々の一人が『苦界』のポルリ叔母さんであると。沈滞期のどん底とも言える一八九二年に発表されたこの「ラプソディー」は世紀末ロシアの闇の深さを痛感させる、凄惨な現実を読者に突き付けて止まない。

このポルリ叔母さんはチェーホフの『可愛い女』のヒロインに一脈通じるところがある。さすがトルストイがいみじくも見抜いたように、チェーホフのこの小品は稀に見る佳品であり、ヒロインを俗物と決めつけることはできない。同様に、『苦界』のポルリ叔母さんがある公爵と結婚した際に知り合いの公爵から届けられる、フランス語で書かれた「世は愚人に事欠かず」という言葉は、ややもすると彼女は無節操で無定見な女であるという言葉として見られがちだが、そうではなくて、彼女こそレスコフが最後の期待を掛けた「信心深い人々」の一人なのである。そこには言わばドブロリューボフの言う「闇の王国に差す一筋の光」がある一方で、『苦界』が描く沈滞期のロシアの闇は底知れぬ凄惨な様相を呈している。一八九二年のこととして描き出される「ラプソディー」が、折からの飢餓によって文字通り餓鬼に成り下がった人間の畜生道に堕した地獄絵を前に奏でられる。そこには人が人を食う人肉嗜食さえ描かれる。しかもそれには親が子を食う、孫が祖母を食うなどといった幾つかのヴァリエーションがある。食料を買うための資金を得ようとして犬猫や牛などを売るためにも、婦女子はこともあろうに自分の貞操を差し出す羽目に陥ることが常態になっている様が描かれるのである。世も末であり、文字通り世紀末の情景である。そこには副題「ラプソディー」の音楽用語としての意味である「狂詩曲」（叙事詩的・民族的色彩のファンタジー）が奏でられる空間の趣がある。

レスコフの『苦界』が執筆・発表された一八九二年はチェーホフがサハリンから帰って『サハリン島』の執筆に当たっていた一八九一年から九三年の間のことである。二人の、二つの作品の執筆期間は部分的に重なる、あるいは交差する訳である。（因みに『サハリン島』の単行本が出版された一八九五年はレスコフの没年になる。）二つの作品が期を一にしてとは言えずとも、互いに年代的な隔たりが余りない時期に書かれて発表されたことは多くを考えさせる。なぜならレスコフの『苦界』はロシア本土の苦界を描いたものであるのに対して、チェーホフの『サハリン島』は言わばロシア最果ての島嶼（しょ）における苦界を描いたものと考えられるからである。ユーラシアの中央と東端の残酷きわまる現実を直視し凝視して書いた二つの『苦界』の中空に響くのはドブロリューボフの『闇の王国に差す一筋の光』であり、ネクラーソフの『ロシアは誰に住みよいか』であろう。年配の日本人なら一世を風靡した往年の歌謡曲「さすらいの歌」を耳にする思いであろう。「ゆこか、戻ろか、オーロラの下を、ロシアは北国、果て知らず、西は夕焼け、東は夜明け、鐘が鳴ります、中空に……」

このようにチェーホフとレスコフは前者の晩年、そして後者の最晩年に意義深い創作上の出会いを持つのであるが、その予兆ないし必然性が早くからチェーホフの文学上の趣向や傾向の中に垣間見えることは注目に値する。慧眼なエイヘンバウムはチェーホフの文学がピーセムスキーやレスコフの伝統から出発していることを見抜いている。エイヘンバウムによれば、チェーホフはピーセムスキーを常に嘆称し、レスコフを大好きな作家と呼んでいたという。そして彼の文学的起源はその最も基本的で主要な点で、この二人の先達に代表される、いわゆる〝二次的な〟文学の中にあった、というのである。

チェーホフには自分の直接的な教師と先達がいた。社会的・政治的闘争の先鋭な問題に格別に集中した文学と並んで、知的伝統の狭い圏外で発達した別の文学も存在していたのだ。それは地方の、僻遠のロシア——多くの作家が避けて通った世界——と固く結びついて生きていた。それは何も明瞭に説教せず、何も直接的に教えはせず、ただロシアの生活——自分の日常の仕事をする、あらゆる社会層および職業の人々——について詳しく明白に物語るだけであった。ここにはルージン、バザーロフ、ラスコーリニコフ、ラフメートフの輩もいなかった。ここには鋭く提起された社会問題さえなかった。この文学には一定の傾向、高尚な理念、そして〝基礎〟が欠けているように思われた。そのためにこの文学は度々断罪され、〝二次的な〟場が割かれて取り扱われた。それは時に自己防衛をしたが、成功しなかった。しかしながらこの文学には、それが存在して発展するための疑いもなく持前の権利があった。ロシアはロシアの生活様式、そして自然のあらゆる特質を持った深みだけでなく、広さを示さねばならなかった。問題を解決するだけでなく、それを正しく提起するための資料を集めなければならなかった。ロシアの独自性の中で、その階層的、職業的、知的な生活様式の中でロシアをあらゆる角度から研究せねばならなかった。

（「チェーホフについて」、B・M・エイヘンバウム『散文について』（論文集）、レニングラード、「文学」出版、一九六九年、三五七―三五八頁）

ここには言わば〝一次的な〟文学についての言及はないが、例示された主人公たちに照らせば、ツルゲーネフ、ドストエフスキー、チェルヌイシェフスキーなどがその担い手として〝二次的な〟文学に対置され、その一面性が批判されていることは容易に読み取れよう。トルストイはロシア文学の巨視的な展望の中でレスコフを「未来の作家」であるとしたが、それはお世辞ではない。またチェーホフを当時のロシア作家の中で取り分け高く評価し、敬愛したのもたまさかではない。そこには〝二次的な〟文学を踏まえた〝一次的な〟ロシア文学、言わばメタ・ロシア文学を待望するトルストイの期待と渇望があったのではないか。自身の転機を体験した国民的作家トルストイは言わば祖国の文学の転機も不可避で必然的であると考え、より高い、より深い、より広いロシア文学の誕生を悲願としていたのではないか。沈滞期に喘ぐ祖国にあって、ロシア文学のホープとしてのチェーホフに掛けられた期待はことほど左様に大きかった。こうした期待を知ってか知らずにか、チェーホフは自身の転機をサハリン行という、衆目には不可解な行動に打って出ることで告げるのである。トルストイがこの挙動をどう見たかは余り知られていない。だが『復活』の執筆に際して、囚人がシベリア流刑に護送される場面や監獄の描写で、作者はチェーホフの書き物を参考にしたことが知られている。転機、転身という無上の成果は別にして。思えば「復活」という概念は、キリスト教に言う「神人（イエス・キリスト）」の場合は言うまでもなく教義と信仰の中心であるが、普通の人にとっても「復活」は最大の転機であり、転身である。『復活』のトルストイがチェーホフの転機・転身の挙動に無関心ではなく、むしろ注視していたと思われることは興味深い。トルストイ自身がロシア最大の転機・転身の人であったからには。既に八〇年代には自ら転機を経ていたトルストイが九〇年代末、文字通り世紀末と新世紀の「その前夜」に『復活』という大作を書いたことも意味深い。なぜなら長く深刻な沈滞期からの脱出はロシア国家国民の悲願であり、その克服はある意味で社会的な「復活」と見なせるからである。トルストイの『復活』が哲学的・宗教的に「復活」とどう関わるかは別個の問題であるとしても。

チェーホフが〝二次的な〟文学を自身の知的栄養源にしていたというエイヘンバウムの指摘は傾聴に値する。なぜなら万事万物において〝二次的〟、〝三次的〟……がなければ〝一次的〟もない、中層や下層がなければ上層もない道理だからである。こう考えると、ロシアの沈滞期のどん底である一八九〇年代初頭に、それこそ〝何次的〟と言ったらいいのか分からない祖国の「苦界」に、一人は稀に見る飢餓の最中で、もう一人は最果ての徒刑地サハリン島で不幸な人々に寄り添った心は、〝一次的〟な世界に安住し、冷たい目で「苦界」を見下ろす心では決してないことが了解される。沈滞期の前の一八六〇―七〇年代のロシアで津々浦々にこだまし、一世を風靡して明治の末期、石川啄木の晩年の詩「はてしなき議論の後」にこだましたる「ヴ・ナロード！」（人民の中へ！）のスローガンは一体どこへ行ってしまったのか。民衆は社会の中層と底辺であるからして、民衆運動が真実のものであるならば、それは〝二次的〟、〝三次的〟な世界と調和のとれた、実り豊かな運動になる筈である。ではなぜそうならなかったのか。理論的にも実践的にも未通ったその検証が為されたとは言い難い。チェーホフやレスコフが与（くみ）した〝二次的〟文学こそはその検証の担い手になるのではないか。トルストイの言とされる「未来の作家」レスコフについては次のような根拠が示されている。

レスコフは精神的な建設を倦むことなく行うのであるが、そのレスコフの作家的身構えは活動的である。彼はまた至高の精神的原理を精力的に擁護する。そうしたことは彼の活動に対してトルストイの共感と尊敬を呼び起こし、彼はレスコフを未来の作家と呼んだのである。

（A・ファレーソフ「N・S・レスコフの活動における知的転機」、レスコフ三十巻全集、第一巻、モスクワ、「テラ」出版、一九九六年、一〇〇頁）

このトルストイの言葉は二十世紀初頭のことだったので、二十一世紀の現在はその未来に他ならない。「今なぜ『サハリン島』か」、「今なぜチェーホフか」、「今なぜ『苦界』か」、「今なぜレスコフか」という問いへの答えは現代にこそあると言わなければならない。

レスコフの「信心深い人々」が登場する作品は同名のシリーズ物以外にも幾編か、いや幾編もあり、とりわけ晩年である八〇―九〇年代の作品にはそれが多く、九二年の『苦界』もその内の一つである。それに関連して「レスコフとロシア」の著者I・V・ストリャーロワは次のように書いている。

レスコフ晩年の作品には彼が描いた、信心深さの点で清廉な人々の〝向上しなければならない！〟という呼びかけが執拗に響く。こうした言葉をロシアの人々に向けるのは、オリョール県の地で恐ろしい飢餓をつい最近体験したばかりのポルリ叔母さん（『苦界』）である。彼女は人生において弱気になった時期を味わったが、〝自分の沈滞した気分から脱け出した〟のであった。

（同書、解題、九五頁）

これらを勘案すると、早くも一九一六年に発表されたA・ファレーソフのレスコフ論が「レスコフの活動における知的転機」（「転機」は複数形）という題名を持つことが注目される。そしてそのレスコフ晩年の最後の知的転機が二十年に及ぶ祖国の沈滞期と十五年ほども重なることが。レスコフ三十巻全集の第一巻のI・V・ストリャーロワによる巻頭解題からの引用（前出）に言われるように、トルストイはレスコフのこうした活発な知的活動を高く評価していた。逆にレスコフがトルストイを熱愛し、祖国の巨星に傾倒していたことも周知のことで、自身の晩年にはトルストイ本人だけでなく、その一家との交流も密にしている。最近公刊されたV・アプロシーモワ他による『レスコフとトルストイ一家』にはレスコフとトルストイ一家の文通が収録されている。その内訳は、ソフィア夫人との往復書簡が八通、長女タチヤーナとのそれが十三通、三男レフのレスコフへの手紙が四通を数え、解説と注釈が付されている（『未刊行だったレスコフ』、全二巻、第二巻、モスクワ、ロシア科学アカデミー世界文学研究所、「遺産」シリーズ、三五一―四二六頁）。レフは作家を志望していたので、ペテルブルグで何回かレスコフと面会したことも知られている。またトルストイの本拠地があるヤースナヤ・ポリャーナはトゥーラ県にあり、レスコフは隣接するオリョール県の人であったため、二人の作家は身近な隣人同士でもあった。

「プルジェヴァルスキー」というチェーホフの追悼文がある。筆者の署名こそないが、それは「新時代」紙（一八八八年十月二十六日付）の社説として、チェーホフの筆に成ることが手紙などから十分確認されている。極東のウスリー地方（サハリン島はその対岸）や中央アジアの探検などで知られるこの偉人は同年同月に他界するが、その功績はロシア中に知れ渡っていた。サハリン行を決行する一年半前のことなので、チェーホフが自身のサハリン探訪を高名な偉人の探検事業に重ね合わせていたことは推測に難くない。

そしてこの追悼文にはレスコフの『信心深い人々』シリーズの精神を彷彿とさせるものがある。またレスコフの「良い制度ではなくて、良い人間」という命題を思わせるものもある。

一人のプルジェヴァルスキーまたは一人のスタンリーは十の学校と百冊の良書に値する。彼らの思想性、気高い功名心、根底に祖国と学問の名誉を持つ確固たる、如何なる喪失、危険、個人的な幸福の試練にも挫けない、一旦決めたら目的に向かって邁進する気概、彼らの豊かな知性と勤勉ぶり、酷暑、飢餓、望郷の思い、体力を消耗させる熱病への慣れ、そしてキリスト教的な文明と学問に対する狂信的な信仰――こうした資質によって彼らは最高の精神力を具現する功労者として民衆の目に映るのである。

（アカデミー版チェーホフ全集、作品編、第十六巻、二三六頁）

この追悼文には「功績」（ポドヴィク）が五回、その派生語である「功労者」（ポドヴィジニク）が二回出てきて、功績や偉業に対するチェーホフの渇望が伝わって来る。サハリン行が文字通りチェーホフ自身の功績・偉業であることを思えば、殆ど「その前夜」と言える時点でこうした思想を表明していることは、そのサハリン行の謎を解く有力な手掛かりであると言えよう。

但し、こうしたチェーホフにもっぱら拍手喝采できるかどうかは、別の問題である。エイヘンバウムの言う「二次的な」文学を本領としてきた作家にとって、功績や偉業を旨とする人物を理想とするなら、それはいわゆる「一次的な」文学の世界であり、トルストイやドストエフスキーなどの本領に馳せ参じることをも意味する。十九世紀においてそうした言わば「大文学」の象徴的な主人公はナポレオンであった。チェーホフの道がサハリン経由でそこに通じるのかどうかは、つぶさに追跡しなければならない。祖国の沈滞期に自身の転機を抜け出そうと、言わば「小さな大文学」を目指すかのような一大決心をした作家の道が平坦である筈はない。

さて、レスコフが『信心深い人々』の系列に連なる『苦界』などを執筆していたころ、チェーホフは『サハリン島』の構想を文章化する仕事に従事し、その数年後にはトルストイが第三の、最後の長編小説『復活』に着手する。こうした時系列はロシアの沈滞期かつ世紀末における文学の状況を理解する上で少なからぬ寄与をするものと言えよう。なぜなら文学作品は多分に作家同士や作品同士の相互作用からも生み出されるものだからである。そしてその時系列や作家・作品の相互関係を拡大し、展望をやや大きくすると、その視界にはそれまでの文脈に登場することのなかった作家・作品が浮かび上がるのは理の当然である。チェーホフからドストエフスキー、そしてコロレンコなどへの架け橋もその数に入る。

コロレンコ

コロレンコについては本書のテーマであるチェーホフとの繋がりを見る前に、本章のテーマであるロシアの沈滞期を見る中で取り上げているレスコフとコロレンコの繋がりを見てみたい。時系列を拡大するには及ばないからである。レスコフ（一八三一―一八九五年）とコロレンコ（一八五三―一九二一年）は同世代人ではないが、同時代人である。ただコロレンコの方は二十世紀に入って二十年の寿命を保って作家活動を続けたため、何となく一時代あとの作家のように思えるだけである。同じことがチェーホフとコロレンコについても言える。チェーホフ（一八三〇―一九〇四年）は早世して二十世紀には四年しか生きなかったため、コロレンコの同世代人なのに、同時代人とさえ見られない傾向がある。人間の寿命ということが絡むためもあって、コロレンコはチェーホフの同時代ではなくて、次世代の、いや時には次の時代の作家と見られ易いのである。事実、『サハリン島』の邦訳者の一人である中村融は、やはり自身が邦訳したコロレンコの『悪い仲間・マカールの夢』の解説に、チェーホフとコロレンコとゴーリキーの関係が持つロシア文学史上の意義について次のように書いている。

ふつうに十九世紀末においてロシア文学の伝統はチェーホフからゴーリキーへと受け継がれたと言われている。〔……〕そしてこの両者の甚だしい懸隔を考えただけでも、今述べた伝統なるものが前者から直ちに後者に受け継がれる筈のないことは想像に難くないところであろう。とすれば、そこには、この両作家のいずれに対しても、半ば同質、半ば異質のものを持つ作家が出現して、その橋渡しによって伝統の授受が行われた、と見るのが当然である。そして、ここに解説するコロレンコという作家の位置もそのように設定してみるとき、近代ロシア文学史における彼の意義も明確になると思われるのである。

（コロレンコ『悪い仲間・マカールの夢（他一篇）』、中村融訳、岩波文庫、二一一頁）

ところで、そのコロレンコはレスコフが『苦界』を発表した一八九二年とほぼ同じ時期である一八九二―九三年に、『飢餓の年に』という報道文学（ルポルタージュ）を発表している。祖国の沈滞期と飢餓という、ロシアにとっては文字通り〝泣き面に蜂〟の時期に、二人の作家が祖国の飢餓に触発された作品を書いた訳である。『飢餓の年に』の「序に代えて」には、一八九二年二月、著者はニジーノヴゴロドを出発してアルザマス街道を進んだが、この旅行に際しては「観察と実際的な仕事」という二つの課題を両立させる積もりであった、と書かれている。そこで自身を文人記者と名乗る著者は飢餓の真実を探訪することが肝腎であるとする。そしてその年にニジェゴロド県で飢餓農民への援助活動にも当たり、二百数十ページに及ぶ大部のルポルタージュを書き上げる。十九世紀後半におけるロシアの飢餓はこの時期だけでなく、一八七三年にもボルガ沿岸のサマーラ・オレンブルグ地域を、一八八四年にもカザン県を襲っていたことが知られている。そしてこのたび、一八九〇―九一年の深刻な飢餓は、ボルガ中流沿岸の全域を襲ったことも。「序に代えて」だけでも十ページに余るこの膨大なルポは、広範な地域に長期に亘った今次の飢餓がどんなに凄まじいものだったかを思わせるに足りよう。トルストイが一家を挙げて飢餓救済の事業に尽力したのもその時期のことであり、コロレンコの活動と相前後していたことになる。レスコフやコロレンコといった作家が折からのひどい飢餓に際してトルストイと志を同じくしていたことは、十九世紀ロシア文人の層の厚さを物語る一事であろう。

飢餓に関する「観察」も、「実際的な仕事」である救援活動や救済事業も、諸刃の剣になりがちなことはトルストイの場合に顕在化している。それは諺に言う「出る杭は打たれる」という世の慣いでもあろう。コロレンコの場合もそれは例外でなかった。飢餓は天災だけでなく、人災でもあること、その要因は自然的なものというより、むしろ社会的なものであることがここに露顕する。作家たちの「観察と活動」は当局の無策を指摘し、延いては政府の失政を暴露することに繋がり兼ねない。そのため「お上」はそうした〝招かれざる客〟やその動向には警戒と監視の目を光らせていた訳である。

私はまさにルコヤノフ郡へ出発しようとしていて、その目的は『ロシア報知』の編集部を通して私の裁量に任されていた資金を使って給食を提供することであったが、それを知ったバラーノ将軍は強く顔をしかめるのだった。

（コロレンコ『飢餓の年に』、コロレンコ六巻作品集、第五巻（ルポルタージュ）、モスクワ、「プラウダ」出版、一九七一年、一一〇頁）

おのずから、ここには「（我々に必要なのは）良い制度より良い人間（である）」という、レスコフの言とされる思想が想起されよう。エイヘンバウムは先に見た『散文について』の中で、「レスコフとトルストイの旧習墨守主義は、彼らの両方にとって決定的なものが、社会的・政治的な基盤ではなくて、倫理的なそれであるということにおいて表明された」と書いている。そして、これまたエイヘンバウムによれば、そうした思想からレスコフに於ける肯定的な原理と主人公たちの探求が強まり、『信心深い人々』シリーズに軸足が移って行く。またゴーリキーの指摘によれば、『いがみ合い』のあとレスコフの文学的創造は直ちに鮮明な絵画、あるいはむしろイコン画になり、彼はルーシ（古き良きロシアの呼称）を元気づけ、鼓舞するのだ、という。そしてまた、「良い制度ではなくて良い人間」というその問題が後にチェーホフを苦しめ、それが（レスコフを導いたように）チェーホフをトルストイに導くのだ、と（トルストイに跪拝して学ぶにせよ、彼およびその感化と闘うにせよ）。

レスコフと同様に、飢餓についてのルポルタージュの「序に代えて」において「観察と実際的な活動」を自身の課題としたコロレンコも、やがて「制度と人間」という問題の核心に言わば〝開眼〟するという経緯は注目に値しよう。それは、何事も人間社会の根本問題に根を持つということを思わせずにはいないからである。

さて、このコロレンコの作品に『鷹の島脱獄囚』がある。「鷹」を意味するロシア語「ソーコル」は「サハリン」の響きに通じるものがあることは確かである。作者は象徴的に「ソコリーネッツ」を「サハリン島人」の意味に使ったもの、と訳者の中村融は解説に書いている。そして「なおこの原題 Соколинец は「鷹の島人」と訳すのが正しいが、それでは些か意味が通じにくいと思われたので「脱獄囚」の文字を加えた」と説明する。すなわち邦訳の「脱獄囚」は題名を分かり易くするために訳者が工夫したものである、と。

訳者の心遣いは良く分かるが、今ここでチェーホフの『サハリン島』をテーマにする立場からすれば、コロレンコの作品の邦訳の題名に「サハリン島」の文字が出ていないことは、惜しまれてならない。なぜならコロレンコの作品を仮に『サハリン島人』＝『サハリンっ子』と訳せば、チェーホフの『サハリン島』との繋がりが題名から連想され易いからである。しかも訳者の中村融が原卓也と共に『サハリン島』の邦訳者の一人でもあることを思えば尚更である。「江戸っ子」と言うように、普通に「モスクワっ子」と言うことを思えば、「サハリンっ子」と言っても何ら違和感はない筈である。岩波文庫に『サハリン島』と『サハリンっ子』が背文字を並べる意味合いは決して小さくなかろう。あるいは『サハリン島脱獄囚』とするかであろう。そうすれば二つの作品の繋がりだけでなく、その著者である二人の作家の絆も連想されるからである。そして長く暗い沈滞期のロシアで、文学は必ずしも沈滞していなかったことに思いを致すことになるからである。

『サハリン島』を書いたチェーホフの同時代人で、七歳年上のコロレンコにサハリン島からの脱獄囚のことを書いた短編小説『サハリンっ子』がある――このことには多くを考えさせられる。しかも『サハリンっ子』はチェーホフのサハリン行の五年前、『サハリン島』が雑誌に発表される七―八年前、単行本で上梓される何と十年前に掛かれているとなると、その事実、その関係はサハリン行の謎を問う者には見過ごせない。それが今ここで『鷹の島脱獄囚』を仮に『サハリンっ子』と言い換えている理由である。

コロレンコが『ソコリーネッツ』を発表したのは一八八五年、そしてチェーホフとコロレンコの交友関係が始まるのはその二年後の一八八七年であるが、その翌年に、チェーホフはコロレンコへの手紙（一八八八年一月九日付）の追伸に次のように書いている。

あなたの『ソコリーネッツ』は最近の最も際立った作品であると私には思われます。それは、よく作曲された音楽のように、本能によって芸術家に示唆されるあらゆる規則に従って書かれています。概してご本の中であなたはいとも健全な芸術家、非常な権威であられるので、他の芸術家なら窮地に陥ってしまうようなあなたの最大の欠点でさえ、あなたにあっては気づかれずに通り過ぎてしまうのです。たとえば、あなたのご本には一貫して女性がかたくなに登場しませんが、私はつい最近そのことを嗅ぎつけたばかりなのです。

（アカデミー版チェーホフ全集、書簡編、第二巻、一七〇―一七一頁）

こうした経緯に照らせば、チェーホフのサハリン行（と『サハリン島』）に及ぼしたと思われるコロレンコの『ソコリーネッツ』の影響をないがしろにすることはできない。同じ手紙の本信には、チェーホフが自身の最初の中編小説『曠野（ステップ）』を始めるに際して、コロレンコの助言を入れたことが読まれる。

あなたの親切なご助言に従って、私は小さな中編小説を『北方報知』のために書き始めました。まず手始めに曠野、曠野の人々、そして私が曠野で体験したことの描写に着手しました。（同）

チェーホフが自身にとって初めての文芸ジャンルである中編小説に足を踏み入れるに当たり、コロレンコの助言に基づいたと公言しているなら、その二年後に控えたサハリン行を決行するに際しても、『ソコリーネッツ』の作者を見習わなかったと言うことはできない。なぜならサハリン行と『サハリン島』が象徴するのは、チェーホフにとって新しいジャンルの開拓どころか、新しい人生行路の開拓、作家人生の転機であり、新生チェーホフの誕生を告げる一大契機になったことだからである。

第二章
シベリア流刑とロシア文学

チェーホフとドストエフスキー

チェーホフとドストエフスキーは多くの点で正反対の作家であったと言える。チェーホフはドストエフスキーが嫌いであったと言われるが、日本人のチェーホフ好きは多くがドストエフスキー嫌いであり、ドストエフスキー好きは大体チェーホフ嫌いである。チェーホフにとってサハリン探訪は、そしてドストエフスキーにとってシベリア流刑は、人生の一大体験であったが、それを基にした二人の大作『サハリン島』と『死の家の記録』は極めて対照的な作風を見せている。そしてそのことに関してはロシア文学の研究者も一般読者もほぼ同様に受け止めている。

この二人の作家を比較した論考は余り見当たらないが、その一つであるE・M・ルミャンツェワの論考「ドストエフスキーと一八八〇年代末に於けるチェーホフの短編小説」(前掲書)は次のように書出されている。「チェーホフとドストエフスキーという、性格でも、気質でも、人生の見方でも、互いにあれほど似ていない二人の作家の間で、共通らしく思われるかも知れないようなものに、何があり得るであろうか。」(八七頁)

一八八〇年代末と言えば、チェーホフにサハリン探訪の思いが生まれ、徐々に熟していく時期である。その時期の作品のうちルミャンツェワは真っ先に『発作』（一八八八年）を取上げ、ガルシン的な性格の人間がこうした作品の主人公であり、そこにはガルシンの個性、彼の『赤い花』の特徴が表現されている、と書く。『侘しい話』（一八八九年）もこの翌年の作品であることを考え合わせれば、著者の見方には説得力がある。そしてチェーホフのこうした傾向がどのようにドストエフスキーの作品に繋がるかについて、次のように書く。

> 一八九〇年に短編集を編むに当たって、チェーホフがそのために気分においてドストエフスキーと共鳴する作品を選びだしたのは偶然でない。こうして『陰鬱な人々』という本が生まれたのである。
> この本についてチェーホフは「それは特別に憂鬱な、精神病的なルポルタージュから成っています……」と書いている、すなわち、それによってこの本の精神的色合い（トーン）という課題を指摘したのであるが、それは、彼の考えによれば、ドストエフスキーの作品をも特徴づけるものであった。
> （同書、九二頁。強調は引用者）

チェーホフの『侘しい話』は多分にトルストイの『イワン・イリイチの死』に触発されていることがその発表当時から指摘されてきたが、ルミャンツェワはそこにドストエフスキーの感化も読み取っている。この著者によれば、ドストエフスキーはシラーに象徴される高邁な精神が現実生活の事実の中で無力を曝け出すことを洞察したが、チェーホフはそれへの接近を『発作』に於いて成し遂げたかのようだとしている。すなわち、『発作』はシラーを宣言しながら女性に唾を吐く高尚でみやびやかな理想主義者たちの化けの皮を剥ぐかの如くだとする。一方の主人公は、自分には「街の」女を辱める権利があるのだと考え、他方の主人公は女性の「飢餓、無知、鈍さ」に「合法的に」つけ込むことを読み比べれば、この見解には説得力があると言えよう。著者はチェーホフがドストエフスキーを嫌悪したり無視したとばかりは言えないことを、彼我の作品の具体的な呼応関係を指摘することで打ち出し、新鮮な着眼を見せる。こうした新しい、優れた着眼点が幾つも示されている中に、アンチヒーローをめぐる考察がある。

『陰鬱な人々』という作品集の中でチェーホフは、恰も当時の現代における性格を注意深く観察しているかの如くである。それぞれの自分の主人公に於いて作家は生活に苦しみ傷ついた人間の人格がもつ一特徴を指摘している。一冊に集められた全部の短編小説のうち、一八八〇年代末の特徴を成していた苦悩する、矛盾した、「英雄的な気質ではない」典型が現れる。作品集の構成においてチェーホフはまるでドストエフスキーの長編小説『罪と罰』を分析しているかのようである。ラスコーリニコフを取巻く登場人物たちのそれぞれの中に（ラズーミヒン、ルージン、レベジャートニコフ、スヴィドリガイロフ）彼の人格の色々な側面が反映されている。一つの性格が他の性格の中にまるで分解されて反映されているかのようであるが、同時に総体的な統一として再び集まっているかのようなのである。そんな訳で、ドストエフスキーの創作方法に於いては裁判（「肯定」と「否定」〔プロとコントラ〕）の理念が小説の主人公に対して実現している。他の特徴との総和としてラスコーリニコフの中で非凡さと力を有する性格という印象を創り出すそれぞれの特徴は、彼の人格から切離されて他者の性格の中に具象化されて、それ自身の不具性、歪曲性をすべて明るみに出す。

チェーホフの登場人物の中には腹を立てて世間を見る憤慨した人々も（『郵便馬車』）、生活に傷ついて自制心を失った人々も（『不快なできごと』）、優雅で幸福な生活を慕って絶望するまでに立ち至る人々（『ヴォロージャ』）も居るし、悪に苦しむ、良心が傷ついた人々（『ヴォロージャ』、『発作』）も居る。そして、最後に、この作品集にはチェーホフの同時代の「英雄でない」典型が集中的に描写される『佗しい話』が収録されている。

（同書、九五頁。強調は引用者）

引用文の中で強調した「英雄でない」主人公とアンチヒーローは一八八〇年代末（あるいはもっと長く、八〇年代後半）に於けるチェーホフ文学を考える上でキーワードになる。『佗しい話』の老教授に代表される、この時期に於けるチェーホフ文学の主人公たちは多く肯定的な主人公たちではなくて否定的人物であり、ヒーロー（英雄に通じる）ではなくてアンチヒーロー（反英雄に通じる）なのである。

『佗しい話』（一八八九年）と「箱物」三部作、『箱に入った男』、『すぐり』、『恋について』（一八九八年）の間にはほぼ十年の歳月が流れ、チェーホフはその間にサハリン探訪を果たし、『サハリン島』も書き上げ、三部作から没年までは僅かに数年を残すのみになっていた。だがその「箱物」三部作の主人公は揃いも揃ってアンチヒーローである。四十四歳という短い人生、しかも作家として円熟期にあった十年の始めと終わりにアンチヒーローを主人公とする名作小説を書いた作家は、一体どんな作家であったのか。エックスが何かは俄かに特定し得ないが、その作家が言わばアンチエックスにも生きていたことは推察に難くない。

ルミャンツェワは、ドストエフスキーの主人公（ラスコーリニコフ）はツルゲーネフが『余計者の手記』、『シチグロフ郡のハムレット』、『ルージン』に於いて究明した「余計者」の典型の発展と継続であるとする

G・A・ビャールイの思想を紹介しながら、チェーホフの作品集『陰鬱な人々』はドストエフスキーに近い「余計者」の変型であると書く。そして彼らは反逆者ではないが、ドストエフスキーの主人公たちのように、彼らの意志と理性を拘束する「生活の力」を知覚して、その力を気に病み、彼らもまたしばしば「罪なくして有罪」の人間であることが分かるのだ、とも書く。

そこでルミャンツェワはドストエフスキーの『地下生活者の手記』に立ち至る。五大長編小説という後期ドストエフスキーの達成がこの『地下生活者の手記』を出発点とも序章ともしていることはL・I・シェストフなどによって夙に指摘されている。ラスコーリニコフからイワン・カラマーゾフに至る反逆者の人物群像は天才作家の偉大な創造ではあるが、その反面において彼らが悉く「余計者」の系譜に連なるアンチヒーローたちであることは、ややもすると看過され易い。殺人犯であったり殺人の意識を免れない彼らが英雄や肯定的主人公たちである筈がない。彼らは多く正にアンチヒーローたちなのである。

だが円熟期から晩年に掛けたチェーホフ文学の主人公たちもアンチヒーローであるという指摘を前にするとき、チェーホフの読者は戸惑いを禁じ得まい。ことほど左様に問題は深刻である。そこには「チェーホフ読みのチェーホフ知らず」という落とし穴が待ち受けているのである。いや、そうした落とし穴なんぞないと言い張るためにこそ、チェーホフのサハリン探訪は謎であるとも、チェーホフに精神的転機ないし創作上の転機はないとも言われ続けてきたのではないか。没後百周年を過ぎた今でも、チェーホフ文学の根本問題は依然として多く解明が待たれていると言わねばなるまい。

E・A・ポロツカヤは「サハリンの後」という論文の中で次のように書いている。

世に容れられぬ人々（ユゴーの長編『レ・ミゼラブル』と同じ言葉）の運命に対する特別の関心という点で、チェーホフには先達が居た。チェーホフのサハリン行の前に（異なる資格で）シベリアの徒刑地を訪れたドストエフスキーあるいはＪ・ケナンの名をここで私たちが挙げるとしても、驚く人は居ないであろう。『死の家の記録』は、アメリカのジャーナリストのルポルタージュと同じく、チェーホフ自身が自分の著書の中でその名を挙げているのである。

（『チェーホフとその時代』、ソ連科学アカデミー世界文学研究所、モスクワ、「ナウカ」出版、一九七七年、一二五頁）

そしてこの件には次のような注釈が付されている。「それにも拘わらず、ドストエフスキーとケナンもまたサハリンへ行ったことがないので、彼らの著書は現代の今もって『サハリン島』との比較考察が待たれているのである。」

こうした指摘は『サハリン島』を『死の家の記録』から切離す、チェーホフをドストエフスキーから切離す、サハリンをシベリアから切離す——そうした方法論が道理に合わないことを明るみに出していると言えよう。言い換えれば、それは「サハリンのチェーホフ」と「シベリアのドストエフスキー」を一望する視点を見いだす必要性を暗示していよう。サハリンとシベリアを結ぶ、言わばロシア文学の「タタール（間宮）海峡大橋」を架ける必要性を。

「生の家」の記録――異説『死の家の記録』

1

『死の家の記録』はシベリア讃歌に始まる。その冒頭（「序詞」）には次のような讃歌のくだりがある。

概してシベリアは気候が寒いのに似ず、勤務員の懐はきわめて緩いのだ。そこに住んでいるのは単純な人達ばかりで、自由主義的な思想など抱いていず、風習は何百年という歳月によって聖化され、昔のままにがっちりしている。当然のことながら、シベリアの貴族という役割を演じている官吏は生え抜きのシベリアっ子ともいうべき地の者か、さもなくば破格に支給される俸給の額や、二倍の旅費や、誘惑に満ちた将来の希望などに釣られて、ロシアから――それも主として首都からやってくる連中が多数を占めている。その中でも人生の謎を解くことのできるものは、ほとんど常にシベリアに残って、喜んでそこに根を生やす。そして、後年豊かなうまい実を結ぶのである。ところが、それと違って、人生の謎を解く術を知らぬ軽はずみな連中は、間もなくシベリアに厭気がさして、なんだってこんなところへ来たんだろうと、くさくさしながら自問する。彼らは所定の三年という勤務期限を一日千秋の思いで勤め上げ、任満ちると共にさっそく転任の運動を始め、シベリアを罵りあざ笑いながら故国に帰って行くのである。けれど、それは間違っている。シベリアは勤務の方ばかりでなく、多くの点において結構らくな暮しが出来るのである。気候も申し分ないし、もてなし好きな金持の商人もたくさんいて、ごく裕福な異民族も少くない。お嬢さん達はばらのように咲き誇っていて、しかもこの上なしというほど品行がよい。野禽は町の往来を飛び交して、自分の方から猟師の懐に飛んでくる。シャンパンはむやみやたらに飲めるし、筋子ときたら驚嘆すべきものである。野の収穫は場所によると内地の十五倍から上り……一般に言って、神の祝福を受けた土地である。

（ドストエフスキー『死の家の記録』、米川正夫訳。以下、『死の家の記録』は全て同訳）

なるほど、ここには明らかに誇張があり、皮肉も交っている。だが、この冒頭の基調がシベリアの讃美であることは疑えまい。この件は「序詞」の中にあり、しかもこの作品の名目上の話し手である「私」が登場する前にあるからして、ひと先ずここには作者ドストエフスキー自身のシベリア観が吐露されていると看做すべきであろう。ところで、『記録』（この作品の略称、以下同様）の冒頭におけるこのシベリア讃歌は『記録』全体の中でどのような意義を持つものだろうか。それは額面通りなのか、それとも大幅に割引かなければならないものなのか。それは作品全体と有機的連関をもつのか、それとも作品全体からは遊離したもので、本質的には作品外の要素たるべきものなのか（たとえば、検閲に対する配慮などに根差すものなのか）。「序詞」の冒頭であり、かつ作品全体の冒頭の件であるだけに、このシベリア讃歌の解釈は作品を理解する上で甚だ重要な筈である。だが管見によれば、この問題はドストエフスキー研究史上いまだ本格的考察がなされていないものに見受けられる。一般的に言って、シベリア時代のドストエフスキーは今以って作家研究の盲点であると言わねばならない。創作面でも生活面でも作家の暗黒時代とされがちなこの時期は、研究史上、特に伝記的研究の歴史上、大きな欠落部分であることが指摘されている。たとえば、ニキーチンは著書『ここにドストエフスキー暮せり』（モスクワ、一九七三年）の緒言の冒頭に次のように書いている。

現代のある文芸学者は、ドストエフスキーのオムスクでの懲役時代ならびにセミパラチンスクでの流刑時代と合致する長びいた時期の研究が貧弱なことを指摘して、この時期全体を比喩的に作家の伝記における「欠落した鎖の一環」と呼んでいる。

（M・ニキーチン『ここにドストエフスキー暮せり』、モスクワ、一九七三年、八頁）

またグロムイコは著書の冒頭に次のように述べている。

シベリア時代は今日に至るまでドストエフスキーの伝記において依然として研究が最も遅れた部分になっている。ところが、これは成熟した年齢における偉大な作家の九年半の生活なのである。

（M・M・グロムイコ『シベリアにおけるドストエフスキーの知人と友人』、ノヴォシビルスク、一九八五年）

研究史上のこうした事情からして、シベリア時代の生活の最大の所産である『死の家の記録』の様々な問題点が今だに十分考察されていないことも驚くに足りない。『記録』冒頭のシベリア讃歌の解釈も今後考察が待たれるものであろう。このシベリア讃歌が興味を唆るのは、それが作品全体に照らして甚だ逆説的に響くからである。少くともこの讃美は『死の家の記録』という標題とはまったくそぐわない。だがその一方で、この標題が作品全体にとって格好のものであることも否めまい。ここには明らかに矛盾がある。これらを勘案すると、『記録』冒頭のシベリア讃歌はこの作品を理解する鍵ともなる、本質的に重要なものであることが分かろう。

2

ところで、仮説めいた言い方ではあるが、『死の家の記録』において「死の家」は「不自由の家」、「地獄」と読み替えることができる。すなわち、作者はこの作品において「死の家」、「不自由の家」、「地獄」を書いたのである。だが作者が書いたのはそれだけではない。作者はまたそれらに対置されるべきものとしての「生の家」、「自由の家」、「天国」も書いた。その際、作者は前者――「死の家」、「不自由の家」、「地獄」――を描写する過程において後者――「生の家」、「自由の家」、「天国」――を瞥見するという手法を用いている。換言すれば、前者の陰に後者が覗く、あるいは、前者を透して後者が見えるのである。『死の家の記録』の言い難い魅力の秘密はここにあると言うべきであろう。この作品に関してトルストイは次のように述べている。

私は相変らず同じ仕事を続けています。無用ではないような気がします。先日、身体の調子が悪かった時に、『死の家の記録』を読みました。私は随分忘れたり、読み返したりしましたが、プーシキンも含めて新しい文学のすべての中でこれ以上の良書を知りません。調子ではなくて、観点がすばらしい――誠実味があり、自然で、キリスト教的なのです。立派な、教訓的な本です。昨日は終日、久しく覚えたことのない愉悦を覚えました。ドストエフスキーにお会いになったら、私が彼を愛しているとおっしゃって下さい。

（トルストイ、書簡集、ストラーホフ宛、一八八〇年九月二十六日、中村融訳）

ここに言う「観点」は今述べた「手法」にほかならない、あるいは少くとも両者は別物ではないと言えよう（V・ソロヴィヨーフの「三つの演説」にもこのコメントは引用されている）。私見によれば、この「手法」あるいは「観点」は――そしてそこに由来する尽きない魅力の秘密は――概してドストエフスキーのすべての長編小説についても言えるものである。バフチンの用語を借りれば、ドストエフスキーの小説においては主題もモノローグ的でなくて、ディアローグ的、ポリフォニー的であることになろう。

3

第一部第一章の標題は「死の家」である。このことは主題が作品の標題通りであることをひとまず思わせる。だが「序詞」と同様に、本編の発端であるこの章の冒頭にも主題と標題の対偶と考えられる「空のはしっこ」という言葉が連続して三回も記されていることは注目に値しよう。

私達の獄舎は要塞のはずれ、土塁のすぐ際に建っていた。たまたま、何か目に入るものはあるまいかと、墻（かきね）の隙間から外の世界を覗いて見ると、――目に入るものとては**空のはしっこ**と、ブリヤン草の生い茂った土塁と、その上を夜も昼も行きつ戻りつしている歩哨の姿ばかりである。そこで、こんなことを考える、こうして幾年も月日は過ぎて行くが、自分はいつも同じように塀の隙間越しに外を覗いては、依然たる土塁と、同じような**空のはしっこ**、――それも監獄の上にある空ではなく、遠い自由な別世界の**空のはしっこ**を見て暮すことだろう、と。

（強調は引用者）

「空のはしっこ」であれ、「空」が見えることは「死の家」の住人となったゴリャンチコフにとって救いである。「死の家」の内部からは「空のはしっこ」しか見えないが、「空のはしっこ」であれ、第一部第一章という物語の本編の発端にそれが書かれていることの意味は小さくない筈である。ここにおける「空のはしっこ」は「序詞」の冒頭におけるシベリア讃歌と相まって、この作品の隠された対偶的描写という仮説的見地からは無視できない。

4

続く三章（題名はいずれも「最初の印象」）、そして次の二章（題名はどちらも「最初の一と月」）には「空」の描写は露ほどもない。更に次の二章（七「新しい知人たち」、八「向こう見ずな人間」）においても同様である。のみならず、次の章（九「イサイ・フォミッチ――風呂屋――バクルーシンの話」）の「浴場」の場面に至れば、実質的に「空のはしっこ」という語句の反意語である「地獄」という言葉が連発されるまでになる。

私達がいよいよ浴場の戸を開けた時、私は地獄へ入ったのかと思った。〔……〕それはもう熱いなどといったようなものではなく、てもなく地獄の沙汰であった。〔……〕もし私たちがいつか一緒に地獄に堕ちるようなことがあったら、その時はきっとこんな情景を呈することだろう、といったような考えが私の頭に浮かんだ。

（強調は引用者）

囚人用の浴場は「死の家」の内部にあるのではなく、町なかにある公衆浴場なのではあるが、それは「一般民衆用の、古ぼけた、汚ならしい、狭い浴場で、われわれ囚人が連れて来られるのは、つまりこの方なのであった」と書かれているので、ここの描写は「死の家」の描写の延長線上にあると考えて何ら支障ない（第二部の「病院」は監獄の「ヴァリエーション」と書かれているが、「浴場」もその一つと考えられる）。このことからも伺えるように、第一編が終りに近づく頃までに主人公ゴリャンチコフは監獄生活のどん底をなめ、文字通り「死の家」の生活を地で行く境涯にある訳である。だが一方、浴場は囚人たちにとって「天国」でもあることを忘れてはならない。そこで彼らは束の間ではあれ「自由の家」を実感し、「生の家」の住人になる。第一部第十章は「キリスト降誕祭」であるが、「浴場」の場面が含まれている第九章はその前の章であることは構成の上で注目される。

祭の四日ばかり前に、私たちは風呂へ連れて行かれた。〔……〕一同は喜んで支度を始めた。〔……〕今でも私は古い記憶を繰り返して、たまたま徒刑時代の入浴のことを思い起すと（それは忘れずにいるだけの値打ちがあるのだ）そのつどすぐさま画面の前景に現われて来るのは、私の徒刑生活の仲間であり、監房から言って同宿であるイサイ・フォミッチの世にも満足そうな、忘れようにも忘れられない顔つきである。〔……〕囚人たちは要塞から外へ出たが、町が見られるというだけで、もう大喜びなのであった。冗談や笑い声が途々絶えなかった。

これは「地獄」よりも「天国」の情景であると言うべきであろう。あるいは「地獄」の出口、そして「天国」の人口の情景であると。注目すべきは「浴場」の場面では「地獄」と「天国」が背中合せになっていることである。「天国」と「地獄」は別世界でない――これはドストエフスキーの大いなる発見、人生の真実に対する深い洞察として感得されるべきであろう。ここではダンテの『神曲』との比較が説得力を獲得する。「地獄」から切り離された別世界としての「天国」の描写が如何に現実離れのした、迫力に乏しいものであるかという非難を『神曲』は免れていないことを想起せねばならない。

ところで、後に詳述するように、『死の家の記録』第一部の主題は「死の家へ」というモチーフであり、その構成は総じて「地獄へ」という運動・行進の様相を呈している。これに関してモチューリスキーはそのドストエフスキー論の著書に次のように述べている。

「『死の家の記録』は震撼的な印象を与えた。人々は作者の中にまるで地獄に降った新しいダンテを見て取ったかのようだったが、その地獄は詩人の想像の中にではなくて、現実に存在したことなので一層恐ろしいものであった。」（以上、A・ミリュコーフからの引用）〔……〕『死の家の記録』は並外れて巧みに構成されている。監獄の生活と囚人の習俗の描写、強盗の物語、個々の犯罪人の性格描写、犯罪心理の考察、要塞の日常生活の情景、評論、哲学とフォークロア――こうした複雑な題材はすべて自由に、殆ど無秩序に配列されている。だが実際にはすべてが考えられ、部分は全般的プランに従属している。『記録』の構成原理は静的ではなくて、動的なのである。

（K・V・モチューリスキー『ドストエフスキー』、パリ、YMCA出版、一九八〇年、一五二頁。強調は原著者）

周知のようにダンテの『神曲』も「地獄」、「煉獄」、「天国」を作者ダンテ自身が遍歴し旅するという動的な構成を取っているが、その『神曲』に照らしても、『死の家の記録』に関するこの言説は至言と言えよう。蓋し二つの作品は動的な構成が近似しているのみならず、主題も似通っていると考えられる。ついでに言えば、ダンテを引き合いに出したA・ミリュコーフの見解はダンテ絡みの目下の文脈で興味深い。

5

地獄に擬せられた風呂屋の場面がある（第）九（章）の次に「キリスト降誕祭」と「芝居」の章が来て第一部のフィナーレとなる構成には妙味がある。先ず（第）十（章）「キリスト降誕祭」には地獄に救世主が臨む趣がある。また前章との続き具合を見ると、地が天に通じる趣もある。「地の涯は天」ということであろうか。あるいは「両極端は相通ず」の真理が計らずもここに顕現したと言うべきであろうか。ともかくも「死の家」は「生の家」に通じているかの如くである。ここに来て「死の家」は俄然「生の家」の様相を呈する。次に（第）十一（章）「芝居」においては、囚人たちも読者も思わず監獄を忘れるほど、大きな祭日の催物に酔い痴れる。囚人たちの演技は娑婆でもかくやと疑われるほど見事である。ここにおいて読者は誰しも作者の逆説を思わずには居られなかろう。

われわれ仲間の賢人たちは、民衆に余り多くのことを教える訳には行かないのだ。私はむしろ断言するが、かえって彼らこそ民衆に学ばなければならないのだ。

そして作者と共に訝るであろう――「死の家」はどっちか、監獄か娑婆か？と。監獄と娑婆の「対位法」が冴え渡るこの大きな問い掛けはまたドストエフスキーの無量の断罪と背中合わせになってもいる。

こうした即席の役者たちを見ていると、感嘆の念さえ抱かされる。そして、わがロシアにはどれほど多くの力と才能が滅びて行くことか、時としては、自由を奪われた苦しい運命の中で、徒らに滅びて行くことかと、我ともなしに考えさせられてしまうのである！

ここには「自由のない」家、本論で言う「不自由の家」、すなわちロシアが断罪されている。すなわちドストエフスキーによれば、「死の家」、「不自由の家」、「地獄」は単にオムスクの監獄の謂なのではなく、ロシアそのものの謂でもある。さればこそ、「死の家」はいつしか「生の家」に変じ、「不自由の家」は時として「自由の家」の相貌を帯び、「地獄」は翻って「天国」の情景を併せ持つ道理である。『死の家の記録』が大いなる逆説の書である所以はそこにこそあろう。

6

『死の家の記録』の二部編成という構成は「往復」というモチーフに見合った必然的帰結と考えることができる。言うまでもなく、第一部が「行き」のモチーフに見合い、第二部が「帰り」のモチーフに見合うのである。ではどこへの「行き」であり、どこからの「帰り」であるのかと言えば、(「生の家」から)「死の家へ」の「行き」であり、「死の家から」の(「生の家」への)「帰り」である。ついでに言えば、それは仏教用語の「往相」と「還相（げんそう）」に相当するものでもあろう。

第二部は最初の四つの章が病院を舞台としている。第四章は題名が「アクーリカの亭主」であって、「病院」でこそないが、病院夜話という設定になっているので、前三章と舞台を同じくしている訳である。それにしても、第二部の、しかも最初に、病院を舞台にした章が四つも連続するのはなぜであろうか。この問いにはモチーフの転換という答が妥当であろう。第一部と第二部の間には演劇で言えば舞台の暗転の趣があり、音楽で言えば転調の趣がある。そこにおいて「行き」のモチーフが「帰り」のモチーフに、「往相」が「還相」に転換するのである。「死の家へ」が「死の家から」に変わるのである。空間的見地からすれば、舞台は「死の家」そのものから「死の家」の近傍へと移っている。既に引用した作中の用語によれば、概して舞台は監獄そのものから監獄の「ヴァリエーション」へと移されていることになる。ところで、監獄の、すなわち「死の家」の「ヴァリエーション」として「病院」が恰好なことは「浴場」の比であるまい。さればこそ、この比重の差は「浴場」の場面が三分の一章を占めるに過ぎないのに対して、「病院」は四章も占めるという形で、構成上に歴然と現われている訳である。このことに関して、ドストエフスキーは『死の家の記録』をオムスク監獄の病院で書き始めたという説や証言が興味深い。たとえば、P・マルチャーノフの回想などである。ともかくも、付属の病院が監獄を見つめる恰好の視点であることは論を俟たない。次の第五章「夏の季節」の舞台イルトゥイシ川の岸辺も考え合わせると、作者は基本的に第一部においては「死の家」のまっただ中に身を置き、第二部においてはその近傍に身を移して執筆の「場所」としていることが分かる。そして第一部の視点が「死の家へ」というモチーフ〔往相〕に見合い、第二部の視点が「死の家から」というモチーフ〔還相〕に見合うのである。浴場と同じく、病院が監獄の「ヴァリエーション」である様は次のくだりによく表現されている。

どうかすると、患者がどこも悪くないことに気づくことがあった。しかし、その囚人は労役の骨休みに来たのである。でなければ、むきだしの寝板の代りに、敷蒲団の上に身を横たえに来たのである。また最後には、蒼い顔をし憔悴し切った未決囚の群れが〔……〕、ぎっしり鮨づめになっている湿っぽい営倉と違って、なんと言っても暖い部屋の中に居たいためである。そこで、私達の受持医師は平然として、〈febris catarhalis〉〔カタル性熱病〕か何かと言うことにして、時によると一週間くらい置いてやる。

生と死という見地に立つ時、病院は社会の縮図となる。監獄という特殊な社会においても、それは一般社会におけるのと変りない。そこでは生も死も大写しになる。病院は一面においては「生の家」となり、他面においては「死の家」となる。病人が回復する時、病院は「生の家」になり、病人が死に至る時、そこは「死の家」となる。「病院」と題された第二部の第一、二、三、(四)章にもこの両面が描写されている。また「病院」が第二部の最初の三章に配置されていることも故あってのことと了解される。すなわち、「病院」は(「生の家」から)「死の家へ」という、あるいは「監獄へ」という往相的な第一部と、「死の家から」(「生の家」へ)という、あるいは「監獄から」(娑婆へ)という還相的な第二部との両方に開かれた世界である故に、それは二つの部分の中ほどに位置するべきものなのである。

尚、考え尽された構成という点で、次のことが見逃せない。すなわち、第一部の結語は第二部のモチーフを予告し、その結語に直結し、以て全編を首尾一貫させるということである。——「『俺は何も永久にここに居る訳じゃない、もう何年かの辛抱じゃないか!』と私は考えて、再び枕に頭を落すのであった。」(第一部の結語)——「そうだ、ご機嫌よう! 自由、新しい生活、死からの復活……なんという素晴らしい刹那であるか!」(第二部の結語) このようにして『死の家の記録』は「死の家へ」という第一部(往路)と「死の家から」という第二部(復路)を辿って、新たな「生の家」へと回帰するのである。

7

次の「ヴァリエーション」は次章「五、夏の季節」のハイライトの場面——イルトゥイシ川の岸辺である。

監獄の「ヴァリエーション」としてのイルトゥイシ川の岸辺は更に病院の比でない。この章において読者は「病院」において以上に監獄を忘れる。「夏の季節」には監獄が恰も監獄でなくなったかの如くであり、監獄全体がその「ヴァリエーション」になったかのようでもある。その冒頭のくだり。

しかし、とかくするうちにもう四月初めとなって、復活祭週も近づいて来る。夏期の労役もぼつぼつ始まろうとしている。太陽は一日一日と暖かになり、明るくなって行く。空気は春の香を漂わせて、肉体組織を刺激する。輝かしい日々の訪れは、足枷(かせ)をつけた人間の心をも波立たせ、なにとも知れぬ希望や、憧れや、憂愁の念を呼びさますのである。（強調は引用者）

普段とは違う雰囲気が最初から漂う。第一部第十章「キリスト降誕祭」がおのずと想起されよう。第一部と第二部はモチーフが呼応するように、題材も呼応する場合があるが、これはその好例となろう。第一部に「キリスト降誕祭」の一章が設けられ、第二部に「復活祭」が断章としてではあれ取り込まれていることには、構成上の深い配慮がある筈である。特に後者は第二部のモチーフ「死の家から」、「監獄から」、「地獄から」、「還相」、「帰路」の系列にぴったり合う。前者とて第一部のモチーフ「死の家へ」、……、にそぐわない訳ではない。イエス・キリストの生涯を振り返れば、少くともこの神人の目に見える半生（？）は「死（の国）へ」という「往相」、「往路」であった。その上、ドストエフスキーがペテルブルグを発ってシベリアへ向かったのが一八四九年十二月二十四日、なんと降誕祭前夜（クリスマス・イヴ）だったという世にも奇しき事実がある。自伝的要素が多いこの作品のことを思えば、第一部のクリスマス（降誕祭）にせよ、第二部のイースター（復活祭）にせよ、それぞれの題材は各々のモチーフにのみならず作者ドストエフスキーの伝記上の事実（既知、未知に拘らず）にも符合するものとして受け取られるべきであろう。

8

さて、復活祭が過ぎ、春から夏へと季節が移り、「夏の季節」も酣となる。囚人たちの労役も屋内より屋外のものが多くなる。物語の舞台も本来の監獄よりその領域や界隈、すなわちその「ヴァリエーション」の方が多くなる。舞台が監獄から離れるにつれて、「死の家」の影が薄れ、却って「生の家」の影が濃くなるのは自然の勢であろう。「私」ことゴリャンチコフは煉瓦運びの作業を好むほどになったが、それには二つの理由があった。一つは「もっとも、気に入ったというのは、この仕事のおかげで、体力が目に見えて増して行ったからである。〔……〕監獄の中では、肉体の力が精神力に劣らぬくらい、この呪わしい生活のあらゆる物質的不便を忍ぶために必要なのであった。しかも、私は出獄後にも、まだまだ生きて行きたかったのだ……」というものだった。もう一つ、そして主要なものは、その作業が行われた場所であった。

とはいえ、私が煉瓦運びを好んだのは、この労働のために体が鍛えられるというだけでなく、なおその上に、仕事の場所がイルトゥイシの河辺だったからである。私がこの河辺のことをかくもしばしば口にするのは、ただこの河の岸からのみ神の世界が見渡せるからであった。清らかに澄み渡った遠方、その荒涼たる眺めによって私に異様な印象を与えた住む人もない自由の曠野。

ここの情景描写は言い知れず美しい。それはゲーテの『ファウスト』の名高い台辞のように、「止まれ、汝は美しい」と思わず叫びたくなるような情景である。「自由の曠野」に見入るゴリャンチコフの目に「不自由の家」はもはや見えない。「神の世界」に目を奪われるそのひととき、「私」の視野にかの「悪魔の世界」は入らない。「生の家」を眼前にした主人公はしばし「死の家」を忘れる。ゴリャンチコフはこの場面で「天国」という言葉こそ口にしていない。だがこの情景には明らかに「天国」の趣がある。「天国」も「地獄」も、人心を離れた実在としては、客観的存在としては有り得べくもない。従って「天国」の趣と言うも「地獄」の情景と言うも比喩的表現を超えるものではない。だが比喩的表現としての「天国」も「地獄」もなかったら、そもそも宗教も芸術も有り得ないし、聖書も『神曲』もその存在の基盤をもたない。ドストエフスキー文学とてその例外ではない筈である。「イルトゥイシの岸辺(むしろ、その対岸)」の情景が比喩的表現によって「天国」の情景に擬せられていると解釈する論拠は、『死の家の記録』の内外に、すなわち作中にも作外にも求められる。

先ず作中の論拠はほかでもない、同じ章「夏の季節」の復活祭にある。キリスト教において「復活」と「天国」は切り離せない関係にある。復活祭の季節(=「夏の季節」)に囚人が「復活」を思う心中は否み難い。「パスハ」=「イースター」の折節に「死の家」の住人である囚人が「死からの復活」を願って「復活の園」を瞼にしたからとて、一概にそれを幻・幻想・妄想と決めつけられもしまい。

次に作外の論拠は『罪と罰』の「エピローグ」にある。ゴリャンチコフが立つ「イルトゥイシの岸辺」とラスコーリニコフが腰を下ろす「イルトゥイシの岸辺」は同工異曲の趣が濃い。どちらも復活祭のあとの場面であることは重要な共通点である。大きな違いは、後者においてのみこの情景が「アブラハムとその畜群の時代」との連想を生んでいることである。この連想はこの情景が「天国」の趣をもつことを雄弁に物語っている。アブラハムと言えば聖書の第一書である「創世記」の族長であり、その時代は「アダムとイヴ」の「楽園」からまだそれほど隔らず、人間社会にまだ「天国」の趣が濃かった時代である。

> そこには自由があった。そして、ここの人々とは似ても似つかぬ、まるで違った人間が生活しているのだ。そこでは、時そのものまでが歩みを止めて、さながら、アブラハムとその牧群の時代が、まだ過ぎ去っていないかのようであった。ラスコーリニコフは腰をおろしたまま、目を放さずにじっと見つめていた。彼の思いは夢のような空想と、深い黙思に移って行った。彼はなんにも考えなかったが、なんともしれぬ憂愁が彼を興奮させ、悩ますのであった。
> （『罪と罰』、米川正夫訳。以下、『罪と罰』は全て同訳）

（ここがイルトゥイシのほとりであることは「エピローグ」、一の終り近くに明記してある。）以上によって、「天国」の情景に擬された形象としての「イルトゥイシの岸辺」は十分の論拠を得たことになろう。

尚、「天国」に擬されたものとしての「イルトゥイシの岸辺」に関しては、次のくだりにも留意しなければならない。「この河辺では、要塞に背を向けていれば、それを目にしないですむのであった。私たちが労役に従っていたその他の場所は、みんな要塞の構内かその付近にあったのだ。」（『死の家の記録』。強調は引用者）すなわち、要塞の「構内」やその「付近」は言わば「地獄」なのである。では河岸の位置はどこかと問えば、「煉瓦工場は、要塞から三四露里（ヴェルスター）のところにあった」ことが知れる。一露里（ヴェルスター）は一キロメートル強であるから、河岸は三〜四キロ、すなわち日本の尺貫法でほぼ一里に相当することが分かる。ところでシベリアにおいて一里の距離が何ほどのものであろうか。「要塞の構内かその付近」と言うも、「要塞から一里の所」と言うも、正に「五十歩百歩」に過ぎない。だがそれを言い出したら文学もへちまもなくなる。芸術も宗教もありはしない。この「五十歩百歩」が文学においては、芸術や宗教においては相対的相違でなくて絶対的相違となる。この距離が「天国」と「地獄」を、天と地を分けるのである。ともかくも、「夏の季節」においては「天国」と「地獄」は文字通り「背中合わせ」になっている。第一部第九章の「浴場」の場面もそうだった。ドストエフスキーのリアリズムはここに端的にその特徴を見せていると言えよう。

9

オムスクからセミパラチンスクへ。ドストエフスキーの人生行路におけるこの展開は『死の家の記録』に照らして甚だ興味深い。なぜならその第二部第五章「夏の季節」において言わば「死の家」のアンチテーゼ——すなわち、「生の家」——を成すかのようなゴリャンチコフの憧れの天地——旧約聖書ふうに言えば「約束の土地」——に作家自身の人生が展開するからである。イルトゥイシ川を挟んでオムスクの対岸に広がる世界を作者は「キルギス」の世界と書いているが、「死からの復活」を遂げたゴリャンチコフならぬドストエフスキーが人生の次の一期を送ることになるセミパラチンスクはその「キルギス」の曠野の遙かなる遠方(おちかた)にある。とはいえ、ここに言う「キルギス」は当時の習慣的呼称であり、現在はカザフスタンなどにあたる地域の、不正確ながら総称的な呼称であったことが知られている。たとえばY・セレズニョーフは著書

『ドストエフスキー』（モスクワ、一九八一年）の中で「キルギスの曠野」に脚注を施して「当時不正確にキルギス人と呼ばれていたのは現在のカザフスタンの諸民族であった」と書いている（一七八頁）。セレズニョーフはまた、高雅な人格と偉大な学識によってドストエフスキーとの間に不滅の友情を培ったカザフ人チョカーン・チンギーソヴィチ・ヴァリハーノフについて書いたゲオルギー・ポターニンの手記「キルギス最後の王子の天幕にて」から次のくだりを引用している。

それは前代未聞のことだった――土地のロシア人社会ですぐれた知的能力と上品な思想傾向をもった人間という評判を博していた……キルギスの若者、将校……チョカーンはキルギスの愛国者であったが、同時に彼はロシアの愛国者でもあったのだ……（同書、一七七頁）

こうした事例からも、カザフスタンをキルギスと、カザフ人をキルギス人と不正確ながら呼ぶ習慣が当時に於いては極く一般的なものだったことが窺えよう。

10

ところで、セミパラチンスクもまたイルトゥイシ川のほとりの都市であることは、かの「夏の季節」と考え併せると感慨深い。ゴリャンチコフならぬドストエフスキーがそのほとりに立って感慨に耽ったオムスクのイルトゥイシ川はやがて作家の次のすみかとなる筈のセミパラチンスクのイルトゥイシ川から流れ下っていたのである。蓋し雄大なドストエフスキー文学は雄大なシベリアの大河に育まれた、と言ってもあながち誇張とはなるまい。のみならず、それは世界の文明がいずれも大河のほとりに発祥したこととの連想をも生もう。だが、大河だけではないことを言い添えねばならない。大草原（曠野《ステップ》）も忘れてはならない。「夏の季節」にも「キルギスの曠野」が頻出する。その「キルギス」の町セミパラチンスクからの第一信（兄ミハイル宛、一八五四年三月二十七日付）に作家は「キルギスの曠野」にも触れながら、次のように書く。

今のところ、ぼくは勤務に従って、教練に通っています。そして、昔のことを思い出しております。健康はかなりいいほうで、このふた月の間にずいぶん回復しました。窮屈な、息苦しい、つらい不自由な所から出るということは、これだけの効果があります。ここの気候はかなり健康によろしい。ここはもうキルギスの曠野の始まりです。町は相当大きくて、人口も多いです。アジア人がうようよいます。あけっ放しの曠野で、夏は長くて暑く、冬はトボリスクやオムスクより短いけれど、しかし峻烈です。植物は何ひとつなく、木一本ありません、――まったくの曠野です。町から何露里かのところに松林があります。何十露里、もしかしたら何百露里もあるかも知れません。ここはすべて樅《もみ》、松、それから楊《やなぎ》で、ほかの木はありません。じつにひなびたところで、物はちゃんと売ってはいますが、ヨーロッパの物ともなると、手が出ないほど高いのです。いつかセミパラチンスクのことを、もっと詳しく書きましょう。**それだけの値打ちがあります。**

（ドストエフスキー、書簡集、米川正夫訳。強調は引用者。以下、書簡集は全て同訳）

ここに言う「それだけの値打ち」に、すなわち後便で詳述する値打ちに「曠野」が含まれていることは、これだけのくだりに「曠野」が頻出することからのみならず、筆勢からも伝わろう。「ステップ讃歌」は兄ミハイルへのこれ以後の手紙に見当たらない代りに、チョカーン・ヴァリハーノフへの手紙（一八五六年十二月十四日付の手紙）にこの点で注目すべき頁がある。そこでは「ステップ」が三度も大文字で書き始められて、作家の「大草原」への思いが正に「文字通り」紙面に刻まれているかのようである。尚ここでもドストエフスキーがカザフ人のヴァリハーノフを「キルギス人」と呼んでいることは、例の習慣的な呼称の流布ぶりを示す追加例となろう。

七、八年後には、貴兄もご自分の運命を確立されて、非常な利益をご自分の祖国にもたらされるでしょう。たとえば、自分の同族の中の言わば第一人者となって、曠野とはなんであるか、またロシアに対して曠野と貴兄の同族がいかなる意味を有しているかを、ロシア人に解明すると同時に、おのれの祖国に奉仕して祖国のためにロシア人を動かすための文化的な世話人になるということは、果たして偉大な目的ではないでしょうか、神聖な事業ではないでしょうか。貴兄が完全にヨーロッパ風な教養を備えた、最初のキルギス人であることを想起してください。運命はなおその上に、貴兄に魂と心を与えて貴兄を実に立派な人間に造り上げげました。

（同書。強調は引用者）

ここではドストエフスキーが抱懐したテーマ「ロシアとシベリア（ステップ）」も読み取れる筈であるが、それについては拙稿「『罪と罰』の夏と冬」（上、中、下）を参照されたい。（『えうゐ』第十七号、第十八号、第十

九号）

11

セミパラチンスク時代のドストエフスキーを知るための無二の文献はヴァリハーノフと並ぶもう一人の莫逆の友アレクサンドル・エゴーロヴィチ・ヴラングリ男爵の『シベリアにおけるドストエフスキーの思い出』である。後述のように、この二人との不滅の友情が共に作家のシベリア時代に培われたことはドストエフスキーのシベリア観に関わる本稿のモチーフにとって重要な手掛りとなる。それはさておき、この回想録にはドストエフスキーのシベリア観（ステップ観）を窺う上で好個の文章を幾つか拾うことができる。手始めに作家自身が男爵に語ったこととして書かれたくだりを見てみよう。

もちろん懲役のあとで彼の新しい境遇は、物質面では苦しいものであったが、それでも、相対的な自由のお陰で彼には天国に思われたのである。彼自身が私にそう語ったのです。

（A・E・ヴラングリ『シベリアにおけるドストエフスキーの回想、一八五四年―五六年』、サンクトペテルブルグ、一九一二年、一九頁。強調は引用者）

ここで、最初の強調部「天国」は「天国―地獄」、「生の家―死の家」、「自由の家―不自由の家」という本稿の枠組にとって見逃せない。作家はシベリアにあって「死の家」にのみならず「生の家」にも暮らし、

「地獄」にのみならず「天国」にも住み、「不自由の家」の極限情況のみならず「自由の家」の何たるかも知ったのである。「彼自身が私にそう語ったのです」という次の強調部はそれに続く段落（実質的には「緒言」の補遺に相当する段落）の中のことわり書きを念頭に置く時、この本の全体に関わる書き方（従って読み方）として留意されなければならない。

もし私が時には自分のことを語らざるを得なくなったとしても、私はこの回想録の読者にお赦しを乞う次第である。フョードル・ミハイロヴィチと私の共同生活がそれを要求するのである。〔……〕のみならず、土地の情景、独特の情景を若干描写することも、おそらく読者にとって興味のないことではないように思われる。（同書、同頁）

すなわち読者は、肝胆相照らす仲の二人に鑑みて、男爵の文章を基本的に作家の文章として読んでもさしつかえないことをここで確認できる訳である。自身が書いた主なものとしては手紙しかない作家のセミパラチンスク時代の文献に照らせば、言わばドストエフスキー自身が書いた『準回想録』の趣をもつヴランゲリのこの本はその価値を一層高めるものとなろう。それにしても、作家が書けない時のことは（後年のことながら）その親友が書き残してくれたという友情は麗しい限りと言うべきであろう。

同じことは作家と妻アンナ・グリゴーリエヴナの夫婦愛についても言える。夫なきあと、妻は旧友ストラーホフの中傷に敢然と反論してその名誉を護った一章を含む『回想録』を書いた――作家が書けない時にその妻が書いたのである。そして友人ヴランゲリと妻アンナが書き残したものはどちらもドストエフスキーとの共同生活を対象にした『回想録』であった。蓋しドストエフスキーは、こうした稀に見る友情にも夫婦愛にも値した人間であったということであろう。それもさておき、今はヴランゲリ男爵の回想録に拾うべきものを拾わねばならない。

セミパラチンスクはイルトゥイシ川の高い右岸にあるが、これは幅の広い、魚の豊富な川で、当時はまだ汽船が見られなかっただけでなく、川面には艀(はしけ)もなかった。

(同書、二〇頁)

この描写からは当時のセミパラチンスクのイルトゥイシ川がオムスクのイルトゥイシ川と似通った景観を呈していたことが分かる。読み進むと、〝緒言の補遺〟に予告された通りに、A・E・ヴランゲリの文章には興味を引く「土地独特の情景」が多々見出だされる。中でも次のようなくだりは正真正銘の「シベリア(ステップ)讃歌」と言えよう。

だが私たちの日々の暇つぶしに戻ろう。馬に乗っている時——私はとうとうドストエフスキーに私の持ち馬のうち最もおとなしい一頭に乗ってみるよう説き伏せた。どうやらこれは彼にとっては初めてだったようで、灰色の兵隊外套を着て騎士の役をするのはとてもおかしくて見っともないと思いはしたものの、間もなく興に入ってしまった。そして彼と私は針葉樹林へ、付近の冬越しの場所へ、そしてキルギス人の天幕と彼らの宿舎がそこここに見えるステップへ長時間の騎馬の散歩をした。ステップは何とまあ絶妙なすばらしさを見せてくれたことか! この時期ステップには一面に花が咲いて、芳香が漂っていた——明るい緑の中に花がまだらの模様を描き、すばらしい絨毯が果てしない空間に敷きつめられたようだった。太陽の焼き尽すような光線に触れられず、干し上げられない間は、早春のステップは何と魅力的なものであろう!

（同書、四六頁）

周知のように、セミパラチンスクのドストエフスキーにはやがて最初の妻となるマリア・ドミートリエヴナ・イサーエワとのロマンスがあった。この町から兄ミハイルに書いた第一信には「天国」という言葉が見られるが、それも後日のこの恋愛事件に照らせばあながち誇張や比喩として割引いて読むべきではなく、むしろ作家の卓越した予感・予知能力の証と理解すべきであろう。だがマリアとの恋愛は結婚生活の前後を含めて作家にとって、そして二度目の結婚相手のアンナにとって、さながら生き地獄となった展開を見る。その初期段階であるこの町での馴れ初めのあと幾許もなく、二人は「天国」と「地獄」が背中合せの間柄になる。だが作家が「地獄」の心境に陥った折のヴランゲリの回想は注目に値する。

彼は非常な愛着を覚えてついさきごろ執筆を始めた『死の家の記録』を投げ出すまでになってしまった。私たちの好きな暇潰しは暖い晩に草の上に仰向けに身体を伸ばし、青空の深みから明滅する無数の星を眺める時だった。造物主の、全知全能の神の力は偉大であるという直観が私たちにある感動を与え、私たちは取るに足らぬ存在であるという意識が何となく私たちの魂を和らげてくれたのである。

（同書、五二頁）

これは回想録の第五章に相当し、「ドストエフスキーのロマンス。近郊への私たちの旅」が題名の一部となっている章である。ここでは先ず、「緒言の補遺」のことわり書き通りに「私たち」、「私たちの」等の代名詞が頻繁に使用されていること、それによってこの感懐が著者だけでなくドストエフスキーのものでもあることを押さえることができよう。次に、これをドストエフスキーの感懐として読めば、作家は「天国」と「地獄」が背中合せになった恋愛事件という渦中にあって、心境のバロメーターの針がマイナス方向一杯に傾くような折節に、セミパラチンスク近郊の大草原の懐に抱かれて天命に思いを致し、人事に処する心を定めたということであろう。シベリアの大自然がドストエフスキーに何をもたらしたかは今だに大きな謎であると言わねばならないが、ヴランゲリのこうした文章などがその一端を窺う上で甚だ貴重な手掛りになることは疑えまい。ところで、こうした引用に見られるヴランゲリの、そしてドストエフスキーの感懐には『死の家の記録』の「夏の季節」にイルトゥイシ川の岸辺に立ち、対岸の草原を見つめる時のゴリャンチコフの感懐に通じるものがないであろうか。そして『罪と罰』の「エピローグ」で同じ川のほとりに座し、うつろな目で向こう岸の情景に見入るラスコーリニコフの感懐に通じるものも。のみならず、『カラマーゾフの兄弟』の「ガリラヤのカナ」におけるアリョーシャの感懐に通じるものも。

彼は玄関の階段の上にも立ち止まらず、足早に庭へ下りて行った。感激に満ちた彼の心が、自由と空間と広闊を求めたのである。静かに輝く星くずに満ちた夜空が、ひと目に見つくすことのできぬほど広々と頭上に覆いかぶさっている。まだはっきりしない銀河が、天心から地平へかけて二筋に分かれている。不動と言ってもいいほど静かなさわやかな夜は、地上を覆いつくして、僧院の白い塔や黄金色をした円頂閣が、琥珀のごとき空に輝いている。おごれる秋の花は、家のまわりの花壇の上で、朝まで眠りを続けようとしている。地上の静寂は天上の静寂と合し、地上の神秘は星の神秘と相触れているように思われた……アリョーシャは佇みながら眺めていたが……ふいに足でも薙がれたように地上へがばと身を投じた。〔……〕おお、彼は無限の中に耀くこれらの星を見てさえ、歓喜のあまり泣きたくなった。〔……〕ちょうどこれら無数の神の世界から投げられた糸が、一斉に彼の魂へ集った思いであり、その魂は『他界との接触』に震えているのであった。〔……〕しかし、ちょうどあの半円の夜空のように毅然として揺るぎのないあるものが、彼の魂の中に忍び入るのが、一刻一刻と明らかにまざまざと感じられるようになった。何かある観念が、彼の知性を領せんとしているような心持ちがする、――しかも、それは一生涯、いな、永久に失われることのないものであった。

（『カラマーゾフの兄弟』、米川正夫訳）

これらは愛情の危機や信仰の危機に、あるいは「死の家」の界隈に身を置いて実在の、または虚構の人物たちが抱く感懐である。彼らはそれぞれの生命線において大自然の懐に抱かれて言わば起死回生を遂げ、心境を逆転させる。そして注目すべきは、いずれの場合にも彼らにとって「天国」と「地獄」は断絶した別世界ではなく、相接した一つの世界であり、背中合わせになっていることである。彼らは言わばテーゼの世界からアンチテーゼの世界へ移行したり戻ったりして、二つの世界を一如に生きる。ドストエフスキー文学が大きく、豊かで、かつ真実で美しい秘密の一端はここにもあると言うべきであろう。

それにしても、この秘密に与って欠かせなかったものは作家のシベリア体験ではなかったか。この問いは今や避けられまい。すなわち、ドストエフスキーのオムスク監獄での体験（〝イルトゥイシの岸辺〟――『死の家の記録』の「夏の季節」）なしに『罪と罰』の「エピローグ」のラスコーリニコフ（同じく、〝イルトゥイシの岸辺〟）が書かれ得たか否か、また作家のセミパラチンスクでの体験（〝ステップの星空〟――ヴランゲリの回想録）なしに『カラマーゾフの兄弟』の「ガリラヤのカナ」のアリョーシャ（〝星空のもとでの起死回生〟）が書かれ得たか否かという問いが必至となろう。「死の家」を「死の家」のままにして出獄していたら、ドストエフスキー文学は果たして『死の家の記録』を書くことができたかどうか。言わば「死の家」を「生の家」に転じ、テーゼをアンチテーゼに転じた（またはその逆の）精神力こそはドストエフスキーの真価と言うべきではないか。否定的シベリア観を肯定的シベリア観に転じたものはその精神力にほかならない。蓋し『死の家の記録』の文体は否定のパトスではなくて肯定のパトスに貫かれている。言い換えれば、『死の家の記録』はその実「生の家」の記録なのである。それは大きな逆説という文体によって書かれた作品と言うことができる。思えば、トルストイがドストエフスキーの作品のうち唯一賞賛を惜しまなかったこの作品の「観点」はこの独特の文体の謂に他なるまい。それは否定を肯定に転じ、死を生に転じる文体であり観点である。「自由、新しい生活、死からの復活……」という全編の結語はいみじくもそれを暗示している。『復活』の著者トルストイが好敵手のこの作品に格別の愛着を示したことは偶然でない。敢えて付言すれば、『復活』という表題のもとトルストイが果たして真に〝復活〟を書き得たのか否かは甚だ疑問としなければならない。『死の家の記録』という逆説的標題のもと、実質的には「生の家」の記録を、「復活」の物語を書いた秘密こそは、ドストエフスキーのシベリア観の秘密であり、延いてはシベリア時代以後の作家の文学全般の秘密となるものであろう。

ドストエフスキー・逆説の文学　序説

先に筆者は逆説という仮説に基づいて『死の家の記録』に敢えて異説を立てた。ところで、逆説はこの作品だけに顕著な特殊の筆法であろうか、それとも他の作品にも見いだされる、むしろ一般的なドストエフスキーの手法であろうか。――本稿はこの疑問に導かれた若干の考察の所産に他ならない。序説と断るのは、考察がまだ氷山の一角に過ぎないという自覚に発している。

1　ドストエフスキー文学と逆説

『貧しき人々』を第一の文学事始めとし、『虐げられた人々』を第二の文学事始めに含めたドストエフスキーは、定めし「貧民の中へ」、いや「貧しき人々の中へ」をモットーにした作家と言えよう。本稿の筆者がかの有名なスローガン「人民の中へ」をここで念頭に置いていることは言うまでもない。

ヴォールギンは、『貧しき人々』という標題はドストエフスキーの全作品を貫くエピグラフにすることができると言うが、至言であろう。ヴォールギンはまた、この場合の「貧しき」は単に物質的な意味合いだけに解釈すべきではなかろうとも言うが、これまた卓見であろう。

『貧しき人々』――それはまるで世界の悲哀に向けた嘆息、全人類への慨嘆であり（貧しき人々！）、物質的福祉の欠如に対する悲憤慷慨だけなのではない、貧しき人間は不幸な、不完全な、理想から遠い人間である。それは弱くて孤独な人間存在に対する殆ど神的な悲傷であり、人間自身の悲惨な自己評価なのである。ドストエフスキーの処女作の標題は彼が書く未来のすべての散文に付されてもよいエピグラフである。

（I・L・ヴォールギン『ロシアに生まれて』、モスクワ、一九九一年。強調は原著者）

この引用のすぐ前でヴォールギンは次のように述べている。

この小説に私たちの知る題名がどの時期につけられたのかは言い難い。この題名の、これ以外のいかなるヴァリアントも私たちの耳目に届いていない。だが、おそらく、この作品に別の題名がつけられることはあり得なかった。この題名から私たちが感知するのは、ロシアの知識人の耳に快く聞こえる、社会的音色だけではないのである。

ヴォールギンのこの見解に照らして、小説の題名としての『貧しき人々』がもつ、「社会的音色」以外の

「音色」を尋ねてみると、それがもつ「宗教的音色」が、耳にとまる。それは「心の貧しい人たちは、さいわいである」という、イエス・キリストの「山上の垂訓」の第一訓である。――「こころの貧しい人たちは、さいわいである。天国は彼らのものである。」（新約聖書「マタイによる福音書」第五章三。日本聖書協会（口語）。強調は引用者）

ドストエフスキーが『貧しき人々』の「貧しき」に福音書の意味合いを含めていたかどうかは、俄に断定できない。だがそれを判断する上で見逃せないのは、この小説の男の主人公マカール・ジェーヴシキンの名前である。ジェーヴシキンは作者がジェーヴシカ（娘、処女）をもとにして、こしらえた姓であるが、マカールは実際に使われるロシア人男子の名前である。ところが、そのマカールは「幸福な」、「至福の」という意味のギリシャ語〈マカール〉に由来する。そして〈マカリオス〉はこれと同じ意味をもつ別形、同根語であるが、ずばりその語〈マカリオス〉がギリシャ語聖書の山上の垂訓における「心の貧しい人々はさいわいである」の「さいわい」に使われているのである。（第五章三―十の各文頭にも、連続九回。）このことは、ドストエフスキーが『貧しき人々』の題名に福音書の意味、すなわち「心の貧しい」に通じる意味も盛り込んでいたと考えさせるに足りる、有力な根拠になろう。

このように考えると、『貧しき人々』には翻(ひるがえ)って『幸福な人々』の含意もあることになる。すなわち、この小説の標題には逆説の一面もあることになる。そしてこの逆説が題名上のものだけでなく、作意に関わる内容上のものでもあろうことは、十分に推断できる。（その推論には別稿を要するが。）但し、ドストエフスキーにあっては、人間の幸福とは幸福への永遠の渇望を措いてあり得ないものではあるが。

*

逆説の見地からすると、『貧しき人々』と『カラマーゾフの兄弟』は対照的に見える。それは、処女作では潜在的だった逆説が、最終作では顕在化したということであろう。さて、最終作のエピグラフには福音書の「一粒の麦」のたとえが掲げられている。「まことに、まことに汝らに告ぐ。一粒の麦、もし地に落ちて死なずば、ただ一つにてあらん。もし死なば、多くの実を結ぶべし。」(新約聖書「ヨハネによる福音書」、日本聖書協会(文語)) これは、死の中にこそ生があるという思想であり、逆説の極みの思想と言える。またレフ・シェトフのドストエフスキー論『自明の超克』のエピグラフには「死が生、生が死でないと、誰が知ろう」という、ギリシアの劇作家エウリピデスの言葉が掲げられている(パリ、ＹＭＣＡ出版)。こちらは、生と死をめぐる、ギリシア思想における逆説の極みであると考える根拠に事欠かない。

その著名な作品論がこのような逆説の極みをもつ『カラマーゾフの兄弟』という作品そのものも、当然、逆説に満ち溢れている。尚、筆者にも『自明の超克』を書名に取り込み、モスクワ大学筋の出版社「マックス・プレス」から二〇〇〇年に上梓したドストエフスキー論の著書(ロシア語)がある。

この小説の思想的天王山と言われる「大審問官伝説」(「劇詩」)においては、大審問官が雄弁を、キリストが沈黙を貫くが、「沈黙は金、雄弁は銀」、「負けるが勝ち」の格言を地で行くように、軍配はキリストに、沈黙に上がる。そこで常識が覆えされる。——すなわち紛れもない逆説である。また大審問官は終始キリストを誹謗するが、聞き終わってアリョーシャが言うように、劇詩はキリストの誹謗ではなくて賛美である。

――これまた逆説である。そして物語の展開は、この逆説が劇詩の語り手であるイワン自身と聞き手であるアリョーシャ自身の人格に関わるものでもあることを示している。

さて、生と死をめぐる逆説は神の有無をめぐる逆説と表裏一体の関係にある。神の有無の対偶を今仮に有神論と無神論の対偶とすれば、この対偶は『カラマーゾフの兄弟』の全編を一貫していて、その対偶をめぐる逆説もまた然りである。『カラマーゾフの兄弟』は最初『無神論』として構想され、次いで『偉大なる罪人の生涯』として構想されたものが、『悪霊』、『未成年』と共に別の形の帰結を見た作品として知られている。この時期の手紙によれば、作家は『偉大なる罪人の生涯』の「主要問題」は自身が「意識的にも無意識にも生涯苦しんできた、まさにその問題――神の存在という問題である」と述べている。（一八七〇年三月二十五日付け、A・マーイコフ宛ての手紙。強調は原著者〈原文ではイタリック体〉）ここで強調されている「神の存在という問題」から明らかなように、『無神論』のテーマは文字通りに「無神論」ではなくて、「神の有無の問題」、すなわち「有神論と（または、か）無神論の問題」である。ただ、目下の文脈では、この問題が「無神論」という題目でのみ提起されていることに着目したい。なぜかと言えば、この題目は「有神論」という題目からすれば、逆説になるからである。

同じことは『偉大なる罪人の生涯』（強調は糸川）に関しても言える。先程の引用の続きに、作家はその第二の小説（続編）で主要人物チーホン・ザドンスキー（主教）を取上げたいと書いている。更に作家は、チーホンは「偉大な、肯定的な人物である。〔……〕おそらく、まさにチーホンこそは我がロシア文学が探し求めている、我がロシアの肯定的タイプをなすものかも知れない〔……〕」（強調はドストエフスキー）と書いている。さて、作家によって強調された（原文ではイタリック体の）言葉「肯定的」に注目してみよう。そしてこれを「偉大なる罪人の生涯」と照らし合せてみよう。——すると「肯定的」人物が「罪人」であることが判明する。常識的には「罪人」は「否定的」人物である。従って「罪人」には、そして「偉大なる罪人の生涯」には、紛れもなく逆説が籠められていることが分かる。そもそも、「罪人」とそれにかぶせた「偉大な」という形容詞の関係そのものに逆説の響きがあることは、その形容矛盾から誰しも察知するところではあろうが。

こんな訳で『無神論』、『偉大なる罪人の生涯』という（構想上の）前身からして、『カラマーゾフの兄弟』の構想の中軸に逆説があることは動くまい。

ドストエフスキーは芸術における現実に関して独特の見解を持っていた。すなわち、独特のリアリズム観を持っていた。『白痴』の執著当時にN・ストラーホフに書いた手紙に、作家は自身のリアリズム観を端的に表明しているが、それは難解でもあるこの小説に作者自身が施した貴重な注釈にもなっている。

最近一カ月半、『白痴』の結末に大童でした。どうかお約束通り、あの小説について貴兄のご意見を聞かして下さい。一日千秋の思いで待って居ります。小生は（芸術における）現実というものについて、自家独特の見解を有しています。大多数の人がほとんど幻想的なもの、例外的なものと見なしているものが、小生にとっては時として現実の真の本質を成すのであります。現象の日常性や、それに対する公式的な見方は、小生に言わせると、まだリアリズムではありません。むしろ、その反対なくらいです。毎号の新聞を見ても、きわめて現実的な事実と、きわめて奇怪な出来事の報道が載っています。我が作家連にとっては、それは幻想的なものです。また彼らはそれを相手にしません。ところが、それが現実なのです。〔……〕果たして小生の幻想的な『白痴』は、現実、——しかもきわめてありふれた現実ではないでしょうか？　まったく今こそ大地からもぎ離された我が国の社会の各層に、こうした性格が当然生じるべきなのです。これらの社会層は現実において、幻想的なものになりつつあるのです。

（ドストエフスキー、書簡集、一八六六年十一月二十六日）

ドストエフスキーはここで「現実（的）」と「幻想（的）」を対照している。そして八年後の一八七六年、『作家の日記』においてこれと同じ対照を繰返す。米川訳はそこでは「現実（的）」に対して「空想（的）」という訳語を当てているが、原文のロシア語は八年前の手紙における と同じ〈Фантазия〉〈Фантастический〉である。

私は非常な興味をもってドン・カルロスのイギリス乗り込みの記事を読んだ。現実は退屈で単調であると、常に言われている。で、人は気を紛らすために、芸術に走り、空想に走り、小説を読む。ところが、わたしは反対である。現実以上に空想的な、思いがけないものがどこにあろうぞ？　現実が毎日、最もありふれたことのような体裁で、幾千となくわれわれに提出している突飛なことどもは、小説家などには想像もつかない。時には、いかなる空想力をもってしても、考え出せないようなものがある。小説家なんかより、どれだけ優れているか分からない！

（『作家の日記』、一八七六年三月、第二章1、米川正夫訳）

ところで、「現実（的）」の反意語は複数ある。それはなにも「幻想（的）」に限られるわけではない。ざっと日本語を振返ってみれば、このほかに「現実（的）―空想（的）」、「現実（的）―理想（的）」、「現実（的）―非現実（的）」などがある。この四組の反意語のうち、三組までが――「幻想（的）」、「空想（的）」、「理想（的）」――漢字の「想」を使うことは注目されてよい。「(現）実世界」に対して「想世界」という言葉があるが、「想」を軸にする世界が総じて「現実」に対置される訳である。ロシア語でも「現実」の反意語としては三組が挙げられるが、なぜかドストエフスキーは好んで「現実（的）―幻想（的）」の組合わせを用いる。その理由も一考に値しようが、その三組のうち『白痴』をめぐっては「現実（的）―理想（的）」の組合わせが多くを考えさせる筈である。

『白痴』をめぐって「現実（的）―理想（的）」の反意語を考えると、作家が姪のソフィア・イワーノヴナ宛ての手紙に書いた、この小説の主題が想起される。

この長編の主要な意図は無条件に美しい人間を描くことです。これ以上に困難なことは、この世にありません。特に現代においては、あらゆる作家たちが単にわが国ばかりでなく、すべてのヨーロッパの作家たちでさえも、この無条件に美しい人間を描こうとして、常に失敗しているからです。なぜなら、これは測り知れないほど大きな仕事だからです。美しきものは理想ではありますが、その理想はわが国のも、文明ヨーロッパのものも、まだ実現されて居りません。（一八六八年一月一日、木村浩訳。強調は引用者）

ここに「理想」という言葉が出てくるのは「無条件に美しい人間」（あるいは、「議論の余地ないほどすばらしい人間」、「完全に美しい人間」［カトコーフへの手紙より、木村浩訳『白痴』、あとがき］）を創造するというこの小説の主題からして、必然的なことと言える。換言すれば、『白痴』の主題（あるいは課題）は「理想の人」、「理想的人間」の創造なのであった。では、その主題はどのように実現され、その課題はいかように解決されたのであろうか。

では、ドストエフスキーの意図したこの『無条件に美しい人間』のイメージは果たして主人公ムイシキン公爵の中に形象化されていようか。この問いに対する答えによってこの作品の評価は決定する訳だが〔……〕

（『白痴』、木村浩訳、あとがき）

木村浩のこの問いは、『白痴』の主人公ムイシキン公爵が所詮はただの「理想」の人に過ぎず、「理想的」人間に過ぎないか否かという問いである。言い換えれば、ムイシキン公爵は作者ドストエフスキーの「幻想」に過ぎず、「空想」や「夢想」に過ぎないのかという問いである。そして、最後に、ムイシキン公爵は結局「現実」には存在し得ず、「現実的」存在ではあり得ないのかという問いである。

『白痴』はこうした問い、否定の問いに対して、否定の答えを暗示している。否定の問いに対する否定の答え――否定の否定――、そこに何が帰結するかは弁証法のイロハである。その時、「白痴」は「理想」の人に、「理想的」人間になる。しかも幻想でなく、空想でも夢想でもなく、現実に、文字通り現実に、「理想」の人、「理想的」人間が現実に存在する、しかもその人、その人間は「白痴」とされる――そこにいかなる逆説が潜むかは言わずと知れよう。

2 『地下室の手記』の逆説

『地下室の手記』は次のような終り方をしている。

逆説家の『手記』は、ここで終わっている訳ではない。彼は我慢できずに、さらに先を書き続けた。しかし我々もまた、もうこのあたりでとめておいてよかろう、と考えるものである。

（『地下室の手記』、江川卓訳。以下、『地下室の手記』はすべて同訳）

『地下室の手記』は後期ドストエフスキー文学の出発点と見なされるが、この作品が「逆説家」の手記と明記されていることは、多くを物語っていよう。敢えて言えば、この作品は始めから終りまで逆説である。終りの逆説は今見た通りである。では始めの逆説はどうか。

『地下室の手記』（または『地下生活者の手記』）という題名は明らかに逆説である。言うまでもなく、「地下」は「地上」の反対語であり、「地下」は「地上」と対照される。そして人間の生活は通常は「地上」をその世界（または場所）としているから、「地下」を世界とし場所としているこの手記の主人公は、通常の人間とは逆の人間であることが明らかである。つまり、この標題にはこの作品が通常とは逆の、正常とは逆の人間を書いたものであることが暗示されている。いや、それは明示されていると言っても過言であるまい。この標題からしても、この手記は作者の言葉通り、つまり文字通り「逆説家の手記」なのである。

二部構成のこの手記は「第一部　地下室」と「第二部　ぼた雪にちなんで」から成る。第一部1の書き出し、すなわち全編の冒頭は「ぼくは病んだ人間だ……ぼくは意地の悪い人間だ」(江川卓訳)となっている。「病んだ人間」という言い方は「病人」とは語感を異にする。「病人」と言えば対照的に「健康」な人間を思い浮かべるが、「病んだ人間」、「病める人」、「病的な人間」などに対照されるのは「健全」な人間である。換言すれば、「病んだ人間」という場合には肉体的よりも精神的な意味合いが強い。この対比は「健康な身体に(宿る)健全な精神」(A sound mind in a sound body.)という格言からも明らかであろう。

ところで、「地下室」の住人として「病んだ人間」は実にぴったりで、その取り合わせはいかにも自然であり、必然的である。題名としての「地下室」が大いなる逆説であるように、その住人、すなわち括弧つきながらこの手記の著者であり、ある意味で、この作品の主人公である「病んだ人間」も逆説的存在であることは、作者が自ら最後に明記した「『逆説家』の手記」という種明かしを待たずとも察知できよう。最終章(第二部10)にはこの手記の著者「ぼく」が自分自身を「アンチヒーロー」と呼ぶ件がある。

だいたいが、たとえば、ぼくが片隅で精神的な腐敗と、あるべき環境の欠如と、生きた生活の絶縁と、地下室で養われた虚栄に満ちた敵意とで、いかに自分の人生をむだに葬っていったかなどという長話は、誓って、面白い訳がない。小説ならヒーローが必要だが、ここにはアンチヒーローの全特徴がことさら寄せ集めてあるようじゃないか。(強調は引用者)

この「アンチヒーロー」という「ぼく」の自己規定は、そのすぐあとで作者がする「逆説家の『手記』」

という規定に見合っている。すなわち、「アンチヒーロー」は「逆説家」の別名である。「逆説家」同様、「アンチヒーロー」も「地下室」に住む「病んだ人間」の名前としては格好と言えよう。

第一部の数章（2~5）では歯痛をめぐって苦痛と快楽の哲学が逆説的に説かれる。

〈は、は、は、そこまで行けば、きみは歯痛にも快楽を見出せるわけだ、〉諸君は腹をかかえて笑いながら、絶叫されることだろう。

おあいにくさま、歯痛にだって快楽はあるさ、とぼくは答える。まるひと月、歯痛を病んだ経験から、ぼくはちゃんと知っているのだ。もちろん、この場合は、黙々と増悪を噛みしめる訳にはいかず、うめき声をあげることになる。だがこいつはすなおなうめき声ではなくて、悪意のこもったうめき声なのだ。そして、この悪意こそ曲者なのである。このうめき声には、苦しむ人間の快楽が表現されている。もしそこに快楽を覚えないのなら、うめき声を垂れるはずもない道理ではないか。（強調は引用者）

病気と苦痛は切り離し難い。だがすべての病気が苦痛を伴う訳ではない。この手記の著者である「ぼく」は「病んだ人間」であって、「病人」ではない。その「ぼく」、「病んだ人間」の議論の種を歯痛にしている作者の筆は心憎いばかりに巧みである。歯痛が病気か否かが微妙な問題であることは、「医科・歯科」という日本語にも現れている。そこには歯科医学が医学とは一線を画すかのようなニュアンスがある。仮に歯痛が病気でないとしても、病気に限りなく近いことは否めない。「病人」ではなくて「病んだ人間」である「ぼく」にとって、歯痛は絶好の話題と言えよう。この意味で、「ぼくは病んだ人間である……」という書出しを程なく「病気のような、病気でないような」代物である歯痛談義に移す筆の運びは、お見事と言わざるを得ない。

ところで、うめき声を介して歯痛という苦痛を快楽に転じる論理は独創的であり、明快であり、説得力がある。開巻一番、早くもここには「逆説家」である「ぼく」の面目が躍如としている。そして、大いなる逆説家である作者ドストエフスキーの面目も。

だが、歯痛は病気としては特殊なものであっても、苦痛としては些かも特殊なものではない。ここからして、「歯痛は快楽である」という特殊なテーゼを「苦痛は快楽である」という一般的なテーゼに転じる道が拓ける。「苦痛は快楽である」――このテーゼが通念を逆転させた、れっきとした逆説であることは論を俟つまい。そしてこのテーゼがドストエフスキーの、言わば不動の思想であることは言うまでもない。『地下室の手記』の次作『罪と罰』には、酒場におけるマルメラードフの鮮明な描写の中で、このテーゼが高らかに響き渡る。

「ぶたれるのなんかこわくない……ねえ、あなた、私にとっちゃ、あんなふうにぶたれるのは、苦しみどころか、快楽なんですよ……だって、こいつなしじゃ、私自身、やっていけないんだから。そのほうがいいんだ。」マルメラードフが髪をつかまれて引きずられながら、これも快楽だ、と叫ぶと、ことのほか愉快そうな笑いが起こった。

（『罪と罰』、江川卓訳、強調は原著者。以下、『罪と罰』は全て同訳）

『地下室の手記』から『罪と罰』まで、延（ひ）いては『地下室の手記』から五大長編小説群までは僅かに一歩を隔てるのみであることを示す一例がここにもある。

次章（第一部7）では「いっさいの美にして崇高なるもの」をめぐって「病んだ人間」が弁じたてる。

なぜなら、いっさいの美にして崇高なるものをぼくは愛するからだ。だが、その代償として、ぼくは自分への尊敬を要求し、ぼくに敬意を表さないものをこらしめてやるつもりだ。心安らかに生き、誇らかに死ぬ――これは実にすばらしいことではないか、いや、こんなすばらしいことなんてないほどだ！そうなったらぼくは、べんべんとした太鼓腹を抱え、顎を三重にもくびらせ、赤鼻をにゅっと突き出して、道で行き合った者が皆ぼくを見て、〈これこそ正（プラス）だ！　これこそ真に積極的（ポジチヴ）な人間だ〉と言うようにしてやろう。諸君はどう思うにせよ、現代のようなネガチヴの時代に、こんな評価を耳にするのは、実に愉快きわまることではないか。

現代を「ネガチヴ」と捉える精神、そしてそのような時代に――我こそ正（プラス）の、積極的（ポジチヴ）な人間なり、とうそぶく精神はいかなる精神であろうか。ここには逆説家の本領が遺憾なく発揮されていると言うべきであろう。逆説家は「地下室」こそ真実の世界であると、そして「地下室」の住人こそ正（プラス）の、積極的（ポジチヴ）な人間であると主張する。そこには時代への反逆があり、時代精神への挑戦がある。この「病んだ人間」からラスコーリニコフまでは幾許も隔たりがない。『罪と罰』の主人公は次のように言う。（彼もまた一面アンチヒーローであり、「地下室」（のちに監獄）の住人であり、逆説家であることは、多言を要すまい。）

だが、少なくとも彼は自分のおろかさに憤りのはけ口を見出せる筈だった。かつて、自分をとうとう監獄にまで連れてきた、自分のみにくく、おろかな行動に腹を立てたように、しかし、監獄に入って、自由の身になった今、ふたたび以前の自分の行動を検討し、熟考したとき、彼にはそれらが、かつて、あの運命の瞬間に思えたほど愚劣なものとも、醜悪なものとも思えなかった。

「どこが」と彼は考えた。「おれの思想のどこが、天地開闢以来この世にむらがり、おたがいに角突き合わせている他の思想や理論と比べて愚劣なんだ？　日常の影響から切り離された、完全に独立した、広い目で事態を見てみるだけでもいい。そうすれば、おれの思想もそうそう……奇異なものじゃなくなるはずだ。ああ、五カペイカほどの値打ちしかない否定論者や賢者君、君らはどうして中途半端なところで止まっているんだ！」

（強調は原著者）

第一部7からその終章の11までにおいては、「利益」という金科玉条をまないたの上に載せて、アンチヒーローの人生論が開陳される。彼は人間の行動が利益によって決定されるという「定説」を一蹴して、「ああ、子供だましはよしてくれ――無邪気な赤ん坊もいいところだ！」とまで言う。

だいたい利益とは何だ！　人間の利益とはそもそも何であるかを、正確無比に定義できる自信が、諸君にあるとでもいうのか？　いや、それより、もしひょっとして、人間の利益はある場合には、人間が自分に有利なことではなく、不利なことを望む点にこそあり得るし、むしろそれが当然だということになったら、どうなるのだ？

（強調は引用者）

ここで強調した「有利」と「不利」に注目すれば、「利益」をめぐる「地下室」の主人公の逆説は明白となる。やがてこの逆説は論理、理性、合理性、等々への信奉を否定することへと進む。そしてその極みが「水晶宮」の否定となる。そこから不条理への、恣欲への道筋はひと跨ぎである。アンチヒーローのこの哲学、言わば「恣欲の哲学」を象徴するスローガンが「アンチ二二が四」であり、「二二が五」であることは言うまでもない。

しかし、それにしても、二二が四というのは鼻持ちならない代物である。二二が四などというのは、ぼくに言わせれば、破廉恥以外の何物でもない。〔……〕二二が四がすばらしいものだということには、ぼくにも異論がない。しかし、褒めるついでに言っておけば、二二が五だって、時には、なかなか愛すべきものではないのだろうか。

かくして、アンチヒーローの言わば「利益の彼岸」を目指す、「有利と不利の彼岸」を目指す飛翔はとどまる所を知らない。「地上」を目指す道が翻って彼岸を目指す道、すなわち「天上」を目指す道であるというこの妙が大いなる逆説でなくて、何であろうか。

「第二部　ぼた雪にちなんで」――このタイトルを選んだいきさつを伝える第一部の終段は、ふと二葉亭四迷が『浮雲』のタイトルの由来を書いた件を想起させる。

今日は雪が降っている。ぼた雪に近い、黄色い、濁った雪だ。きのうも降った。二、三日前にもやはり降った。ぼくの感じでは、このぼた雪が機縁で、いま、どうしてもぼくから離れようとしないあの話を思い出したのらしい。それなら、これも、ぼた雪にちなむ物語ということにしておこう。

（『地下室の手記』）

薔薇(ばら)の花は頭に咲いて活人(かつじん)は絵となる世の中〔……〕欠け硯(すずり)に朧(おぼろ)の月の雫(しずく)を受けて墨摺りながす空のきおい夕立の雨の一しきりさらさっと書き流せばアラ無情(うたた)始末にゆかぬ浮雲めが艶(やさ)しき月の面影を思いがけなく閉じこめて黒白(あやめ)も分からぬ烏夜玉(うばたま)のやみらみっちゃな小説ができしぞやとわれながら肝をつぶしてこの書の巻端に序するものは

（「浮雲はしがき」、『浮雲』二葉亭四迷全集、第一巻、筑摩書房、昭和五九年、五頁）

どちらも、いかにも偶然に、無造作に選んだかのような題名であるが、どうして、その必然的な命名ぶりは心憎いばかりと言わねばならない。偶然をよそおって必然を書く——そこにも既に大いなる逆説が潜むことは言うまでもない。「文(ふみ)の道は裏からの道」——文芸における大家の筆は多く読者にこうした仮説を立てさせずにいない趣をもつ。

第二部にも逆説はたっぷりと仕組まれている。

現代のちゃんとした人間は、すべて臆病者で、奴隷であるし、そうでなければならないものなのだ。

これは現代人の正常な状態である。これはぼくの深く確信するところだ。現代人はそういうふうに創られ、そうなるようにできているのだ。

（『地下室の手記』、第二部1）

これがれっきとした逆説であることは多言を要すまい。「手記」の筆者である、かつ第二部の主人公である「ぼく」はここで正常と異常をめぐる逆転したテーゼを確信をもって述べている。

第二部1にはもう一つ、少なくとも広義には逆説と受け止め得ることがある。それは執念（あるいは執着）と放下をめぐる逆説である。手記の著者である「ぼく」は安レストランの撞球場で二メートルもある大男に「立っていた場所から別の場所へ置き移される」という屈辱を嘗めさせられる。彼はそのあと数年間も「無数の苦悩や、屈辱や、憤懣を嚙みしめ」て、文字通り臥薪嘗胆の思いで雪辱を期するが果たせない。ところがこの目論見を断念したある日突然、彼は期せずして、しかも「これ以上望めぬほどにうまく」その雪辱を果たす。それは、「その前の晩、ぼくは柄にもないこの目論見を断念して、いっさいを無駄骨に終わらせようと最後の決心を固めて、これが見おさめとばかりネフスキー通りに出てみた」時であった。これは明らかに、執念をもっていた時には事が成らなかったのに、断念した時に事が成ったということである。執着し続けて果たせなかったことが、放下したとたんに果たせたということである。これは浄土真宗（親鸞）の説く自力と他力の妙に通じ、小我と大我の妙にも通じる、人生の大いなる逆説であると言えよう。

『地下室の手記』第一部は「ぼく」と自分との人間関係を書き、第二部は「ぼく」と他者との人間関係を書いている。バフチンの用語を使って第一部を逆説家なるアンチヒーローの「独白」（モノローグ）とすれば、第二部はその「対話」（ディアローグ）となる。そして第二部「対話」のテーマは前半が友情であり、後半が愛情である。

アンチヒーローの友情はアンチヒーローと「ヒーロー」たちとが繰り成す人間模様であるかのようである。多勢に無勢にもめげず、アンチヒーローは必死に「ヒーロー」たちと闘うが、勝ち目はない。ドン・キホーテよろしく無残な敗北を喫し、自己否定を露呈する。だが俗物性がいかんなく暴露される「ヒーロー」たちも、飽くまでも括弧つきのヒーローであり、こちらも否定的ヒーローであることが活写されている。そこでは言わば「地下」の人間も「地上」の人間も否定される。諸刃の剣であるアンチヒーローは自身に対しても他者に対しても逆説的な関係に立つ存在、言わば二重の逆説を生きる存在なのである。このアンチヒーローからあのラスコーリニコフへの道、『地下室の手記』から『罪と罰』への道がただ一歩を隔てるのみであることは容易に看取されよう。

こうして友情を悲劇としたアンチヒーローは愛情をも悲劇とする。ヒロインである淪落の女リーザに注ぐ彼の愛情は、エピグラフに掲げられたA・ネクラーソフの詩とは裏腹に、女にも自身にも救いとはならない。

迷いの闇の深い底から　火と燃える信念のことばで、おちぶれた魂を引きあげたとき、おまえは深い
苦悩にみたされ、両の手をもみしだいて　おまえを捉えた悪を呪った。……

この詩の主想は人道主義に出ずる愛情の実践であるが、物語の帰結は救済でなく破滅がこの愛情の本質であることを暴露する。そこにおいて、この詩のモチーフそのものに対する作者の否定的アプローチが浮き彫りになる。すなわち、エピグラフそのものをも、作者は逆説的な意味合いで掲げている訳である。ところで、

エピグラフは詩全体のほぼ半分の所で「等々、等々」を付して中断した形になっているが、これをモチューリスキーは「作者は愚弄的な『等々、等々』で引用を中断している」（K・モチューリスキー『ドストエフスキー——生活と作品』）と読む。

タイトルにも、エピグラフにも隠された逆説——ここに、「大いなる逆説の書」としての『地下室の手記』は瞭然としよう。

3 シベリア流刑の逆説

『死の家の記録』第一部には序章、第一章「死の家」に続いて、「最初の印象」が三章（二、三、四章）あり、更に続いて「最初の一月」が二章（五、六章）ある。その第五章にある次のような件に着目してみたい。

他の囚人たちの憎悪に燃えた顔々の中にも、私はいくつかの善良そうな明るい顔々を認めない訳には行かなかった。「どこにだって悪い人間は居るが、悪い人間のあいだにもいい人間はいるものだ」と、私は急いで気休めに考えた。「だれが知ろう？ この連中は、ひょっとしたら、獄外に残っている連中よりも、決して、それほど悪い人間たちではないかも知れない」わたしはこんなことを考えて、そんな自分の考えにわれながら小首をかしげたものだ。ところが、この考えが、ああ、この！

（『死の家の記録』、第一部五「最初の一月（ひとつき）」。強調は原著者）

事実と小説の間の曰く言い難い関係を考慮に入れても、この件にはオムスク監獄に入獄して程ない時期における、ドストエフスキーの人間観の転換、あるいは逆転の兆しを看取し得よう。
第一部の終盤は「クリスマス」とその週に行われた「芝居」(十、十一章)であるが、この頃には語り手の民衆観が確固たるものになっている。貴族(ないし貴族出身の階級)と民衆をめぐる思念は通念を著しく転換し、ほぼ逆転させたものになっている。

囚人たちは極度に見栄っぱりで、無思慮な人間かもしれない、仮にそうだとしても、それはうわべだけのことである。囚人たちは、作業で私がさっぱり役に立たないのを見て、私をあざ笑ったかも知れない。アルマゾフは雪花石膏を焼く腕前を自慢して、私たち貴族出身の者を軽蔑の目で見たかも知れない。しかし、私たちに対する彼らの迫害や嘲笑には、別な要素も混じっていた。私たちはかつて貴族だった。私たちは彼らのかつての主人たちと同じ階級に属していた、そしてそのかつての主人たちについて、彼らはいい思い出を持つことができなかったのである。ところが今、芝居小屋で、彼らは私に道を空けてくれた。こういう面では、私の方が彼らより目があり、私の方が多く見ているし、知っていると、彼らは認めていたのである。私にもっとよくない感情をもっている連中まで(私はそれを知っている)、今は私に芝居を褒めてもらいたいと思って、卑屈な気持など少しも持たずに、私を一番いい席へ通したのである。私は今、あのときの私の印象を思い返しながら、この考察を書いている。あのとき私には——私はそれを覚えているが——彼らの自分に対する公正な判断には卑屈さはまったくなく、かえって自分の価値に対する正しい感情があったように思われたのだった。わが国の民衆のもっとも高い、そしてもっとも鮮明な特徴――それは公正の感情とその渇望である。その人間にその価値があろうとなかろうと、どこでも、何が何でも、かきわけて前へ出ようとする雄鶏の悪い癖――そういうものは民衆にはない。うわっつらの借物の皮をひんむいて、ほんとうの中身をもうすこし注意して、もうすこし近づいて、いっさいの偏見を捨てて観察しさえすれば、――見る目のある者は、民衆の中に予想もしなかったようなものを見いだす筈である。我が国の賢人たちが民衆に教え得ることは少ない。私は確信をもって断言するが――その逆である。賢人たちの方こそ、まだまだ民衆に学ばなければならないことが多いのである。

（強調は原著者）

引用の最後で「わが国の賢人たち」に矛先が向けられているから、貴族と共に知識人も民衆との関係で否定的に認識されていることになる。そしてこの件は「その逆である」という断言で結ばれている。すなわち、ここ、『死の家の記録』第一部の終章で、貴族と民衆、知識人と民衆の関係において通念の逆説が鮮明に打出されている訳である。

このあとには慨嘆が来る。それはすぐれた資質の持ち主である民衆が空しく滅びていくことへの嘆きである。

これらの即興的な役者たちを見ていると、ほんとうに目を疑いたくなるほど、思わず考えさせられる。わがロシアではどれほどの力と才能が、時にはほとんど日の目を見ずに、自由のない苦しい運命の中にむなしく消えていくことであろう！

第一部終章の大団円に近いこの件は、後述のように、第二部終章の同じく大団円に近い、意味深重な件と呼応する。それはこの作品の、内容と形成の両面において見事な、シンメトリックな構成の極みを見せて、妙と言える。

ところで、今の引用文に限って言えば、「死の家」は文字通りに死の家の様相を呈する。のみならず、そこにはロシア全体が死の家であるという糾弾の響きさえある。思えば、奇しくもこの作品は農奴解放令が発布された年（一八六一年）に発表されている。従ってこの作品の執筆・発表の年まで、ロシアの民衆（その大部分は農民）は農奴でもあった。そしてゴーゴリの最終作は『死せる魂』（一八四二年）であるが、「死せる魂」とは農奴の別名でもあった。ドストエフスキーはゴーゴリを踏台にして登場した訳であるが、二人の作家の作品を結びつけて言ってみれば、「死の家」の住人は「死せる魂」でもあった、すなわち、ドストエフスキーの作品の主人公たちはゴーゴリの作品の主人公たちでもあったことになる。十九世紀ロシアの、世代を接した二人の大作家は、祖国「死せるロシア」の同胞「死せるロシア人」をテーマに大作を成したことになる。だが、いずれも額面通り「死せる国」の「死せる民」を書いた作品であるか否かは即断し難いと言わなければならない。

さて、今しがた触れた第二部の終章、つまり全編の終章の中の件に傾聴してみよう。

あのころ、入獄当初の一年、この木柵はどれほど無愛想に私の心をおびやかしたことか、きっと、あの頃に比べると老朽化したに違いないが、私の目にはそれが分からなかった。この木柵の中でどれほど多くの青春がむなしく葬られたことか、どれほど偉大な力がなすこともなく亡び去ったことか！　ここまで来たら、もう何もかも言ってしまわねばならぬ。たしかに、ここに住む人々は、稀に見る人間ばかりだった。ほんとに、わがロシアに住むすべての人々の中で、もっとも天分豊かな、もっとも強い人間たちと言い得るかも知れない。ところが、それらのたくましい力がむなしく亡び去ってしまった。異常に、不法に、二度と帰ることなく、亡びて去ってしまったのである。ではそれは誰の罪か？　ほんとに誰の罪なのか？

（強調は原著者）

民衆に置換え得る囚人や罪人を賞賛し、慨嘆した挙句に反復される「誰の罪か？」の一句は多くを問い掛けていよう。それは、民衆の罪ではない以上、必然的に、民衆に対置される社会層の罪になる道理である。すなわち、端的にはそれは支配階級の罪となろう。のみならず、それはまた、この作品の中で幾度となく民衆に対置されてきた社会層である、貴族や知識人の罪にもなる筈である。——だがそれこそは監獄の、「死の家」の逆説でなくて何であろう。このような訳で、『死の家の記録』は言わば『逆説の記録』であり、A・ウォリンスキーの『悪霊』論である『大いなる憤怒の書』という標題に因めば、『大いなる逆説の書』なのである。

民衆と支配階級、民衆と貴族・知識人の上下関係の通念を逆転させる『死の家の記録』の大いなる逆説は十九世紀の、いやドストエフスキーの同時代に起こった思想運動である人民主義（ナロードニーチェストヴォ）の運動に疑問を投げかけずにいない。かの有名な「人民の中へ」（ヴ・ナロード）を標語にした「ナロードニキ」思潮の人民観（＝民衆観）は、『死の家の記録』におけるドストエフスキーの民衆観の前には兜を脱がなければなるまい。それは、「ヴ・ナロード」主義は、「人民の中へ」主義は不徹底、微温的、感傷的という批判を免れない。言わばそれは人民知らずの人民主義であった。違いをはっきりさせるならば、ナロードニキは「人民の中へ」を標榜したのに対して、ドストエフスキーは「人民の中から」発言した、ということになろう。ロシア語に即するなら、前者は「ヴ・ナロード」を標語とし、後者は「イズ・ナローダ」を座右の銘にしたと言える。決定的な相違は、ナロードニキが民衆から遊離しているのに対して、ドストエフスキーは民衆と一体化していたことである。言い変えれば、前者が観念的で後者が実際的、一方が空想的で他方が現実的であったともなる。人民主義が十九世紀だけの生命しかもたなかったのに対して、ドストエフスキー文学が十九世紀を越え、二十世紀をも越えた生命力を保っている所以はそこにこそあろう。

　最後に、「シベリア十年の『逆説』」との関係において『罪と罰』を一考したい。

「シベリア十年の『逆説』」と『罪と罰』――その関係には何が潜んでいるか。この問いに向かうと、何故か『罪と罰』のヒーローよりもヒロインの方が目に浮かぶ。ラスコーリニコフよりもソーニャの方が。何故だろうか。

　罪人ということなら、ラスコーリニコフもソーニャも「同じ穴のむじな」と言えよう。片や殺人犯、片や売春婦――「同罪」かどうかは別にして、二人とも罪にまみれた人間であることには変わりがない。モーゼの十戒に照らしても、どちらも罪人である。（旧約聖書「出エジプト記」第二十章、一三―「あなたは殺してはならない。」一四―「あなたは姦淫してはならない。」）小説の本文の中にも、二人の「同罪」を思わせる件がある。「『今、ぼくには君ひとりしかいない』と彼は続けた。『一緒に行こう……だからぼくはここへ来たんだ。二人とも呪われた同士だ、一緒に行こうじゃないか！』」（第四部4）

では何故、あの問いに向かうとき心頭に立つのはソーニャであって、ラスコーリニコフではないのか。——どうやら、それは二人に信仰が有るか無いかの一事に掛かっているようである。エピローグで、シベリアの囚人の仲間入りをしたラスコーリニコフは、囚人たちからつまはじきにされる。

彼自身はみんなに愛されず、避けられていた。しまいには憎まれるようにさえなった。なぜだろうか？　彼はそれも知らなかった。彼は蔑すまれ、あざけられた。また、彼よりもはるかに罪の重い人たちから、自分の犯罪を嘲笑された。「あんたは旦那衆だよ！」と彼は言われた。「斧なんか持ち歩くのはあんたの柄じゃねえ。旦那衆のやるこっちゃないさね」
大斎期の第二週に彼は自分の獄舎の人々といっしょに精進する番が回ってきた。彼は、教会へ行って、みんなといっしょに祈祷をした。どういうことからか、自分でも分からなかったが、あるとき喧嘩が起こり、みんなが一斉に突っかかってきた。
「この不信心者め！　おまえは神さまを信じちゃいねえだ！」とみんなは叫んだ。「殺してやらにゃ」
彼は一度として彼らと神のことや信仰のことを話したことはなかったが、彼らは不信心者として彼を殺そうとしたのだ。

これに続く件には逆にソーニャの人気者ぶりが書かれている。

彼には、もうひとつ解決し得ない問題があった。なぜ彼らはみんな、あれほどソーニャを愛するのかという問題である。〔……〕労役に向かう囚人の一団と顔を合わせたりする時には、みんなが帽子を取って、お辞儀をした。「ソフィヤ・セミョーノヴナ、あんたはおれたちのおっかさんだ。やさしい思いやりのあるおふくろだよ！」粗暴な、札つきの徒刑囚たちが、この小柄なやせた女にこう言うのだった。彼女は微笑で答えて、会釈を返す。みんなは彼らにほほえみかける彼女が大好きだった。彼女の歩きつきまで好きになった。ふり返って、歩み去る彼女を見送っては、彼女をほめそやすのだった。

エピローグにおけるこうした描写からも明らかなことは、ソーニャが信仰を持つのに対して、ラスコーリニコフは信仰を持たないということである。

これを信仰の中、信仰の外という概念で言換えてみると、民衆との関係において鮮明な図式を得ることができる。すなわち、信仰の中にあるソーニャは民衆の中にあり（民衆と共にあり）、反対に、信仰の外にあるラスコーリニコフは民衆の外にある（民衆から遊離している）という図式である。

民衆――シベリアの獄舎の囚人は民衆である（誰もがではないにしても、大多数は）。そしてロシアの民衆は信仰を持ち、神を信じている（これまた、誰もがではないにしても、大多数は）。ソーニャも信仰を持ち、神を信じている。従って、彼女は民衆の中にあり、民衆と共にある。――先刻のラスコーリニコフの「問題」の「解答」はこう導き出される訳である。

では、「シベリア十年の『逆説』」と『罪と罰』の関係はどのような結論になるのか。

ドストエフスキーのシベリア十年の「空白」は逆説の極みであった。その「空白」の十年は作家にロシアの民衆を発見させ、ロシア正教の信仰を確認させた。『罪と罰』のラスコーリニコフは、小説の本編を通じて、民衆も知らず、信仰も知らない。民衆を知り、信仰を知るためには、彼はエピローグに暗示された道を辿らなければならない。彼は「空白」の大地に立たなければならない。そしてシベリアの住人になり、「死の家」の住人にならなければならない。彼は自身の創り主である作家ドストエフスキーの道と本質的に同じ道を行く。ロシアの民衆を知らず、ロシア正教を知らないラスコーリニコフが真のロシア人になるための道はただならぬ道であるに違いない。それは想像を絶して苦渋に満ちた道、気が遠くなるほどに遥かな道であらざるを得まい。言わば「道の奥」こそがラスコーリニコフの「ついに行く道」だとするなら、「ロシアの道の奥」であるシベリアこそ、一筋の道になる。『罪と罰』のエピローグがシベリアを舞台とし、徒刑生活を内容にしていることには深い意味があると言わなければならない。ロシアを「欧露と亜露」という見地から眺め、通念としての「表と裏」をその見地に重ねると、シベリアはまさにその「亜露」と「裏」に当たる。俗に「ムショ」と言われる刑務所暮らしが社会の「裏」であることは、普通の社会を指す「シャバ」が「表」であることと同様に、言うまでもない。こう考えると、エピローグの舞台をシベリアにし、その内容を徒刑生活にしたことには、「表に裏を重ねる」という作者の意図を読取ることができよう。本編の舞台がペテルブルグ、すなわち帝政ロシアの首都という、表も表、これに優る表舞台はないこととの対照において見れば、「表と裏」、「表舞台と裏舞台」という「舞台構成」において小説が構想されていることはもはや疑いの余地がなかろう。そしてこのような「読み」の彼方には、もう一歩踏込んだ「読み」の地平が開ける。その際の舞台は「裏」と「逆」（ないし「反」）の同義性である。すなわちそれは、『罪と罰』の本編とエピローグを丁度「表と裏」の関係で、あるいは「正と逆」（ないし「正と反」）の関係で構想した作家は、それによって本編とエピローグの逆説的関係をも意図した、という「読み」にほかならない。

エピローグを得てこそ、罪が信仰に変わり、罰が恩寵に転じていく様が暗示される。本編とエピローグは明示と暗示という、方法上の対照的適用という一面も見せている。そして今、この方法自体を小説の標題に適用すれば、明示された「罪と罰」の裏に、暗示された「信仰と恩寵」が読み取れる。今や「大いなる逆説の書」としての『罪と罰』に潜む深遠な哲理は否み難かろう。

付録

ドストエフスキーとイサーエワ——クズネックの婚礼

リュボーフィ・ニーコノワ

F・M・ドストエフスキーとM・D・イサーエワの恋の顛末は輝かしくもあり、悲惨でもある。

周知の通り、ドストエフスキーは人生で政治犯の困難な時期にマリア・イサーエワに出会った――それは元のペトラシェフスキー会員である彼がオムスク監獄で四年過したあと、セミパラチンスクで兵役に服務中のことであった。

この顛末の外的輪郭を思い出してみよう。

マリア・ドミートリエヴナ・イサーエワは税関の特別嘱託官吏アレクサンドル・イワーノヴィチ・イサーエフと結婚していた。同時代人の書くところによれば、「彼女は不幸であった」。失敗に付纏われていた夫は飲酒に耽り、勤め口を失い、妻と幼い息子を屈辱と赤貧に陥らせていた。きゃしゃで神経質で感じ易いマリアは衰弱していて、ドストエフスキーと知合った時には結核が進んでいた。ドストエフスキーは「変わった、疑い深い、病的に幻想的な」性格の「虐げられた」女性を好きになったのである。

一八五五年五月、イサーエワ一家はセミパラチンスクからトムスク県のクズネックに移住した。イサーエフがそこで密売取締局委員の職を得たからである。ドストエフスキーはマリアと文通を続けた。だがその年の八月にイサーエフが死に、マリアは幼い息子を抱えてただ一人、殆ど生計の資もなくクズネックに取り残されてしまった。ドストエフスキーは友人を通じて彼女に物質的な援助を試みる。一八五五年秋に手紙で彼女に求婚する。それと共に恩赦を受けられるよう根気強く奔走する……。

一八五六年に文通は劇的な性格を帯びる。イサーエワはクズネックで結婚する意図があることをドストエフスキーに伝えたのである。これに関するドストエフスキーの気持ちは彼の手紙が物語っている。「僕はこれまでこんな絶望に耐えたことがない」、「僕にとってこれはすべて憂愁、地獄だ」、「彼女を溺愛している」、「自分の天使を失ったら、僕は滅びてしまうだろう、——さもなければ気違いになるか、イルトゥイシ川に飛込むかだ」、「心の傷が癒えない、ひとときも安らぐことがない」……。

一八五六年六月、ドストエフスキーはマリアとの関係に決着をつけようとしてクズネックにやって来た。作家はクズネックでライバルの人物と名前を知る——二十四歳の郡中学校教師ニコライ・ボリーソヴィチ・ヴェルグーノフである。だがマリアはドストエフスキーに最終的な約束をしなかった。同年十一月、ドストエフスキーは二度目にクズネックにやって来た——既に少尉補の官等であり、全面的な恩赦の期待をもってであった。そして今度の来訪で作家はマリアから結婚の承諾を得たのである。

一八五七年十一月、作家はもう一度クズネックのマリアの所にやって来る——今度はもう結婚式を挙げる積りで来たのだった。婚礼は同年一月六日にクズネックのオジギトリア教会でとり行われた。花婿側の証人は作家のライバルのニコライ・ヴェルグーノフであった。若干のドストエフスキー研究者たちは、間接的出典によって、ドストエフスキーが疑い深くて変わった性格であるために、イサーエワが考え直して婚礼を拒絶し、ヴェルグーノフに「鞍替えする」ことを恐れて、婚礼の前に苦しい時を忍んだことを立証している。後年この心配は『白痴』においてナスターシャ・フィリッポヴナ・バラシコワが婚礼の場から逃亡する場面に反映される。だがクズネックではすべてが無事に終わった。一八五七年二月半ば、ドストエフスキーと妻はセミパラチンスクに発った。三回の来訪を合せて作家がクズネックで過ごしたのは二十二日であった。そしてマリアがここに暮らしたのは一年九カ月であった。だが二人の結婚生活は幸福なものでなかった。そして結婚式から七年後の一八六四年、M・D・イサーエワは結核で亡くなる。

ドストエフスキーに関する文献の中ではこの恋愛が様々に解釈されている。そして二つの傾向のニュアンスとヴァリエーションが優勢である。それはディオニソス的な傾向（熱狂、情熱、「不気味な感情」）と「散文的」な傾向（生理学、地上性）である。だがロマン主義的な原理も、「散文的」なそれも俗世に、この世に属する。それは同じメダルの両面であり、創造主に背いた、一つの不完全な世界の二つの現象なのである。

ドストエフスキーは大地の自然力だけなく、天の静寂も入れた、巨大な人格であった。罪業深い世界の息子、住人、通暁者であった作家は神聖な世界をも洞察した。が、それはキリストを通してのみ可能なのであった。そしてマリアと彼の関係は平坦なものではなくて、不安に満ちたもの、病的な（「地上的」な）ものであったにも拘わらず、真実のキリスト教的な（「天上的」な）清めによって柔らげられていたのである。オムスクの監獄を出てすぐ、セミパラチンスクへ出発するに当たって、作家はN・D・フォンヴィージナに書いている。

……私は自分の中に信仰の象徴を作ったのですが、その中ではすべてが私にとって明瞭で神聖なのです。この象徴はとても単純で、次のようなものです。すなわち、キリスト以上に美しく、深く、好感が持て、理性的で、完全なものは何もない、と信じることです。いや、ないだけでなく、あり得ないのだと、嫉妬ぶかい愛をもって私は自分に言い聞かせます。のみならず、キリストが真理の外にあることを誰かが私に証明してみせたとしても、私は真理とよりもキリストと共に留まりたいと思うのです。

彼には「キリストと共にいる」と言う権利があった。監獄にいた四年間、彼はただ一冊の本しか読むことができなかった――そこで許可されたのは福音書だけであった。この人は天才的な作家にして天才的な読者であったのだ！　四年間、一冊の同じ本――神の啓示の本――を読むということ。四年間ただキリストとだけ共にいるということ……。このことはまだ十分に評価されていない。理解されていない……。

そして彼は言う。「私は社会主義者だが、処刑台にのぼった時から、理想を取り替えたのだ。キリストの偉大な思想、これ以上に高尚なものはない。」断頭台と懲役のあと、彼は獲得し意識的に告白したキリストを胸に納めて、セミパラチンスクで非常に美しい、献身的な、だが零落した、運命によってすでに不治の病に定められていた女性に出会う。それは「高揚した精神の女性」であり、彼自身が書いているように、「自分の最後の思想を」生きている女性であった……。果たして彼はこの心に応えずにいられただろうか。

イサーエワはドストエフスキーのかなり遅い時期の恋人であった（彼はセミパラチンスクに来た時、三十三歳であった）。成熟した感情が様々な形の恋愛を蓄積していた。そのため、この恋愛においてドストエフスキーは非常に多面的である。極限的な感情と並んで、彼の中に殆ど「小市民的」と言ってよい、マリアのための帽子、財布、手箱の気遣いも見えていたことには、多くの人が驚くのである！

だが人間的な愛情の波立ちの中で、ドストエフスキーの心にはより高いキリスト教的な感情が消えてはいなかった。それは恰もマリアの周囲に同情、慈悲、純粋な優しさ、心遣いの「ゾーン」を形成するかのようであった。「あのひとの幸福を僕は自分の幸福以上に愛しているのです。」セミパラチンスクで自らまだ無権利で、生活を保証されていない状態にありながら、彼は工夫して彼女に金銭的かつ精神的な援助をする。しかもその援助がどこから出ているかを彼女ができるだけ知らないようにするのであった。「人前で、彼らにあなたが見えるようには、施物をしないよう気をつけて下さい。……施物をする時は、あなたの施物が人目につかないように、右手がすることを左手が知らないようにしなさい」（マタイによる福音書、第六章三）……

ドストエフスキーは自ら手紙の文章を用意して、すなわち手紙の直接の筆者なのだが、兄ミハイル・ミハイロヴィチに頼んでその手紙をペテルブルグからクズネックのマリアに出させることさえしているのである。もちろん、そこには思惑もあった。それはマリアに、ドストエフスキーの親戚が彼女に好意的な態度を取っていることを示すことである（ドストエフスキーのために彼女の選択を促進する目的で）。だがそれにも拘わらず、大事なことは別のことであった――それは疲れ果てた、孤独な、病める精神をあらゆる手段を尽して支援し、助けてやることである。

この澄んだ、福音書的な心遣いは、たといそれがただ憶測されるに過ぎないものであったにせよ、マリアの身近な人々にも広がった――すなわちドストエフスキーがペテルブルグでパヴロフスクの中等学校に入れてやろうと試みた、彼女の息子パーシャにも、彼女の不幸な夫にも、そしてクズネックで彼女の未来の夫になる筈だった人ヴェルグーノフにもである。

アレクサンドル・イサーエフに対するドストエフスキーの態度は完全にキリスト教的なものである（クズネックの受難者の墓に掲げられた墓碑銘に至るまで。そして『罪と罰』のマルメラードフの人物像に至るまで……）。若い恋敵ヴェルグーノフとの彼の関係にはやはりこのキリスト教的な脈動が感じられる。そこにはクズネックの教師との同胞愛も、彼の身固めへの心遣いもあった。そして結婚の秘儀をとり行う際には正にヴェルグーノフを自分の保証人にしたのであった……。

その際ドストエフスキーはイサーエワを激情的に、そして（手紙から判断して）極限的な情熱の状態に至るまで愛した。またその際、彼女に励ますような、親切な手紙、そして「絶望的な、恐ろしい、さいなむ手紙」を出すこともできたのであった……。彼は嫉妬にも無縁でなかった。だが激情的なものはキリスト教的なものの中に溶かされ、地上的なものは天上的なものによって清められていたのである。

キリスト救的なものは更に次のことによっても表現された。すなわち、本質的に、ドストエフスキーはマリア・イサーエワが死に定められていることを明瞭に理解していたのである――そして、貧困と零落から彼女を引上げ、まさに彼女のために自分自身をも苦しい状況から急いで抜け出させ（「彼女は兵士に嫁ぐのではない！」）、失われた尊厳を彼女に取戻してやり、さんざん苦しんだ心を喜ばせ、傷を負った鳥である女性を癒してやりたいと願ったのである。

マリア・イサーエワは「正真正銘の未亡人、孤児」であった。そしてこの土壌には肉体的な病気の進行だけでなく、もっと恐ろしい病気もあった――彼女の精神は絶望に打ち砕かれていたのだ。ドストエフスキーはイサーエワを救いながら、死と闘ったのである。だがそれでも彼は未来の妻が悲しい数年を過ごした絶望がまったく帳消しにできないものであることを心に描くことができなかった。死の刺が既にどんなに深く刺さっているかを知らなかったのである。

同様に、彼の未来の小説の主人公ムイシキン公爵は、滅びる運命にあるナスターシャ・フィリッポヴナを庇護するか援助してもどうしようもなく手遅れで、やはり自分の力を考えに入れず、絶望した女性の滅亡をあらかじめ避けることができない。だが、こうしたことがすべて明らかになるのはもっと後のことである。

クズネツク・セミパラチンスク時代、至高の瞬間はクズネツクの聖母オジギトリア教会でとり行なわれた婚礼である（周知のように、オジギトリアは伴侶〔の女性〕を意味する……）。この出来事があった時期、ドストエフスキーのあらゆる努力、あらゆる恐れ、希望、喜び、あらゆる苦悩と動揺はある一つのことに結集していた。そしてすべては聖堂で解決された。このことを理解するためには、礼拝時に聖堂において人間の喜怒哀楽の情がどのように整理されるかに関する、パーヴェル・フロレンスキーの観察が重要である。

礼拝の使命はまさに自然な号泣、自然な喜びの叫び、自然な喜悦、自然な哀泣と同情を聖歌、聖なる言葉、聖なる身振りに変形させることである。自然な動きを禁じないこと、それを窮屈にしないこと、内的生命の豊かさを縮減させないで、反対にその豊かさを完全に承認することである……。

礼拝は、この哲学者の見解によれば、「それぞれの激情をその可能な限り最大の規模にまで導き、それに無限に広い出口を与える。礼拝はそれぞれの激情を好ましい転機に導き、清める。」イサーエワとの結婚前の複雑な関係においてドストエフスキーを苦しめ、勇気づけ、困惑させ、その全身全霊を領していたことはすべてクズネツクの教会で「無限に広い出口」を見出し、婚礼の間に「聖なる言葉に、聖なる身振りに」変わり、天に上げられたのである……。

そしてドストエフスキーとイサーエワの婚礼を取り行った司祭エヴゲニー・チュメンツェフは必要な祈りをして、まるで以前のショックの下に境界線を引いたかのようである。「ガリラヤのカナに来たり、そこなる結婚を祝福された、我等の主なる神よ、そなたの摂理によって結婚した、ここなるそなたの僕（しもべ）を祝福したまえ。二人の出入りを祝福したまえ。二人の腹を良きものにてふやしたまえ。二人の冠をそなたの王国において、醜悪ならざるものとして感得したまえ。しかして罪なく中傷なき者として、とこしえに守りたまえ」……。「結婚は清らかなもの。婚礼の床は醜悪ならざるもの。この秘儀は偉大なり」……だが――「僕と彼女は幸福に暮らしはしなかった」――やがてドストエフスキーはこう語るのである。

夫婦が望ましい幸福を獲得せず、イサーエワの精神を喜びで満たすというドストエフスキーの良き企てが実現せず、ドストエフスキーの愛――結婚前に示されたような形での――がかなり早く消えたことは周知の通りである。人はその原因を、何よりもまず、ドストエフスキーの中に、彼の重苦しい性格の中に、彼の性情の二重性の中に、重荷を負わせるような情熱の中に見て取る。

だがそれなら一体なぜ、悪にも罪にも苦しめられていない、真のキリストの小羊であるムイシキン公爵は、マリア・ドミートリエヴナのように「多く苦しんだ」ナスターシャ・フィリッポヴナを幸福にすることができなかったのか。

おそらく、問題は、マリアもナスターシャも、絶望に焼き尽くされた天性のひとである、ということなのだ。愛する人と出会った時までに、彼女らはすでに悪との力に及ばない闘いに燃え尽き、生命をその秘められた反対的存在から分ける境界をもう通り過ぎてしまっていたのだ。「世間に暮らして、滅びていないふりをするのは何とむずかしいことでしょう。」「私は世間を拒絶したのです」『白痴』の内密の手紙に、ナスターシャは書いている。「私はもう殆ど居ないのです。そしてそのことを知っているのです。私の中で私の代わりに何が生きているかは、神様だけが知っています」……

マリアの病気は死を迎える段階に移っていた。ドストエフスキーは、すでにこの世を去ろうとしている女性、この世の生の中には殆ど存在しない女性――精神的にも肉体的にも――と結婚したのである。「彼女は気高い心の持ち主です」――彼女の精神は脆いプシュケー（魂）である――すべては極端に損なわれていたのである。

彼女は自分の力をドストエフスキーに捧げることができなかった、――できなかったというのは、やむを得ず既に別の世界に属していて、そうした力をもっていなかったからである――彼の二人目の妻アンナ・スニートキナは後にそれをしたのだが。

だからドストエフスキー一人がこの結婚を支えて、自分の力を死にゆく妻に捧げるより他なかった。そして彼はそれをできるだけ行った。ひょっとすると、考えられているよりもっと立派にしたのかも知れない。私たちはこのことについて余り知らない。なぜならば薄明においてこの愛は静かで悲しいからである。それはドストエフスキーの生活の別の側面――何よりもまず、文学並びにアポリナリア・スースロワとのぱっと燃えた関係――によって造られるのである。

だがアポリナリアがドストエフスキーにとって「地獄的な女」、まるで偉大なキリスト教徒を当てにしたかのような、非常に大きな精神的かつ感性的誘惑だったとすれば、マリアは彼のキリスト教的な運命であり、神聖な婚礼によって与えられた彼の十字架であった、なぜなら「神が結びつけたものを人間が離してはならない」からである。

イサーエワと離婚するようにというアポリナリアの要求に対して、ドストエフスキーは拒絶の返答をした。キリスト教徒は「最初に初恋、生き生きとした明るい」愛によって、それから、使徒の言葉によれば、「気の毒に思う」愛によって結ばれ、そのあと「長く耐え忍ぶ者」の愛によって、そして最後に「信じる者」の愛によって結ばれた者……を捨ててはならない。

そしてクズネツクの婚礼（一八五七年）がドストエフスキーの初恋の頂点だったなら、彼の「信じる者」の愛はマリアの死（一八六四年）の後、最初の時間に最高の表現を達成したのである。

その時彼は二人の関係の説明を書いた――まさにそれはキリスト教的な観点からのものであり、自分の体験を最高の理想、キリストと照らし合わせ、キリストの光の中で自分に宣告を下したのである。

彼はキリストの愛を最後まで完遂することができなかった。だが地上の人間のうち誰がそれを完全に為し得ただろうか。なにしろ福音書は私たちに「これは人間には不可能であり」、神だけにできる、と書いているのである。しかしながら、神的理想への渇望なしに、人間は無意味であり、不十分である。


マーシャ〔マリアの愛称〕はテーブルの上に横たわっている。マーシャに会えるだろうか。キリストの教戒に従って、自分を愛するように人を愛することは不可能だ。個人の法則が地上では束縛になる。「私」が邪魔をするのだ、キリストだけができた、だがキリストは人間が渇望する、そして自然の法則によって渇望しなければならない、この世が始まって以来の理想だったのだ。

ところが一方、肉をまとった人間の理想としてのキリストの出現のあと、人間が自分の「私」の中からすることができる最大の要求は、恰もこの「私」を撲滅し、それを献身的に、あらゆる人に完全に与えることだ、ということが太陽のように明らかになったのである。

そして更に、イサーエワとの関係を貫いた苦悩についての記述が来る。

人間が理想への志向という律法を遂行しなかった時、すなわち自分の自我を犠牲にしなかった時（私とマーシャ）、彼は苦悩を覚え、それを罪の状態と名づけるのである。

そんな訳で、犠牲は、ドストエフスキーの見解によれば、不十分であった。彼は自分のすべてをマリアに与えはしなかったのだ。だがマリアも、自分という人間の悲劇のために、自身を彼に捧げることができなかったのである。犠牲に関するこうした思索はその根底において不可避的にギリシア正教の秘儀――洗礼、聖餐式、婚礼――と相関するが、それらの基底には正に犠牲を捧げる儀式があるのだ。事の本質において、ドストエフスキーは妻の柩の前で書いたメモの中で、あたかも婚礼の誓いを具象化したのである。

七年前、クズネツクの教会でドストエフスキーとイサーエワは結婚の冠を戴いた――それは十字架と貞潔の誓いであり、その中で新婚のそれぞれは相手のために生きるべく、自分のために死ぬのであった。二人は同じ杯からぶどう酒を飲んだ――生命の杯をお互いに分かち合う印としてである。そして地上の愛を神的な、キリスト教的な愛の犠牲に供する印としてであり、手を繋いで経机を三べん回ったのである。

そしてこの神聖な行動、この象徴、またその背後にあるキリスト教の確認が今やドストエフスキーの中で、彼によって十分実行されなかった結婚の犠牲という感覚として反響したのである。

そして彼は「罪」という言葉を口にし、自分の罪を意識する。一八六四年四月十六日付の日記の書きつけは悔悟の言葉になっている。その中にはキリスト教徒である彼の真の面影が現れている。なにしろ、キリスト教徒というのは罪なき者を意味するのではなく、悔悟した者を意味するのである。自分を罪ある者、万人に対して罪のある者、罪人と意識する者なのである。数年後、作家が懺悔をしに、人心の奥を看破し得る、神聖な人であるオープチナのアンブローシー神父のもとを訪れた時、神父はドストエフスキーのことを「この人は悔悟した人だ」と言ったのは偶然でない。

マリア・イサーエワの死と共に、「彼女が土で埋められた時に」終わったドストエフスキーのセミパラチンスク・クズネック時代が、信仰の高揚（N・D・フォンヴィージナへの手紙――一八五四年一月を参照されたし）から、キリスト――道案内人――の面影から始まり、やはりキリスト――人間の罪の贖い手――によって終わっていることは注目に値する。ドストエフスキーの二度目の結婚――アンナ・スニートキナとの――は、そう受け止められているように、幸福なものであった。幾多の驚異的な符合から、またその発端から判断すると、この結婚は最初の結婚の独特な反復として成ったのである。幾つかの例証を挙げよう。

一八五六年十一月、ドストエフスキーは最終的にイサーエワと愛の告白をし合い、結婚してくれるという彼女の同意を得た。スニートキナへの愛の打明け、そして彼の妻になるという彼女の申し出はやはり――十年後のことだが――十一月（一八六六年）になった。「婚約」の時期、ドストエフスキーは、A・G・スニートキナが書いているように、「いつもいい気持ちで、嬉しそうに、快活な様子でやって来た」のであった。イサーエワとの結婚式を挙げるためにクズネックに来た時のドストエフスキーの嬉しそうな気分についてはクズネツクっ子たちが証言している。「……とても陽気な気分であり、冗談を言い、笑っていた」(V・F・ブルガーコフの記事「クズネツクのドストエフスキー」、『シベリアの生活』紙、一九〇九年十月二十九日)。

すなわち、両方の婚礼の場合において、状態は大体同様であった。

「……私たちは結婚式を大精進の前週の水曜日、二月十五日に決め、友人や知人に招待状を送りました」とスニートキナは一八六七年の出来事を物語っている。ドストエフスキーとイサーエワの婚礼もやはり十年前の二月(一八五七年二月六日)に挙行された。いずれの場合にも結婚式を急いだが、それというのも大斎期が近づいていて、その期間は結婚式を挙げることができなかったからである。

ドストエフスキーはシベリアの町クズネツクの、土地の聖母オジギトリア教会でマリアと婚礼を挙げた。アンナ・グリゴーリエヴナ・スニートキナとの結婚式はペテルブルグのイズマイロフ大寺院で行われた。この二つの聖堂のあいだには「莫大な規模の距離」がある。だがいずれの聖堂においても、婚礼を前にしたドストエフスキーの心労は同じようなものであった。オジギトリア教会でドストエフスキーはマリアが結婚を拒絶して逃亡するのではないかと心配する。そしてイズマイロフ寺院で起こったことは次の通りである。A・G・スニートキナは語る。

私は……馬車から出て、長いヴェールで聖像を覆い、寺院に入った。遠くから私を認めて、フョードル・ミハイロヴィチは急いで近づき、私の手を堅く掴んで言った。――いやはや、僕は君を待ちあぐねた! 今はもう君は僕から離れないだろう! ――私は離れる積りはないと答えたかったが、彼を見て、青ざめているのにとても驚いた。私に一言も答えさせずに、フョードル・ミハイロヴィチは急いで私を経机の方へ連れて行った。

地方の教会でも、首都の教会でも、儀式そのものが似通った状況で行なわれたのである。「人混みのためほとんど前へ進めなかった……。貴婦人たちはみな着飾っていた……。教会中に照明が点っていた。」（クズネックの婚礼）「教会は照明で明るく、美しい聖歌隊の行列が歌い、着飾ったお客が大勢集まった……」（ペテルブルグの婚礼）摂理はこの反復によって、ドストエフスキーには彼に予定されていたものが与えられるということを、まるで確認したかのようである。儀式、神事、聖なる神秘の祈りが新たに反復され、神とお互いに対して新たに犠牲が棒げられたのである。今度のそれは両方の側からの真の犠牲であった。

（糸川訳）

オムスクでの懲役を終えて、次のセミパラチンスクでの兵役に赴くまでのほぼ一カ月をドストエフスキーはK・I・イワーノフ家で過ごした。言わば懲役の「エピローグ」であるこの時期に作家がこの家でカザフ人のCh・Ch・ヴァリハーノフと知り合ったことを指して、この時期が作家の人生の次の段階であるセミパラチンスクでの兵役時代にとって「プロローグ」的な意味をもつことを、筆者は別稿に述べた。（糸川紘一「シベリアの出会い」（（一）「ロシアの女性」、または「デカブリストの妻」。（二）「ロシアの女性」、または「デカブリストの娘」）――『えうゐ――ロシアの文学・思想』第二十七号、一九九五年）

だが、この時期の持つ「プロローグ」的な意味はもう一つある。それはこの時期に（しかもやはりこのイワーノフ家で、と思われる）「デカブリストの妻」の一人であるN・D・フォンヴィージナに書いた作家の手紙の中の一節である。

私は何かを期待するような気持ちです。近いうちに、きわめて近い将来において、私の身に何か決定的なことが起こりそうな気がします。私は全生涯の転機に近づきつつあって、何事かをなすために成熟したような、何かがありそうな気がします。それは静かな明るいものかも知れませんが、あるいはもっとすごいものかも分かりません。ともあれ、不可避のものです。さもないと、私の生涯は失敗の生涯に終わります。が、もしかしたら、これはみんな私の病的な妄言（もう）かもしれません。

（一八五四年二月下旬、オムスク、米川正夫訳）

セミパラチンスク時代、ドストエフスキーには三つの大きな出会いがあった。それはA・E・ヴランゲリ男爵、Ch・Ch・ヴァリハーノフ、そしてM・D・イサーエワとの出会いである。このうち最後のものは恋愛であり、ドストエフスキーの「シベリアの恋」を成すものである。

M・スローニムは著書『ドストエフスキーの三人の恋人』の中で次のように書いている。

マリア・ドミートリエヴナ〔旧姓コンスタン〕の痕跡はドストエフスキーの多くの作品に見出すことができる。『虐げられた人々』のナターシャ、『罪と罰』のマルメラードフの妻、そして部分的には『白痴』のナスターシャ・フィリッポヴナ、『カラマーゾフの兄弟』のカチェリーナであり、青白い頬の、熱病的な目をした、衝動的な動作をするこれらの女性像はみんな、作家の最初の大きな恋愛の相手だった女性によって触発されているのである。

（M・スローニム『ドストエフスキーの三人の恋人』、ニューヨーク、一九五三年、一〇八頁。ロストフ・ナ・ドヌー、一九九八年刊）

作家の幾つもの小説（しかも主に後期の大長編小説）に痕跡をとどめるだけあって、マリア・イサーエワは逸材の女性だったと思われる。だがこの恋愛には初期と末期に難点があったことは否めない。いわゆる不倫の恋である。

初期の不倫は、馴れ初めの時期にマリアが夫と一児のある家庭婦人だったことにある。だが、問題のこの馴れ初めがなかったら、間も無く訪れる有為転変のあとに発揮される、ドストエフスキーの献身的な援助もなかったであろうことを思うと、事は複雑な様相を呈す。（無数にあるドストエフスキー関係文献に、この問題を扱ったものは、筆者の寡聞にして見出せない。）M・スローニムが書くように、マリア・イサーエワは『虐げられた人々』のヒロインであるナターシャの一原型にもなるわけであるが、マリアは文字通り「虐げられた」運命の女性である。夫の死後、マリアは屈辱の極みを嘗めるが、生前の夫イサーエフも「虐げられた人々」の一人だったこと、のみならず、この人物が『罪と罰』のマルメラードフの一原型でもあることをM・クーシニコワは次のように書いている。

イサーエフは、マリア・ドミートリエヴナのように、懲役後に於ける最初の「虐げられた人々」の一人である。田舎町の、よく整った環境の、表向きありふれた風土の中で、作家の目はこの「虐げられた人々」を甚だ猛烈に観察する。ここで「虐げられた人々」を洞察することは、誰もがみんな虐げられた人々である「死の家」でより、おそらく困難なことであろう。

（M・クーシニコワ『ドストエフスキーのクズネックの日々』、ケーメロヴォ、一九九二年、二一―二二頁）

『虐げられた人々』の擁護者であるドストエフスキーは、ヨブであるこのイサーエフの、作家が非常に誠実な同情心を抱く、未来のマルメラードフの一原型であるイサーエフの「屈辱の極み」を傍観できたであろうか……。

（同書、二二頁）

末期の不倫は、マリアが死の床にある時期にドストエフスキーが新しい恋人アポリナリア・スースロワにうつつを抜かしていたことであり、これを非難する事例には事欠かない。前掲のスローニムは既出の引用文の続きに次のように書いて、『三人の恋人』の第一部「マリア・イサーエワ」を第二部「アポリナリア・スースロワ」に繋いでいる。

ドストエフスキーが彼女について、また自分の苦心について、セミパラチンスクの旧友ヴランゲリに書いたことは、もちろん正真正銘の真実であった。だが彼は、瀕死の女性の世話をしながら、同情と愛着の苦しみだけを感じていたのではないことには触れなかった。彼は罪の意識も、また、多分、良心の恥と痛みも味わわなければならなかった、なぜなら、心も考えも分裂していた彼は、マリア・ドミートリエヴナの額越しに別の女性を夢見ていて、情熱、嫉妬、願望の全力をつくして彼女に血道をあげていたからである。

（スローニム、前掲書、一〇八頁）

これに代表される断罪の前に、従来ドストエフスキーの浮かぶ瀬がなかった訳であるが、ここに紹介するニーコノワ論文は、その行き詰まりの突破口を開いたものと言える。ドストエフスキーに浴びせられるこうした断罪は、ニーコノワによれば「地上的な」、「この世の」精神が写しだす映像ということになる。「彼は嫉妬にも無縁でなかった。だが激情的なものはキリスト教的なものの中に溶かされ、地上的なものは天上的なものによって清められていたのである。」(ニーコノワ)

*

「ドストエフスキーとマリア・イサーエワ」というテーマはシベリア時代の作家の世界観(人間観、宗教観を含む)というテーマと切り離せない。そしてこのテーマにとって示唆的なのは、前掲のN・D・フォンヴィージナ宛ての手紙の一節である。

私は色々の人から聞きましたが、N・D、あなたはたいへん宗教心がお深いそうですね。それは、あなたが宗教的だからではなく、私自身が、それを体験し、それを痛感したから、敢えて申し上げますが、そうした瞬間には「枯れかかった葉のように」、信仰を渇望し、かつそれを見出すものです。それはつまり、不幸の中にこそ真理が顕われるからです、自分のことを申しますが、私は世紀の子です、今日までいや、それどころか、棺が蔽われるまで、不信と懐疑の子です。この信仰に対する渇望は、私にとって、どれだけの恐ろしい苦悶に値したか、また現に値しているか、分からないほどです。その渇望は私の内部に反対の論証が増せば増すほど、いよいよ魂の中に根を張るのです。とはいえ、神様は時として、完全に平安な瞬間を授けて下さいます。そういう時、私は自分でも愛しますし、人にも愛されているのを発見します。つまり、そういう時、私は自分の内部に信仰のシンボルを築き上げるのですが、そこでは、一切のものが私にとって明瞭かつ神聖なのです。

(一八五四年二月下旬、オムスク、米川正夫訳)

この文面には既に、後に引用する『カラマーゾフの兄弟』の「マドンナの理想とソドムの理想」、「プロとコントラ」——総じて「テーゼとアンチテーゼ」の骨格が覗いている。この一例だけを見ても、シベリア時代のドストエフスキーの「空白」がいかなる「空白」であったかが十分推察されよう。この小説の筋書きの中心を成す「父親殺し」がオムスクの懲役時代に作家が見聞した話――トボリスクにあった、冤罪の実話――に触発されているという事実が持つ意義は、小説の題材の上からも大きい。ドストエフスキーの世界観がシベリア時代にどの程度確立したかという問題は、まだ深い奥行きを残していると言わなければならない。作家の「生活と作品」という問題意識が作家論において占めるべき位置はこうした実状から決定されるべきものだろう。

世界観があれば、その発露がある。思想があれば、それに発する行動がある。N・D・フォンヴィージナ宛ての手紙に吐露されたドストエフスキーの世界観の一端は程無くマリア・イサーエワとの恋愛事件にもその発露を見せた。この事件には信仰の人としてのドストエフスキーが見え、かつ不信と懐疑の人としてのドストエフスキーが見える。作家の世界観の解釈が多様を極めることに見合うように、作家のこの恋愛の受け止め方も両極端にまで分かれる。この恋愛の本質を見極めることは、作家の世界観を本質に於いて見極めることと同様に、一筋縄ではいかない。M・スローニムの論に見られるような、この恋愛の末期における作家を断罪する試みは、一筋縄であるという謗を免れない。ニーコノワ論文は従来の論考の多くに見られる、そうした盲点を突く、画期的かつ得難い労作なのである。

ドストエフスキーとマリア・イサーエワの恋愛においては、その初期にマリアの夫アレクサンドルが死に、末期に作家の妻となったマリア自身が死ぬという有為転変があった。言わば、初めに死があり、終りにも死があった。そしてドストエフスキー自身はつい昨日「死の家」から出てきたばかりの元懲役人かつ現在の流刑人であった。作家の「シベリアの恋」が尋常一様な恋でなかったことは容易に察することができよう。この場合において月並みの議論や常識的なあげつらいが的外れな所以もそこにある。

では、ドストエフスキーのシベリアの恋はどんな恋だったのか。

L・ニーコノワの労作「ドストエフスキーとイサーエワ」はこの問いへの最深の答えである。

S・ベローフは一九八六年、ドストエフスキーの再婚の妻アンナ・グリゴーリエヴナの伝記『作家の妻――ドストエフスキーの最後の恋人――』を書いた（邦訳『ドストエフスキーの妻』、糸川紘一訳、響文社、一九九四年）。また、一九九二年には編著者としてアンナ以前の作家の二人の恋人――最初の恋人マリア・イサーエワと二人目の恋人アポリナリア・スースロワ――を念頭に置いた題名の本『ドストエフスキーの二人の恋人』を出版している。この本には最初の恋人に関して、この恋愛の現場証人（しかもシベリア時代の作家の無二の親友）だったA・ヴランゲリ男爵の回想録『シベリアにおけるドストエフスキーの思い出。一八五四～一八五六年』が、そして二人目の恋人に関して、彼女が書いた回想録『ドストエフスキーと親しかった年月』が収録されている。巻頭に編著者ベローフによる解題があり、二冊の伝記を簡潔に解説しているが、本の題名が『ドストエフスキーの二人の恋人』であるだけに、自然、主として作家をめぐるマリア・イサーエワとアポリナリア・スースロワの関係が筆にのぼっている。そして二つの恋の移り目の件が前掲のM・スローニムの本『ドストエフスキーの三人の恋人』における、マリアからアポリナリアへの移り目の件を髣髴とさせるのも、ことわりであろう。それにしても、ドストエフスキーの三人の恋人に関する本を書いた二人のすぐれた研究者がいずれも、この移り目の所で当惑気味であることは、このテーマ、「ドストエフスキーとマリア・イサーエワ」というテーマが抱え持つ問題の問題性を物語っていよう。

ベローフは次の文でマリアからアポリナリアに移る。「マリア・ドミートリエヴナの生涯の最後の年月にドストエフスキーが別の女性を熱烈に愛していたことを考えに入れるなら、この告白は一層驚くべきである……。」（S・ベローフ編著『ドストエフスキーの二人の恋人』、サンクトペテルブルグ、一九九二年、一八頁。強調は引用者）

引用文で強調した「この告白」とは、作家が妻マリアの死をヴランゲリ男爵に知らせた手紙の一節を指す。

善き友よ、僕は妻の最後の挨拶を貴兄に伝えます。どうか貴兄も妻の冥福を祈ってください。ああ、友よ、彼女は僕を限りなく愛し、僕も彼女を量り知れぬほど愛しましたが、僕らの生活は幸福ではありませんでした。再会の際すっかりお話ししますが、今はただこれだけのことを言っておきます。僕らは二人とも間違いなく不仕合わせであったにも拘らず（彼女の不思議な、邪推ぶかい、病的にファンタスチックな性格のため）、僕らは互いに愛さずにはいられませんでした。それどころか、二人が不幸になればなるほど、僕らは互いに結び合わされました。それはずいぶん不思議に思われるでしょうが、まったくその通りだったのです。

（一八六五年三月三十一日、ペテルブルグ、米川正夫訳）

この「告白」には、あるいは作家自身にさえ世にも不思議、不可解と思われたかも知れない、自身の恋愛の特異性がよく吐露されている。それには、「逆説の恋」という呼び名がふさわしかろう。小説に数々の恋愛を描いたドストエフスキーであるが、ここには「事実は小説より奇なり」の趣がある。ドストエフスキーの恋愛はその小説のように難解であるという認識に至るニーコノワ論文は、「ドストエフスキーとマリア・イサーエワ」という難解なテーマに肉迫し得た、稀に見る労作と言えよう。

＊

ロシア文学を論ずる上で、両極性という言葉がある。（N・ベルジャーエフ「ドストエフスキーの作品における人間の発見」『ロシア古典作家論』）ロシア語の〈полярность〉、ドイツ語の〈polarität〉、英語の〈polarity〉に当たるこの日本語は、『広辞苑』の語釈では次のようになっている。「磁石の両極のように、一つのものが二つの極に分かれる性質。両極は互いに排斥しあいながら、同時に相互に相手を自己の存在条件とする関係にある。」

ところで、この「両極性」はドストエフスキー文学を理解する上で甚だ重要な概念と言える。

未完となった作家の最後の小説『カラマーゾフの兄弟』には、この「両極性」と深く関わる一節がある。「第三編　淫蕩な人々」の「第三　熱烈なる心の懺悔、詩をかりて」である。カラマーゾフの三兄弟の長兄ドミートリー（ミーチャ）は末弟アレクセイ（アリョーシャ）に、ずばりこの節の題名通り、「熱烈なる心の懺悔」を吐露する。

〔……〕おれがいま話そうと思っているのは、あの神さまにいやしき情けを授けられた『虫けら』のことだ。

虫けらにはまた卑しきなさけ！

おれはつまりこの虫けらなんだ、これは特別におれのことを言ったものなんだよ。われわれカラマーゾフ一統はみんなこういう人間だ。おまえのような天使の中にもこの虫けらが巣食っていて、おまえの血の中に嵐をひき起こすんだ。まったくこれは嵐だ。実際、情欲は嵐だ。いや、嵐以上だ！　美！　美というやつは恐ろしいおっかないもんだよ！　つまり、しゃくし定規に決めることができないから、それで恐ろしいのだ。なぜって、神さまは人間に謎ばかりかけていらっしゃるもんなあ。美の中では両方の岸が一つに出あって、すべての矛盾がいっしょに住んでいるのだ。おれは無教養だけれど、このことはずいぶん考え抜いたものだ。実に神秘は無限だなあ！　この地球上ではずいぶんたくさんの謎が人間を苦しめているよ。この謎を解くのは、濡れ水の中から出ろというようなものだ。ああ美か！　そのうえおれがどうしても我慢できないのは、美しい心とすぐれた理性をもった立派な人間までが、往々にして**マドンナ**の理想を抱いてその一歩を踏み出しながら、結局**ソドム**（悪行）の理想をもって終わるということなんだ。いや、まだまだ恐ろしいことがある。つまり、ソドムの理想を心に抱いている人間が、同時にマドンナの理想も否定しないで、まるで純潔な青年時代のように、心底から美しい理想のあこがれを心に燃やしていることだ。いや、実に人間の心は広い、あまり広すぎるくらいだ。おれはできることなら少し縮めてみたいよ。ええ、畜生、何がなんだかわかりゃしない、ほんとうに！　理性の目で汚辱と見えるものが、感情の目には立派な美と見えるんだからな。いったいソドムの中に美があるのかしらん？　ところで、おまえは信じないだろうが、大多数の人間にとっては、まったくソドムのなかに美がひそんでいるのだ――おまえはこの秘密を知っていたかい！　美は恐ろしいばかりでなく神秘なのだ。これがおれにはおっかない。言わば悪魔と神の戦いだ、そしてその戦場が人間の心なのだ。」

（『カラマーゾフの兄弟』、米川正夫訳。強調は引用者）

ここには、人間の精神の両極性が美をめぐる両極性において極まることが、カラマーゾフの兄弟の長兄ドミートリーの思想として語られる。美をめぐる両極性――それは「マドンナの理想」と「ソドムの理想」の両極性である。そしてこの二つの極の間で深い淵に沈む。その深い淵は神と悪魔の間にあり「マドンナの理想」と「ソドムの理想」の間にある。

ところで、「美の両極性」とニーコノワ論文はどのような関係にあるのか。題名からも明らかなように、この論文は先ず以てドストエフスキーの伝記の分野を対象にしている。内容は基本的には伝記そのものと言い得る。だがこの文章が全面的に伝記であるか否かは即断し難い。作家の伝記は広義には一種の作家論であるから、当然ながら、文中には幾度か作品名が目に触れ、短いが作品論も入り交じっている。

言うまでもなく、伝記は一種の生活記録である。一般にそうであるように作家においても生活と作品は一応別ものである。ドストエフスキーにおいても、このことは例外でない。だが、ドストエフスキーにおいて生活と作品との関係は一筋縄では論じ得ない。「両極性」に因めば、この作家の生活と作品の関係は、ずばり、「両極性」の関係であると言える。すなわち、自身の最終作『カラマーゾフの兄弟』における美をめぐるドミートリーの言説さながらに、ドストエフスキーの生活と作品は言わば「両極性」の関係にある。先に引いた『広辞苑』の語釈に添えば、ドストエフスキーの「生活と作品（＝両極）は互いに排斥し合いながら、同時に相互に自己の存在条件とする」のである。換言すれば、ドストエフスキーの生活と作品は「二律背反」（アンチノミー）の側面をも有する。その生活と作品は無限に近いが、同時に無限に遠い。ここに至れば、「両極性」と「二律背反」は似通った概念になるが、それは二つの概念がそれぞれ「両」と「二」という、場合によっては同じ意味になる漢字を含んでいることからも合点されよう。そしてその「場合」の一つがドストエフスキーの生活と作品の関係論であると理解される訳である。

ニーコノワが結婚式について書く中に、二人の愛が不幸に終わった原因を「彼の性格の二重性」に見がちであるという言葉があるが、この「二重性」は目下の考察（この「解題」）の中の「両極性」と甚だ似通った概念であると考えられる。「二重性」と「両極性」が類似の概念であるとすれば、マリア・イサーエワとの恋愛と結婚をめぐるドストエフスキーの心中は、作家の言葉を作家自身に適用すれば、「マドンナの理想」と「ソドムの理想」の相克として理解することができよう。

だが、こうした理解は用語こそ新しいが、実態は旧来の理想から一歩も踏み出していない。ニーコノワ論文の斬新さは、こうした理解を踏まえ、それを言わば「アンチテーゼ」とした上で、それに対する「テーゼ」を打ち出したことにある。

ところで、普通は先にあるものを「テーゼ」とし、後から来てそれに対立するものを「アンチテーゼ」とする。だが今、旧来の理解の方、すなわち先にあるものの方を「アンチテーゼ」とし、ニーコノワの理解の方、すなわち後に来るものの方を「テーゼ」としたことには理由がある。その理由は、「マドンナの理想」と「ソドムの理想」を念頭に置くからである。この二つの理想は「光と影」、「明と暗」などのように、一般に正反対のもの、言わば対極にある、両極にあるものと考えられる。しかもその際、これも一般に、「光」や「明」が先に来て、「影」や「暗」は後に来る。「生と死」の場合にも同じことが言える。一般に、「生」あっての「死」であり、その逆ではない。

「マドンナの理想」と「ソドムの理想」についても、同じことが言える。「美」や「調和」が先にあって、その対極にあるもの、「美」と両極を成すものとして「醜」や「混乱」が考えられる。

「マドンナの理想」と「ソドムの理想」は『カラマーゾフの兄弟』に於けるドストエフスキーの用語であるが、この用語は同じ小説の中の「プロとコントラ」すなわち「肯定と否定」（第一部第五編）という用語とずばり呼応する。

著者Ｌ・ニーコノワが書くように、ドストエフスキーの最初の大恋愛であるマリア・イサーエワとの恋愛は従来様々に解釈されてきた。著者は従来の解釈に二つの傾向があることを踏まえ、それを「ディオニソス的な傾向（熱狂、情熱、「不気味な感情」）」と「散文的な傾向（生理学、地上性）」に分類する。だが著者はその上で、「この二つの傾向が言わば「同じ穴のムジナ」（「同じメダルの両面」）であると考え、アンチテーゼを「地上性」、「此岸性」（「この世に属する」）という言葉で一括する。

これで従来の解釈に対する著者の態度がほぼ明らかになるが、「創造主に背いた、一つの不完全な世界」という、引き続く記述には、著者の立場があらまし現われている。次の段階の中の「天の静寂」、「神的な世界」、「キリストを通してのみ」という言葉を拾えば、その立場がほぼ確定できることになる。

ほかでもない、著者ニーコノワの立場は、本書の筆者がドストエフスキーの小説やドストエフスキー論から取り入れた用語の中にあり、対句の関係にある二語のうち前の語にある。すなわち、「マドンナの理想とソドムの理想」の「マドンナの理想」にあり、「プロとコントラ」の「プロ」にある。それはまた「キリストとアンチキリスト」の「キリスト」にあり、総じて「テーゼとアンチテーゼ」の「テーゼ」にある。

「そしてマリアと彼の関係は平坦なものではなくて、不安に満ちたもの、病的な（『地上的な』）ものであったにも拘わらず、真実のキリスト教的な（『天上的な』）清めによって柔らげられていたのである。」（強調は引用者）——ここでは強調した「にも拘わらず」が注目に値する。この「にも拘わらず」の前に来る内容——「病的な」、『地上的な』という解釈——はこの問題に対する大方の従来の解釈（アンチテーゼ）である。こうした従来の解釈「にも拘わらず」、著者は敢えてそれと正反対の解釈を打ち出す。「両極性」という用語に因めば、著者は従来の解釈を総じて「負」の極に属するものとした上で、自身の解釈を「正」の極に属するものと説く訳である。反論の余地ないその説得力が減殺されているとすれば、ひとえにそれは筆者の稚拙な翻訳ゆえと言わねばならない。

＊　リュボーフィ・ニーコノワ『ドストエフスキーとイサーエワ——クズネックの婚礼』の初出は次の通りである。Любовь Никонова: Достоевский и Исаева - венчание в Кузнецке. « Кузнецкий рабочий », 31 октября 1991 года. なお、全訳の掲載に当たっては、原著の掲載紙『クズネックの労働者』から許可を頂いた。

第三章

デカブリストの乱とシベリア流刑

ネクラーソフ

ネクラーソフは詩人として集大成の叙事詩『ロシアは誰に住みよいか』を書き、かつこの問いを世に問うた。その詩人は、内心「(ロシアは)誰にも(住みよくない)」という答えも用意していたのではないか。なぜなら、この作品の民衆にも、史詩『デカブリストの妻』の貴族にも、ロシアは必ずしも住みよいとは言えない国だからである。とはいえ、民衆にも貴族にも、ロシアは必ずしも住みにくい国ではない、とも読める訳ではあるが。

『デカブリストの妻』公爵夫人トゥルベツカーヤ

公爵夫人の行く先はネルチンスク。帝政ロシア時代には政治犯の流刑地として知られていた。広大なシベリアは、西シベリアと東シベリアと大別される呼称の他に、ハバロフスクやウラジオストクがある極東地方が更に区別されるが、日本では、不正確にも全部ひっくるめてシベリアと理解されている。欧露という日本語は時たま使われるとしても。それに対して亜露という言葉もある筈なのに、国語辞典にも載っていない。ドストエフスキーの流刑地オムスクは西シベリアであり、そこは古都トボリスク、そのすぐ近くに油田地帯で知られるチュメーニがある。（その関係でチュメーニには日本企業が進出していたため、ソ連時代、筆者が「シベリアのドストエフスキー」をテーマに幾度もシベリア探訪をした一九七〇―一九九〇年代には「日本ホテル」もあった。）そのチュメーニ辺りを行くトゥルベツカーヤ公爵夫人を、ネクラーソフは次のように書いている。

けれど　道中はつらかった……二十日もかかって　やっとチュメーニまで乗りついた　さらに十日を乗りとおすと　〃もうじきエニセイ〃が見えるでございましょう。

（『デカブリストの妻』（ロシアの婦人）、谷耕平訳、以降の引用はこの本による）

バイカル湖のあるイルクーツクあたりから東シベリアに入り、イルクーツクはモスクワと東京に等距離の位置にあることから、土地っ子は「地の半ば」（大地の中央）と自称してもいる。

シベリアには地域によってやや細分した呼称もあり、ネルチンスクがあるチタ州はザバイカル地方（欧露から見てバイカル湖の向こう、すなわち東）と呼ばれ、チタ市は州都でもある。筆者は一九七〇年代にイルクーツク大学で催されたロシア語学習会で日本人の団長を務めた折、大学の歓迎陣の一人だった「チタっ子」と知り合った縁で、その二～三年後にザバイカルの首都チタ市を訪れたことがあり、その地域には土地勘がある。ネルチンスクは中国との国境地帯にあり、一六八九年に清とロシアの間で結ばれたネルチンスク条約で知られている。十七世紀ごろからロシア人が進出してきた黒竜江（アムール川）地方なので、極東寄りの地域である。第一次世界大戦とロシア革命に際してシベリア出兵をした日本は、その地にチタを首都とする極東共和国の創設をもくろんだ。欧露のロシア人にとっては、西からウラル山脈を越えるとシベリアの地に分け入るとされるが、そうした感覚からすればトゥルベツキー公爵とヴォルコンスキー公爵の流刑地ネルチンスクがどんな最果ての地と思われていたかが分かる。後述するように、チェルヌイシェフスキーのほぼ終生の流刑地もそこであった。チェーホフの『シベリアの旅』やシベリア便りにも、ひどい難儀をしてこの辺りのシベリア街道を行く様が書かれている。ネルチンスクの緯度を東に辿るとサハリン島を横断することから、『デカブリストの妻』と『サハリン島』は流刑と言う糸と緯度という糸で二重に結ばれる思いに誘われる。

めざめれば……夢は正夢！　ふと　前方に聞こえる　悲しいひびき——足枷の響きが！　——これ馭者よ　ちょっとお待ち！　見れば　徒刑囚の一団が行く　胸はこの上もなく疼くのだった。　公爵夫人は　その人たちに銭を与える　〝ありがとうございます　道中ご無事で！〟

東へ進み行くにつれて、寒さはきつくなり、人気ない道に分け入り、貧しい町が三百里に一つくらい現れるだけ。一九七〇年代にシベリア鉄道でユーラシア大陸を横断した経験を持つ筆者には、その時代でさえ車窓に白樺林や草地、沼地しか見えない時間が長々と続くことが幾度もあったことを思い出す。途中「地の半ば」イルクーツクで二三日を古都散策に費やし、バイカル湖に遊んだりしたものの、ウラジオストクからモスクワまでは一週間の長旅であった。（おまけにウラジオストクまでは今のように新潟からの空路がなかったため、横浜から船で太平洋を北上し、津軽海峡を西に抜け、日本海を北上する二日がかりの船旅を余儀なくされ、船酔いに悩まされて。）汽車がないどころか、道路もろくに通じていない時代、デカブリスト（の妻）たちの旅も、チェーホフの旅も現代人には想像を絶するものであったことを思わねばなるまい。ネクラーソフの筆は艱難辛苦のその旅を目に物見せるような描写で詩文に仕立てている。民衆派と自然派の旗手でもあった詩人の誉れである。

「地の半ば」イルクーツクで公爵夫人を待ち受けていたのは、官命を受けて彼女を脅し諭して、首都の親元へ押し戻そうとする市の長官（知事）であった。

いいえ　一旦こうと決めたことはやりおうさねばなりません！　どんなに父を愛しているか　どんなに父から愛されているか　言うも愚かなことですわ　けれども　より高い、より清らかな別の務めが私を呼んでいるのです。そんなにおいじめにならないで！　馬をつけさせて下さいませ！

まさにこれはサハリン行を決行したチェーホフの心意気をずばり先取りしたものではないか。シベリアの雪原に響き渡る詩人の絶唱は、作家の格調高い追悼文「プルジェヴァルスキー」の名文と一つに溶け合っているではないか。ネクラーソフの筆力は「公爵夫人デカブリストの妻」を絵空事とは読ませない。同様にチェーホフの『サハリン島』も気まぐれな作家の調査論文とは読み流せない。詩人も作家も真剣勝負に出ているからには。シベリア路もサハリン路も、言わばロシアの「みちのく」（陸奥）である。そこ、ロシアの「みちのく」で、ネクラーソフとチェーホフが出会う。それは地上の出会いではなく、天上の出会いである。それこそはロシア文学におけるシベリア・サハリン路の秘義であると言えよう。ロシア路の言わば裏街道としての。八杉貞利に『ロシヤ路』という著書がある。その著に成る『岩波露和辞典』は、今は昔、筆者らの学生時代に、日本におけるロシア語界の大御所であった碩学が授与する、ロシア語研鑽の奨励賞であった。授与式で手ずから自著の『露和辞典』を賞品として手渡す老教授の姿が今も目に浮かぶ。ロシア路は遥かで険しい。ロシア文芸評論界の草分けベリンスキーを継いだドブロリューボフに『闇の王国』とオストロフスキーの名作戯曲『雷雨』を論じた名評論『闇の王国に差す一筋の光』があり、邦訳もある。これを念頭に置いて、島崎藤村の『夜明け前』、その有名な書き出し「木曽路はすべて山の中である」に因めば、定めし「ロシア路はすべて闇の中である」となろう。だがロシア路は豊かな幻の路、光溢れる天の街道でもある。ロシアの闇はまたロシアの謎でもあり、チェーホフ・サハリン行の謎もその闇の一つとしてある。多くの謎解きが試みられ、原卓也の邦訳『サハリン島』の解説にはこの旅行の動機と目的についてチュコフスキー、トーマス・マン、中村融、神西清ら九人が行った謎解きを紹介し、「この問題に関してはいまだに定説というものはない」としている。謎多きロシア文学。謎に包まれたチェーホフのサハリン行。だがネクラーソフ文学の集大成『デカブリストの妻』も謎なしではない。

『デカブリストの妻』ヴォルコンスカヤ公爵夫人

第一章の書き出し、まえがきのようなくだりに「姉妹ムラヴィヨーワのお墓」と読まれ、その注釈には「デカブリスト、ニキータ・M・ムラヴィヨーフ〔……〕の妻〔……〕。この時やはり夫の後を慕って流刑地に行ったムラヴィヨーワを、苦しみを共にした同志であるから、親愛の情をこめた姉妹と言ったのである。この夫妻は流刑地で亡くなった」とある。この夫人こそは、N・フォンヴィージナ、P・アンネンコワと共に、トボリスクの移送監獄でドストエフスキーらの一行を温かく出迎え、食事などを差し入れてねぎらい、壮途を祈り、一人一人に福音書を手渡した三人の公爵夫人の一人である。その折のことをドストエフスキーは二十数年後の一八七三年の『作家の日記』に次のように書いている。

更に一年経って、トボリスクで、我々がその後の運命を待って中継監獄に座っていた時、デカブリストの妻たちが獄吏に折り入って頼み、その住居で我々との密会の世話してくれた。自分の夫君たちの後を追って自由意志でシベリアへやって来たこうした偉大な受難者の婦人たちを我々は見た。彼女らはすべてを捨てたのである——高い門地、富貴、縁故と親類というすべてを。そしてあり得る限り最高の精神的義務、最も自由な義務のためにすべてを犠牲にしたのである。何一つ罪を犯していないのに、彼女らは長い二十五年間というもの、有罪の判決を下された夫君らが忍んだすべてを忍んだのである。面会は一時間続いた。彼女らは新しい道に就く我々を祝福し、十字を切り、監獄で許された唯一の本である福音書をめいめいに分けてくれた。四年間、それは監獄で私の枕の下にあった。私は時々それを読み、人にも読んでやった。（ドストエフスキー三十巻全集、第二十一巻、レニングラード、「ナウカ」出版、一二頁）

そしてこの件への注釈には、この出会いはデカブリストの乱（一八二五年）とペトラシェフスキー事件（一八四九年）の接点であると書かれている。二つ事件の間にはちょうど四半世紀の歳月が流れている。前者の受難者たちとその妻たちは気の遠くなるようなその長い年月、シベリアの流刑地であらゆる苦難に耐えたのである。それが功績でなく、その担い手が功労者でなかったら、一体なんであろうか。

邦訳者の谷耕平は、二人の公爵夫人についての長詩にはネクラーソフ持ち前の「きびしいリアリズム」を逸脱している所がある、と書いている。そして第一編の長詩に関しては群小評論家だけでなく、ツルゲーネフも「甘い」と評していることを記している。ネクラーソフの「デカブリスト物」には二編の他に、それ以前に発表された『お爺さん』があるが、それについての谷耕平の解釈には説得力がある。

この激しい怒りの調子の中には、史実に対する幾分のずれと、二〇年代の革命家デカブリストの気分よりも、六〇年代、七〇年代の革命的デモクラートの気分により近いものがあるかも知れない。

（『デカブリストの妻』、前掲書、二一二頁）

谷は『お爺さん』でネクラーソフが「過ちを犯している」と書き、その理由として、一面では帰還デカブリストの宗教的、平和的な姿を描き、他面では極めて戦闘的な姿を描いて、作中人物の心理、性格の不統一を来たしていることを挙げる。だがそれは第一作だけでなく、三作すべてについても言えることであり、詩人の「デカブリスト物」にある看過し難い欠点、短所と言わなければならない。だがその欠点、短所は詩人であるだけでなく、進歩的デモクラートでもあったネクラーソフにとってはありがちなことであった。同じことはトルストイやドストエフスキーについても言える。

エイヘンバウムに『七〇年代のレフ・トルストイ』という本があり、その第二部で『アンナ・カレーニナ』の創作事情が分析されている。そこではこの小説が終わりに向かう第六、第七章で中心が明らかに移動していることが次のように指摘される。

第六および第七章を先行する章と対照すれば、この移動は分量においてさえ顕著になっている。すなわち、圧倒的に多いページがレーヴィンと彼を取り巻く人物たちに割かれている。のみならず、正にこれらの章において小説の境界が非常に拡大するので、小説が家庭的・愛情的なものから哲学的・社会的なものに変化する。最終章は焦眉の、時評的な性格を帯びて、〝情熱の内面的な発展〟を傍らに追いやっている。ここではトルストイがストラーホフとの文通に書いた、正にあれらの問題が展開されるのである。（エイヘンバウム『七〇年代のレフ・トルストイ』、レニングラード、「ナウカ」出版、一九七四年、一四六頁）

七〇年代におけるトルストイのこうした傾向は次の八〇年代に訪れる決定的な転機の予兆と考えることができる。だがその予兆は既に六〇年代に、他ならぬ『戦争と平和』にも表れていることを、B・スーシコフが指摘している。その著書『トルストイの実像』（拙訳）には「なぜ作者は『戦争と平和』を饒舌な戯言と呼んだのか」と題する第九章があるが、そこでは帝政ロシアにもソビエト・ロシアにも好ましいとされた愛国主義的な読み方は小説の片面にすぎず、言わば「裏面」としての内実にはあの戦争、いわゆるロシアの「祖国」戦争をめぐる真実が、実は作者によって恣意的に愛国主義的な解釈によって曲解されていることが指摘されている。

トルストイはこうしたことをすべて原典から知っていたが、そのすべてに目をつむった、なぜなら彼には自分の歴史哲学のために別のロシア国民――奴隷でなく、「神を孕める民」――、別の戦争と勝利が必要だったからである。そこで彼は自分に好都合な歴史の法則と国民、そしてその勝利を考案し始める。そしてその勝利の原因はロシア国民の卓越した道徳的・精神的特質にあるのだとする。――それはロシアの兵士、農民、商人、町人、また事件に参加した他の多くの名もない人々の特質であり、極端な条件のもとで自衛に向けられた彼らの無意識の生活活動の条件である。

（B・スーシコフ『トルストイの実像』、糸川紘一訳、群像社、二〇一五年、三二〇頁）

詩人や作家の神はミューズ（詩神、芸術の神）である筈なのに、ネクラーソフのような大詩人も、トルストイのような大作家も、時にはその神に背を向けることがあるのは彼らも常人と同じ人間であり、人間らしさを備えているからであろう。偉人が時に弱さを見せ、過ちを犯すことにめくじらを立てるには及ばない。さもないと「他人の目に塵、我が目に梁」という福音書の戒めが臨み来よう。とはいえ、その戒めを肝に銘じながらも、ドストエフスキーの勇み足にも目を向けないと、ネクラーソフやトルストイに不公平になろう。

同じく七〇年代、ドストエフスキーは自身が主宰する雑誌『作家の日記』で偏狭なロシアの民族主義、愛国主義、排外主義、汎スラブ主義を臆面もなく主張する。そこには「コンスタンチノープルは我が国のもの」という好戦的な見出しなどが嫌でも目につき、扇動的な論調が目立つ。折柄のロシア・トルコ戦争（七六―七七年）を受けて、作家は熱烈な主戦論をぶち、トルストイの非戦論とも干戈（かんか）を交える。『作家の日記』には時に『百姓マレイ』、『おかしな人の夢』などの優れた短編・中編小説、文芸評論、回想なども掲載されているが、時事評論などが圧倒的に多い。そういう小説は出色な作品なので、高く評価されている。だが圧倒的に多い時事評論となると、話が違う。時評の思想性を問題にしない、あるいはしたくない向きは、ドストエフスキーは第一義的に作家、文人、芸術家であって、思想家ではないとして時評の思想性は余り問題にせず、それを寛大に受け止める。かつて、筆者はこの雑誌の名前に因んで『作家の日記』と〝作家の小説〟(『罪と罰』と『白痴』をめぐって)」という論文をロシアの文学・思想の同人誌『えうゐ』に発表した(二十二号、一九九一年)。その号の特集が「作家の日記・作家の手紙」だったからである。拙論では『日記』が具体的であるのに対して、小説は一般的であるという対照性も確認される。また『日記』は小説の格好の註解であることも。今ここでは『日記』と『白痴』を結ぶ糸として、ムイシキン公爵がカトリックについて語る長広舌だけに的を絞れば、そのカトリック批判は作者の西欧批判丸出しであり、ロシア正教の擁護・ロシア民族主義・汎スラブ主義と裏腹である。ところで、そうした思想の大風呂敷を広げるのは何者かと問えば、それは何と白痴の公爵ムイシキンである。白痴の哲学者、白痴の思想家である。ここでも詩神・芸術の神ミューズはドストエフスキーによって無遠慮に無視され蹂躙されていることが分かる。ことほど左様にミューズの掟は破られ易いのである。ネクラーソフもその「破戒」を免れなかった。

さて、第一編のエカテリーナ(愛称カーチャ)・トゥルベツカーヤの旅が、言わば「イルクーツクの関」を鉄の意志で通り抜け、東進の途に就くところで終わるのに対し、第二編のマリア(愛称マーシャ)の旅はネルチンスクの徒刑地である採鉱所までの長旅である。そのため長詩の長さでも、第二編は第一編の倍以上になっている。前者が「地の半ば」(イルクーツク)までであるのに対して、後者は「地の果て」(ネルチンスク)まででであるからして、そこには長詩の長さが二人の旅程に比例している趣がある。ふと二人の実人生を一瞥すると、カーチャが流刑地で客死しているのに対して、マーシャは丸々三十年をシベリアで暮らした後、首都ペテルブルグに帰還して生を終えている。前編と後編は史詩でも史実でも短と長という対照を見せているのは一興と言えよう。それはもはや詩人の計らいではなく、被造物の業にはあらず、造物主の為せる業、言わば神意なのではあろうが。名作史詩『デカブリストの妻』が人知を超えるような、ある種の構成の妙を備えていることも造化の妙であろうか。その生みの親は時としてミューズに叛く詩人なのではあるが。

思えば二人の公爵夫人の旅は「シベリアの旅」である。首都からネルチンスクを目指すシベリアの旅である。そしてサハリン行のチェーホフにも『シベリアの旅』がある、なるほどその原題は直訳で『シベリアから』（『イス・シビリ』）ではあるが。チェーホフの『シベリアの旅』を繙く者の脳裡には我知らず「デカブリストの妻」たちの「シベリアの旅」が浮かばずにはいまい。二人の公爵夫人の旅もチェーホフの旅も、言わば「いずれ勝らぬ」難儀を極めた旅であったからには。

原作が発表された当時、保守的批評陣は主人公の心理や性格の不一致という過ちを突いたが、邦訳者の谷耕平は、詩神ミューズの掟に叛くという、詩人が犯した過ちを認めた上で、尚且つ次のように詩人を擁護する。「そして、根本的には、この態度は正しい。デカブリストの運動そのものは、どこまでも進歩的なものであったから。」（『デカブリストの妻』、岩波文庫、「あとがき――ネクラーソフとデカブリスト」）

ネクラーソフはドストエフスキーにもトルストイにも大きな感化を及ぼしたが、チェーホフもその例外ではなかった。サハリン島から帰った翌年、一八九一年からのチェーホフの書簡集には、作家がネクラーソフをよく読み知悉してもいたことを示す言及が幾つもある。作家は諳んじている詩人の言葉や、『デカブリストの妻』などの詩句を自在に取り込んだ手紙文を残している。だが作家と詩人の、際立って顕著で意味深長な接点は、十九世紀末もどん尻、病魔に苛まれる晩年のチェーホフがフランスのニースで転地療養していた一八九八年に出来する。それはネクラーソフの物語詩『鉄道』をめぐる作家と詩人の重要な出会いである。

後述するように、チェーホフはサハリン行のあと一八九〇年代の前半に四部作（『グーセフ』他の短編小説）を、その後半には三部作（「箱」物の短編小説）を書く。そしてこの三部作に先立って同じ年に書かれた短編『知人の家で』は、チェーホフの最晩年における最後の、そして飛躍的な、言わば「創造的進化」（ベルグソンの概念）を告げる作品であることが知られている。作家はそれをネクラーソフの物語詩『鉄道』（一八六四年）なしに果たし得なかったのであるが、その事実はチェーホフに及ぼしたネクラーソフの大きな感化を物語っている。

ニースに滞在中の一八九八年一月二十一日付で、カンヌに居る友人O・ヴァシーリエワ宛ての手紙に、作家は切羽詰まったようにおよそ次のような依頼をしている。

ネクラーソフの詩『鉄道』が非常に必要です、詩人の作品集を持っていませんか、もしお持ちでないなら、カンヌに居る誰かの所に見つからないでしょうか、金曜日の正午が期限です、もし本がないなら、その詩だけを紙切れに書いて送ってもらいたい。（アカデミー版チェーホフ全集、書簡編、第七巻、一五六頁）

この手紙の注釈、また同じ日に出したN・トゥガノフに宛てた（未公刊の）手紙の注釈には、チェーホフがロシアの書籍を売っているニースのあらゆる書店へ行ってみたが、残念ながらネクラーソフの本は見つからなかった、幾つかの図書館にも置いてない、なお幾人かの友人たちの所で探す試みをしてみよう、といった記述がある。とはいえ、作家は結局ネクラーソフの本か、少なくとも『鉄道』の詩を入手し、既に手持ちの『知人のところで』の草稿にその詩句を引用して、この短編を決定的に改稿する。

旧知が住む田舎を幾年もの無沙汰のあと、その誘いを受けて、気もなく義理立てのように主人公ポドゴーリンが訪ねるというこの話は、最初の形では二度と帰り来ぬいにしえとの、哀調を帯びた訣別という響きを持っていた。だが改稿のあと、その人物たちの性格づけは一層厳しい感じの、明確なものになり、話の響きに「生活の新しい形態」の予感というモチーフが現れる。最初この短編は一八九七年の最後の数カ月に書かれた『生まれ故郷で』、『ペチェネグ人』、『荷馬車で』などの作品と作風が近似したものであった。新しいモチーフは以前の生活秩序から脱却する可能性を持つものであるが、それは『知人の家で』をそれに続く「箱」物の三部作、そして『往診中の出来事』、『いいなずけ』、『桜の園』などに近づけるものである。

アカデミー版チェーホフ全集の『知人の家で』の註解には、異郷でチェーホフの身に生じたこの大きな変化に関する、イルクーツク教育大学のV・ガイドゥク教授の説を短く数行で紹介しているが、筆者の知人でもあった同教授は一九八六年の著書『一八八七―一九〇四年に於けるチェーホフの作品』にその説を収録している(イルクーツク、イルクーツク大学出版、一九八六年)。筆者はオムスクで一九九一年に開かれたドストエフスキー学会の折に、存命中の著者からこの著書の献呈を受ける幸運に浴したので、その紹介を兼ねて『知人の家で』の改稿にまつわる、ネクラーソフ絡みの事情を考察してみたい。

この短編の執筆過程における改稿でチェーホフの気分は本質的に変化するのであるが、その具体的な原因は、作者が目ざとく感じ取ったロシア社会の一般的変化のほかに、また創作方法に関わる理由のほかに、作者が異郷のニースで一八九七―九八年にドレフュス事件の新段階に遭遇したことであった。

改稿の際に加筆された部分は冒頭から三分の一ばかりの所、ネクラーソフの詩『鉄道』から引用された詩句を挟む一頁ほどである。

日が落ちて、辺りは暗くなってきた。鉄道の線路沿いに緑の灯や赤い灯がそこここにまたたき始めた。
……ワーリャがふと足を止めて、そうした灯を眺めながら朗誦を始めた。

まっすぐな道が走る、狭い土盛り、
杭よ、レールよ、渡り木よ、
傍らにはロシア人の骨ばかり、どれほど沢山の骨が

——この先はどうだったかしら？　ああ、すっかり忘れてしまったわ。

我ら身を粉にせり、炎天下、はたまた寒さの中、

彼女は堂々とした胸声で、感情を籠めて朗誦した、その顔には生き生きした赤みが差し、目は涙を浮かべていた、それは以前のワーリャ、聴講生だったワーリャで、ターニャが歌うのを聞いていた、ポドゴーリンは昔のことを思い、彼自身、大学生だった頃、素晴らしい詩をたくさん知っていて、それを読むのが好きだったことを思い出した。

猫背を伸ばさず、

彼は今でもまだ　うつろに口をつぐんだまま……

だがその先をワーリャは覚えていなかった……彼女は黙ってしまい、弱弱しく生気なくほほえんだ、そして彼女が朗誦したあとでは緑と赤の灯が悲しげに見えた。

——ああ、忘れてしまったわ。

だがその代わりポドゴーリンが突然思い出した——どうしてか彼の記憶の中に学生時代から生き残っていたのだ、そして静かに、小声で朗誦した。

ロシアの民衆は　とことん　耐え忍んだ、
この鉄道をも我慢づよく、敷設した
何でも堪えて　——　そして広い、くっきりとした道を
その胸で敷くだろう……
ただ残念ながら……

ただ残念ながら——とワーリャは、思い出して、彼を遮った——その素晴らしい時代には私も、あなたも暮らすことはないのよ！

（アカデミー版チェーホフ三十巻全集、作品編、第十巻、一一三頁）

この加筆の意義は何と言ってもネクラーソフの詩『鉄道』にある。とりわけ鉄道敷設の工事に粉骨砕身し

て携わった民衆に思いを寄せる民衆派の詩人ネクラーソフに向けられた後輩作家チェーホフの熱い思いにある。ロシアで最初の鉄道であるニコライ一世記念（後にオクチャブリ＝十月革命記念）鉄道がモスクワとペテルブルグの間に敷設されたのは一八四二―五二年の十年強に亘る大工事を経てであった。そしてネクラーソフの詩『鉄道』はそれが完成して十年余り経った一八六四―五年に、すなわち一八六一年に発布された農奴解放令の数年後に書かれた。チェーホフは一八六〇年、すなわち農奴解放令の「その前夜」に生まれている。鉄道の敷設工事に駆り出されたのは農奴という民衆であり、工事現場の沿線に累々と続いたのは農奴出身の道路工夫（現代中国でいう「農民工」）の死屍だった訳である。ソ連版ネクラーソフ三巻詩文全集の『鉄道』にはエピグラフが付されている。

ヴァーニャ（馭者用の農民外套を着ている）
パパーシャ！　誰がこの道を作ったの。
パパーシャ（赤い裏地の外套を着ている）
ピョートル・アンドレーイチ・クレインミヘリだよ、坊や！
（ネクラーソフ三巻詩文全集（「詩人の蔵書」シリーズ）、第二巻、「ソビエトの作家」出版、レニングラード、一九六七年、一五九頁）

そしてこの巻の注釈には、「『ピョートル・アンドレーイチ・クレインミヘリだよ、坊や！』で終わるエピグラフは著者が存命中のその他の版、及び複数の死後の版では『技師たちだよ、坊や！』となっている、この変更は、おそらく、検閲を考慮したものである」（同、六二三頁）と書かれている。また当初ついていた「子供たちに捧げる」という副題が、おそらく詩人の指示で、一八七九年版では除去されている、とも書かれて

いる。（同頁）

著者自身の配慮、あるいは版元の思惑などによるテキストのこうした異同は、『鉄道』というネクラーソフのこの詩作品が帝政ロシア時代と社会主義ロシアのソ連、そして「市場経済」下の現代ロシアという体制に関わる、デリケートな問題を当初から今に至るまで抱えていることを物語っている。

だがこの小説での引用や言及として、そもそもなぜネクラーソフで、なぜ『鉄道』なのか。ガイドゥクは「新しい生活形態への呼び掛け」という題目でこの小説を論じているが、この論文によればこの小説は「古い生活形態との訣別」の書ということになる。

事実、物語の終わり近く、主人公ポドゴーリンは旧友ターニャの夫で「古い生活形態」の権化であるローセフに思いの丈をぶちまけて、次のように糾弾する。

> 自分の顔を鏡に映してみたまえ。君はもう青年じゃない、おっつけ老人の仲間入りをする年だ。そろそろ我が身を振り返って、自分がどんな男か自覚していい年頃じゃないか。一生のほほんと暮らしている、一生そのおめでたい幼稚なおしゃべりや気取りや渋面を振りまいている、――それでいったい気が狂わないのか、そんな暮らしに飽きが来ないのか？　君といると気が滅入ってたまらない！　うっとうしくて阿呆になりそうだ！
>
> （池田健太郎訳）

こうしてポドゴーリンは十二年ぶりに訪問した旧知の地主屋敷を、三日間という当初の予定を切り上げて、夜逃げならぬ朝逃げをするように立ち去る。

今もこの塔の上に腰をおろしながら、むしろ彼は、素晴らしい花火か、月明かりを浴びた行列か、『鉄道』を朗読してくれるワーリャか、それともいっそ、今ナデージダのたたずんでいる土手の上に立って、何か面白い、新しい話を聞かせてくれる別の女を眺めたいと思った。ただその話は、恋や幸福にかかわりのない話でなければならず、もし恋の話が出るにしても、それが新しい、高尚な、合理的な生活の形態、――我々が多分もうその前夜に暮らしていて、時々は予感を抱くあの新しい生活の形態を呼び招くようなものでなければならない。

（池田健太郎訳）

ここには一編の主題としての「古い生活形態との決別」、そしてその反面である「新しい生活形態への呼びかけ」が明らかである。

ではこうした主題を持つ小説にとって、ネクラーソフは、またその『鉄道』は、一体どんな意味を持つのであろうか。その数年後（一八七〇年）に書かれた、『デカブリストの妻』に連なる『お爺さん』同様、『鉄道』はパパーシャとヴァーニャ坊やの、一種の対話詩という体裁で書かれている。そして世代間の対話で物語を進める詩風にはネクラーソフの強い歴史意識が伺われる。全四節から成るこの詩は鉄道敷設工事に雇われた農民の過酷な労働をつぶさに描き、時代の脚光を浴びる大事業の裏面に呻吟する民衆の悲残を雄弁に伝えている。だが最終の第四節における、言わば転調にレールを敷くように、第三節には次のような結句が配されている。

いいですか、死と悲しみの光景で
子供心を掻き乱すのは罪深い
あなたは今、子供に見せておやりな
明るい面を

（ネクラーソフ、前掲書、一六二頁）

明暗の二相を二本のレールで繋ぐかのように、そして陰陽の二極を鉄軌で結ぶかのように、ネクラーソフはロシアで最初の鉄道の敷設事業を『鉄道』の名詩に描いた。『知人の家で』のヒーローやヒロインたちのように、若きチェーホフもその詩句を諳んじていた。病魔と闘う南仏ニースの異郷の空で、既に晩年を迎えていた身の作家がこのネクラーソフの詩にどんな思いを馳せ、それに何を託したのかは興味深い。

起承転結さながらに、この四部構成の物語詩『鉄道』は十九世紀後半、帝政ロシアが半世紀後には崩壊に至るという動向の中で、世紀を結び時代を繋ぐレールのようにも読める。当時にあって鉄道は新時代の象徴でもあり、希望や楽観の代名詞でもあった。それがどのような「暗」と「陰」を伴っていたにせよ、その「明」と「陽」に目をつぶることはできなかった。チェーホフとネクラーソフはそうした意味で楽観主義を共有していた。そしてその根拠となるものはロシアの民衆であった。ナロードニキ運動はとっくに挫折し、チェーホフもその運動には見切りをつけていた。だがそれと一緒にロシアの民衆であるナロードが居なくなった訳ではない。『鉄道』の第三節でヴァーニャ坊やが見る夢は、ヴァチカン宮殿も古代ローマのコロシウムや公衆浴場も、それを作ったのはロシアの鉄道を作ったのと同じ民衆であることを告げる。人民主義は消えても、人民が消える訳ではない。人民が居る限り、真の人民主義がなくてはならない。転地療養先のニースでドレフュス事件が新たに展開する場に偶然のように居合わせたチェーホフは、祖国ロシアの民衆派詩壇の旗手ネクラーソフに思いを馳せ、その往年の名詩に白羽の矢を立て、その引用句を折から執筆中の『知人の家で』に加筆しようと思い立った。この経緯には多分に偶然が介在していると思わざるを得ない。まして、この加筆を得たればこそ、そこから次の三部作（「箱」物）を経て、最後の小説『いいなずけ』、そして『桜の園』に至るチェーホフ晩年の世界観と作風が決定されるとなれば、この偶然は「天の配剤」を思わせずにいない。

一八九七年九月一日にモスクワを発ったチェーホフは翌年五月二日までの八カ月間、南仏のニースで避寒と転地療養をした。ドレフュスの裁判をめぐってゾラが大統領宛てに書いた抗議声明「我弾劾す……」が「オーロール」紙に掲載されたのは九八年一月十三日で、チェーホフの滞仏のちょうど半ばの時期であった。全仏を揺るがしたこの事件ではあったが、ゾラの抗議を機に世論が両分され、フランス国内は二つに分裂した。世紀末の大事件に際してドレフュスの特赦がもたらした多くの変革は「ドレフュス革命」と呼ばれ、内政の民主化が進み、フランス社会は「良き時代」に入っていく。

チェーホフを揺すぶったのは実にこうしたフランスの状況であった。一旦書き上げた『知人の家で』もそのままでは飽き足らず、改稿の必要に迫られた訳である。

チェーホフの作品は一八九〇年代の前半には楽観的な気分を漂わせていたが（『六号室』、『大学生』、『三年』）、九〇年代の後半にはそれが暗転して、ひどく絶望的で暗澹とした悲観主義に傾いていた（『百姓たち』、『ペチェネグ人』、『渡し場で』など）。そして九七年にはとりわけその気配が濃かったことが多くの伝記作者の見る所であった。

だがそれでも九〇年代前半のチェーホフの楽観主義はその後半になっても消える運命にはなかった――とガイドゥクは書く。――一九九八年から一九〇四年に至る作品は作家の世界観における新しい特質、彼の市民的態度の積極化、芸術的方法の若干の変更と結びついていたのである（ガイドゥク『一八八七―一九〇四年に於けるチェーホフの作品』四三頁）。

ここに言う「彼の市民的態度の積極化」はニース滞在のたまものにほかならない。積極的な（市民的）態度は楽観的世界観と別物でない。チェーホフはそれをドレフュス事件とゾラの果敢な市民的活動に学んだのである。そして祖国を振り返ってネクラーソフを想起し、その『鉄道』からの引用句によって折から執筆中の『知人の家で』を改稿したのであった。ネクラーソフがチェーホフに触れる直接的な接点は、このように決して枝葉末節のそれではない。間接的な接点をも拾えば、定めし枚挙に遑なしとなろう。

そしてネクラーソフに因めば、デカブリストの運動を理解し、尊敬し、それに共鳴する姿勢を生涯に亘り保ち続けた作家トルストイを忘れることはできない。

トルストイ

トルストイとデカブリストの絆は太くて長い。また作家と『デカブリストの妻』の作者ネクラーソフとの絆も並みのそれではない。トルストイはデカブリストの乱の三年後である一八二八年生まれで、ネクラーソフの方が七歳年長であった。出版者でもあったネクラーソフの雑誌『同時代人』は、トルストイの才能を開花させたと言われる。『幼年時代』と『侵攻』に始まる、駆け出しの作家トルストイがコーカサスとセヴアストポリで書いた全作品がその雑誌に発表されたからである。そのことを思えば、ネクラーソフと同様に、トルストイもまたデカブリストたちの運命に末永く関心を寄せていたことは興味深い。

トルストイには未完成に終わった長編小説『デカブリスト』がある。作家は一八六〇―六三年とその十五年越しの一八七八―七九年にその執筆に当たっているので、そのテーマへの強い執心のほどが伺われる。だがその構想の始まりが一八五六年にまで遡ることを知ると、それへの異常な思い入れが伝わって来る。

一八五六年に私は一定の傾向をもった中編小説を書き始めたのだが、その主人公になる筈だったのは家族と一緒にロシアに帰還したデカブリストであった。心ならずも私は現在の時点から自分の主人公の錯誤と不仕合わせの時代である一八二五年に移行し、書き始めたものを中止してしまった。だが一八二五年には私の主人公は既に成長した、家族持ちの人間であった。彼を理解するためには、その青年時代に移ることが必要であり、その青年時代はロシアにとって栄光に満ちた一八一二年の時代であった。私は一八二五年の時代として始めたものをもう一度放り出して、一八一二年から始めたのである。

（『トルストイ百科事典』、一三六頁）

『戦争と平和』の執筆動機として知られるこの述懐から分かるように、近代世界文学の金字塔はデカブリストへの関心に端を発している訳である。ここにはトルストイの言わば代表作がどのようにして作者に胚胎されたかの道筋を物語る内情が明かされている。それだけに、未完成に終わったとはいえ、『デカブリスト』の持つ意義は大きいと言わなければなるまい。

小説の出来事は一八五六年の冬にモスクワで起こるのであるが、それは三十年の流刑のあと生き残ったデカブリストたちが、新しい皇帝アレクサンドル二世の発布した恩赦によってモスクワに帰還する年である。そしてその中にP・ラバーソフが居るのであるが、その原型S・ヴォルコンスキー公爵はトルストイの親類筋に当たる。彼は「情熱家、神秘家、キリスト教徒」であり、「道徳的に厳しく少々理想的な自分の信念を新しいロシアに対応させ」ている。

トルストイは一八六〇年十二月と六一年一月にフロレンスで自分の遠い親戚であるS・G・ヴォルコンスキー公爵と何回か面会している。それは作家の二度目の滞欧中で、流刑後の公爵は既にその町に住んでいた。A・ゴリデンヴェイゼルの手記によれば、作家はこのヴォルコンスキーとの面会を次のように回想している。

長い白髪頭の彼の風貌はさながら旧約聖書の予言者のようであった。〔……〕そしてシベリアで、既に懲役の後、妻がサロンのようなものを持っていた時、彼は百姓たちと働き、その部屋には農民が仕事に使う用具一式が散らかっていた。

(『トルストイ百科事典』、同頁)

ラバーゾフは「ロシアの力は私たちの中にあるのではなくて、民衆の中にあるのだ」と言う。そしてこの言葉は小説の基本的な思想的意味なのであるが、その思想のために、おそらく、作家は『デカブリスト』を完成することができずに、もっと大きな作品に向かったのである。自分の主人公の青年時代に熱中して、トルストイは一八一二年のことから書き始めた——そのようにして『戦争と平和』という本が始まったのだ。そのため『戦争と平和』の最後の数章は『デカブリスト』の最初の数章に成り得たのである。

そしてトルストイが『デカブリスト』の執筆に戻ったのはそれから十五年を経て、やっと一八七八年、『アンナ・カレーニナ』の執筆を終えた後であった。この執筆は一八七八年いっぱいと七九年の始めに行われたのであるが、今や出来事は農民の環境に移される。作家は支配階層の生活を底辺の民衆の生活に対置する構想を立てる。そして一八二五年十二月十四日（すなわちデカブリストの乱）の参加者の一人が追放されてシベリアの移住者のもとへ来あわせるのであるが、それは素朴な生活と上流社会の生活が不意に出会う場となる。だがその背景には転機から数年を経た作家の現在における宗教的気分があり、それによって諸々の対立が包摂され、構想の展開が妨げられる。そしてついにこの小説は未完成に終わる。執筆が中絶された理由は幾つか挙げられているが、必ずしも説得力があるものではない。その一つに、デカブリスト運動が実は舶来思想の産物であったとする説にトルストイが興ざめしたからだというものがある。だがそれに信憑性がないことは、ずっと後年、一九〇五年の元日に、作家の秘書D・マコヴィツキーがヴォルコンスキー公爵に関する作家の言葉として、自身の手記に次のように引用している通りである。

デカブリストたちは宗教心の厚い、献身的な人たちである。私は益々彼らを尊敬している。ヴォルコンスキーは侍従武官長で、金持ちであった。彼は驚くべき老人、名門で宮廷付きのペテルブルグ貴族の花である。そんな彼が、明日は我が身が鎖に繋がれると知りながら、その事業に赴いたのである。

（『トルストイ百科事典』、五二七頁）

そして『デカブリスト』の主人公ピョートル・ラバーゾフの原型になったと見られているのはこのS・ヴ

ォルコンスキー公爵である。

それを示すのは、文学的主人公とヴォルコンスキーは風貌が相似ていて、経歴上の事実も似通っていることである。ラバーゾフをヴォルコンスキーに関係づけることはトルストイの言葉からも可能になる。すなわち、彼ラバーゾフは「元の公爵」であり、ロシアの姓の一つを名乗っているのであるが、それは誰もが知っていて、もしその性を名乗る人を身近で知っている人として話をするなら、誰もがある種の尊敬と満足をもって口にする姓である。とはいえ、個々の不一致もある。とりわけ、小説ではラバーゾフが「シベリアから家族一同と連れだってまっすぐ帰った」ことになっているが、ヴォルコンスキーは一八五六年八月二十六日の宣言〔恩赦〕のあと、その年の十月に息子を連れてモスクワへ帰ったのであり、そこには既に前年の秋から夫人が娘と一緒に住んでいたのである。……　（同書、同頁）

ラバーゾフの原型になったS・G・ヴォルコンスキー公爵は三十年間のシベリア流刑にもめげずに革命的思想を生涯変えることがなかった。また一八六〇年代の諸改革を、中途半端だといって厳しく批判した。『トルストイ百科事典』に掲げられた写真を基にした版画の胸像は筋金入りのデカブリストの面貌を伝えて、一見して心を打つ。それは幾分かトルストイの肖像を彷彿させるが、それもその筈、二人は遠縁に当たる親戚同士である上に、共に正真正銘の憂国の士であった。トルストイにも旧約聖書の予言者の面影が濃いことは多言を要すまい。二人の意気投合は誰しも首肯してやまない所であろう。そしてその夫人マリア〔旧姓ラエーフスカヤ〕ももう一人の「デカブリストの妻」であった。彼女も夫君の後を追ってシベリアへ行き、三十年に亘る流刑と懲役の重荷を分かったのである。彼女がネクラーソフの『デカブリストの妻』の一人である公爵夫人マリア・ヴォルコンスカヤであることは、『ロシアの婦人』の誉れが決して例外的な美談ではなかったことを証していよう。

＊

トルストイが『デカブリスト』を書こうとして、結果的に『戦争と平和』を書いた経緯は多くのことを教えてくれる。作家が『デカブリスト』を書こうと思い立ったのは、言わば自身の「ルーツ探し」をテーマにしたということである。一八六〇年前後のその頃、トルストイは三十歳代を迎えた頃で、サハリン行を模索していたチェーホフが、ついにそれを決行した三十歳とほぼ同じ年齢である。ヤースナヤ・ポリャーナの作家は初期作品の稀に見る大成功の後、次の飛躍を前にしてやや低迷期にあった。そこで作家は考えた。自分は何者か、と。その問いは、答えを出す解法として、自身の系譜を辿るという思念になった。その思念は言わば自分をめぐる謎解きの方法論であった。自然、先ず親の世代が考察の対象となる。作家は一八二八年生まれなので、その頃はデカブリストの乱がまだ冷めやらずに尾を引いていた。それは『デカブリストの妻』のヒロインである二人の公爵夫人が夫君の流刑地ネルチンスクで三年目を迎えていた頃である。トルストイの『デカブリスト』はその時代を舞台にした親たちの世代を書こうとした企図であった。だがその時代、一八二五年の前後、親たちの世代は当然もう壮年期にあって、それを書いても途中から書くことになり、文字通り中途半端になることが見え透いていた。そこで作家はまた考えた。親たちの青年時代から書こう、と。人間、何と言っても青年期、青春が人生の分かれ目であり、峠である。壮年期も晩年も多くはそこで決定される。では親たちの青年時代はと問えば、それは一八一二年、祖国戦争、ナポレオン戦争の時代であり、「栄えあるロシア」の時代に他ならない。自身の「ルーツ探し」を課題としていた作家はついにやがて自身の代表作となる『戦争と平和』の舞台となる時代に行き着き、そのテーマに逢着した訳である。大作の根（ルーツ）は言わば「小作」（小品）にあった。ある意味でこれも逆説と言えよう。諺に「大は小を兼ねる」と言うが、その逆もまた真なりという一面もあろう。『デカブリスト』から『戦争と平和』へという創作の道には、「千里の道も一歩から」という諺を地で行く意味合いがある。トルストイが壮年期から晩年に掛けて、『戦争と平和』という一大快挙の後も、デカブリストのテーマに幾度か立ち返ったことは、「一歩から千里へ」という人生哲学に背中を押されてのことであろう。『戦争と平和』は創作途上のある時期『終わり良ければ総て良し』という題名を持っていたが、その逆もまた真なりであろう。すなわち、「始め良ければすべて良し」、「一歩が良ければ千里も良い」である。ここでは言わば「デカブリスト讃歌」を聞く思いもしよう。

　こうした言わば教訓は本稿のテーマを展開する上にも顧慮し尊重しなければならない。チェーホフのサハリン行は帝政ロシア史、いやロシアにおける流刑という一般的な問題の一環として捉えなければ、それが持つロシア文学史上の意義さえ十全には捉えられない。なぜなら「一環」も文字通り「一」であり、「二」へ「三」へと繋っているものだからである。その「二」や「三」はあるいはレスコフやコロレンコであり、あるいはネクラーソフやトルストイである。もしチェーホフがロシア文学史上シベリアやサハリンの流刑をテーマに書いた十人目の作家であるとすれば、その「ルーツ探し」には九人の作家を経巡らなければならない。ここには「急がば回れ」の諺がどんぴしゃりであろう。そうでなければ「チェーホフ読みのチェーホフ知らず」という諺の思う壺である。待ち受けている教訓は先取りするに越したことはない。その目でロシア文学史を見れば、近代ロシア文学の夜明けを告げるプーシキンでさえ一種の流刑人の身をかこつ時期を持ち、しかもデカブリストとの接点も持っていたことが分かっている。そう思えば帝政ロシアの昔からロシアは流刑地だらけで、すでに後代の「収容所群島」の下地を持っていたことが知れよう。ネクラーソフならずとも、「ロシアは誰にすみよいか」と問わずには居られまい。そうしたロシアに、しかもその沈滞期に転機を迎えたチェーホフが安閑として居られなかったことは、「火を見るよりも明らか」とは言えないにしても、いつまでも謎だ、謎だとつぶやいてばかりも居られまい。収容所がチェーホフの「一島」からソルジェニツィンの「群島」になってからも既に久しい現代にあって。

　それにしてもトルストイの異常に強いデカブリストへの執着、愛着はどこから来るのか。一九〇五年に秘書のマコヴィツキーは「デカブリストたちは宗教的な、献身的な人たちであった。私は益々彼らを尊敬している」というトルストイの言葉を記録している。なぜこんなに深く、こんなに長く？　こうした問いに対する答えの一つは、一歳半で死別した瞼の母マリアの旧姓ヴォルコンスカヤにも潜んでいよう。何と彼女は『デカブリストの妻』のヒロインの一人マリア・ヴォルコンスカヤと同姓同名なのである。マリアという名前はさほど珍しくもないので、同名であることは措くとしても、同姓は看過できない。そのことは彼女がトルストイの周辺に少なくないヴォルコンスキー一族の出自であることを意味するのである。彼女は一八二二年に作家の父親ニコライ・トルストイと結婚するが、二人は遠い親戚であり、幼なじみでもあった。今でもヤースナヤ・ポリャーナのトルストイ博物館の広大な敷地には「トルストイの家」と「ヴォルコンスキーの家」が目と鼻の先にあり、自然・文化公園という呼び名の方がふさわしい「博物館」の主要なエクステリアを形成している。そうであれば、デカブリストたちも、その妻子も、その一族郎党も、みんな作家の身内に繋がる、身近な人たちなのである。そこには彼らの乱も、処刑も、流刑も「ひとごとではない」事情があることは言うまでもない。デカブリストたちは政治犯、すなわち国家の犯罪人になった訳であるが、国家とは「国」としての「家」である。漢字は多く事の本質を体現している。トルストイにとって一八二五年に象徴される出来事は単にロシアという「国」のそれではなく、トルストイ家やヴォルコンスキー家などという、広義に自分たちの「家」に関わるそれなのである。ああ、そう言えば『戦争と平和』もそうだ、と誰しも思わずには居まい。トルストイ文学とはそういうものなのである。

『トルストイ百科事典』は、ネクラーソフの史詩のヒロインである妻のマリア・ヴォルコンスカヤとデカブリストである夫セルゲイ・ヴォルコンスキーの夫妻が、三十有余年の徒刑生活を経て、一八五六年に欧露に帰還し、一八六〇―六一年の年末年始にフロレンスでトルストイと面会したことを記している。そして夫は六五年、妻は六三年に死去したことを。その夫の著に成る「革命家の手記」を作家は一九〇一年に読んでいる。また次のようにも書かれている。

トルストイの中では半世紀以上もデカブリストたちについて書きたい、そして彼らの回想記や、彼らの時代について書いたものを読みたいという願望が消えることはなかった。〔……〕作家はデカブリスト運動の時代の出来事や人物に関する情報を少なからず有している一八六〇年代から二十世紀初頭までのロシアの新聞・雑誌を綿密に研究していた。

（同書、五三二頁）

ヴォルコンスキー夫妻は一七八八年（夫）と一八〇五年（妻）の生まれなので、一八二八年生まれのトルストイの一世代前、すなわち作家の親たちの世代に属する人たちである。もしトルストイが彼らと同世代人であったら、世界文学に名を連ねるロシアの大作家は存在せずに、もう一人の傑出したデカブリストがロシア史にその名を大書されていたのではないか。歴史に「もし」はないとはいえ。これに関してはやはり『トルストイ百科事典』に興味深い記事がある。それはトルストイが「気質の近親性」を認めたG・ルサノフが一八八三年にヤースナヤ・ポリャーナを初めて訪ね、作家が一八七〇年代にピョートル大帝の時代から題材を取った長編小説、そしてそのあとデカブリストたちについてのものを書きたいと思った時のことで、作家は次のように語ったという。

私はピョートルの時代を題材にした小説を書くことができなかった、なぜならその時代は私たちからあまりにも遠く隔たっていて、当時の人々の精神の奥底をきわめることが私にはできない、そんなにも彼らは私たちに似ていない、からである――私はそう気づいたのです。そしてデカブリストの時代を題材にして書くことができなかったのは、その時代が、反対に、余りにも最近のことで、余りにも私に近かったからです。デカブリストたちは誰にとっても余りにもよく知られた人たちだったのです。彼らの時代の手記、回想録、手紙は山ほど残っているのです。それで私はその山の中で途方に暮れてしまったのです。

（同書、同頁）

ここでデカブリストたちが「余りにもよく知られた人たち」であるということは、トルストイ自身にとって彼らが「近親的」、すなわち精神的にも気質的にも似通った人たちであったことも意味していると考えられよう。トルストイが一世代前に生まれていたら、大作家ではなくて、高名なデカブリストになっていなかった、と誰が言えよう。

自分たちに余りに近くて、自分に余りに近親的であるがために、デカブリストの時代を題材に、デカブリストを主人公にした小説は書けない——大作家でも、いや大作家なればこそ書けないのであろう。翻ってこれはなぜトルストイに『戦争と平和』が書けたか、なぜこの近代文学の『イリアス』が書かれたかという、大いなる問いへの無二の答えとなるものでもあろう。ここでは「敵を知り己を知れば、百戦危うからず」の俚諺がふと脳裡をかすめずにいない。そしてまたソクラテスの言とされる「汝自身を知れ」も。はたまた「就かず離れず」も。作家の妻ソフィアの妹タチヤーナは「だが『デカブリスト』の小さな種から『戦争と平和』という壮大な樫の古木が出てきた」と書いているが、『デカブリスト』を書く意図から出発したトルストイが結果的に『戦争と平和』を書いた顛末は決して「瓢箪から駒」だったのではなく、「真実一路」を行く作家が辿った言わば「予定調和」の道だった訳である。作品に書かれる真実もさることながら、その創作過程そのものに現れる真実も文学、芸術、いや人間のあらゆる営為に潜む妙味だと言えよう。名作はそれ自体の大いなる価値だけでなく、その周辺に豊かな「人生劇場」を持つことを常とする。作品論が書かれ、作家論が書かれる謂れもそこにこそあろう。成果主義とか結果責任とかいう言葉が金科玉条のように飛び交い、物事に付きものの過程に潜む大切な意味が無視され軽視されがちな現代に、『デカブリスト』から『戦争と平和』へという、トルストイが辿った創作の道は多くを教えてくれよう。

チェーホフは転機に向かう頃の一時、トルストイズムに共鳴し、それに依拠した作品も書いた。その出どころであるトルストイ自身はデカブリストの運動に理解を示し、そのまた出どころであるデカブリストたちに深く賛同し、その運命を見守っていた。そうであるなら、チェーホフはそうした運動や人物たちにどのような目を向けていたのであろうか。サハリン行からやがて十年になろうとする一八九七—九八年の八カ月、南仏ニースで転地療養につとめていた時期のチェーホフについて池田健太郎は次のように書く。

ドレフュス事件とゾラの抗議に対するチェーホフの態度は、彼の本姓である律義、誠実さが社会正義の性格を帯びてきたことを物語っていないだろうか。

（中央公論社版チェーホフ全集、第十六巻、『付』「チェーホフの生活」、一九六八年）

*

ここに言う「社会正義」は正にデカブリストの乱の本質であり、デカブリストたちの人間性の核心を成すものであった。デカブリストとは多く社会正義に殉じた軍人貴族の群像である。そして「デカブリストの妻」たちもその社会主義に一身を投げ打った「ロシアの婦人」たちであった。同様に、病身と危険を押し、身を挺したチェーホフのサハリン行も社会正義に目覚めた作家の捨身の一挙ではなかったか。「シベリアとサハリンの旅」にはチェーホフとデカブリストを結ぶ精神的紐帯があるのではないか。デカブリスト魂の系譜に連なるロシア文人は、断じてネクラーソフやトルストイに限られるのではない。『サハリン島』や『シベリアの旅』などはチェーホフもまたれっきとしたそうした「骨太の系譜」に連なる作家の一人であることを物語って雄弁であると言えよう。チェーホフの転機という問題はその地平にこそしかと望見されよう。

大統領あての「我抗議す」というゾラの有名な抗議声明が「オーロール」紙に掲載されたのは一八九八年一月十三日であるが、その十日後の一月二十三日付けでニースからペテルブルグの「コスモポリス」誌のロシア部門担当者F・バーチュシコフ宛てに書いたチェーホフの手紙は、感激し高揚した気分を伝えている。

こちらでは何か話をするとなれば、ゾラとドレフュスのことです。圧倒的多数の知識人はゾラの側に立ち、ドレフュスの無罪を信じています。ゾラは六尺豊かな大男となって現われています。彼の抗議の手紙は文字通り清新の気風を漂わせ、フランス人は誰彼となく、有難いことに世の中にはまだ正義がある、だからもし無罪の人を有罪にするなら、抗議の声を挙げる人がいるということを感じたのです。フランスの新聞はこの上なく面白いのに、ロシアのはからきし駄目です。『新時代』には唯々嫌悪感しか抱きません。

（アカデミー版チェーホフ全集、書簡編、第五巻、二五八頁）

その前年、一八九七年の秋からチェーホフは転地療養のため南仏のニースに滞在していた。だがその「療養」は健康上だけでなく、言わば創作上のものでもあったと考えられる。それについてガイドゥクは次のように書いている。

概して多くのチェーホフの伝記作者にとって、一八九七年は陰気な、重苦しい、慰めのない年のように思われているが、それは正しいことである。作家の作品そのものが、おそらく、この見解を裏づけている。じっさい、『百姓たち』、『ペチェネグ人』、『生まれ故郷で』といった、この年に書かれたものを読んでみるといい。こうした作品からは、ある人たちには恐ろしい絶望と暗澹たる悲観主義と思われたような、身を焦がすような容赦ない真実が漂ってくるのである。どうやら、作家の課題は、彼の同時代のあらゆる重苦しさと物憂さを書くことだけでなく、そんな生活に対して何か抗議したり、あるいは人をだめにするような軟泥に、意志や感情や思想に及ぼすその避けがたい力に抵抗することは、まるでできない、ということを示すことにあったと思われるのだ。

（ガイドゥク「新しい生活形態への呼びかけ」（チェーホフの『知人の家で』論）、前掲書、四二―四三頁）

ニース滞在中にチェーホフは四編の短編小説を書いたが、その三番目の『知人の家で』はドレフュス事件とゾラの壮挙に沸き立つフランスの空気を吸いながら書かれた。そしてこの短編でチェーホフは、『サハリン島』の発表後に訪れた短いが深刻な低迷期を脱し、作家の更なる飛躍を告げる「箱」もの三部作に進む。ニース滞在時に成る一短編が、プチブル気質を炙(あぶ)り出し、俗物根性を白日の下に晒す作品群の先触れとなったことの意義は大きい。偶然にか、その契機になった「ドレフュス―ゾラ事件」の意義も。

ゾラに共鳴し連帯するチェーホフが、ネクラーソフのように、そして「骨太の系譜」に連なる多くのロシア文人のように、反骨の作家でもあったことは動かない。

第四章 ——チェーホフの転機

サハリン行の前——一八八〇年代後半

一八八七年、それまでのユーモア作家チェーホフは大きく変身する。それまで彼の主要な作風であった「小品」のジャンルはこの時期に消失していく。それに代わって言わば「大短編小説」が彼の支配的なフォルムになっていく。「大短編小説」という言い方は「大と小」を併せ持ち、形容矛盾のような響きを持つ。だがここで「大」は「大小説家」、「大作家」、「大人物」などと言う場合のそれであり、それを短編小説に、一般的に小説に冠しても不自然ではなく、違和感もない筈である。小説という言葉は、おそらく「大説」という、市民権を得ない言葉を念頭に置いて、その反対の概念に関わる言葉として、その反意語として生まれたという経緯に起源を持つのではなかろうか。すなわち、天下国家に関わる「大きな」問題を扱う論説や論評を仮に「大説」と呼ぶなら、その反対に、市民の身辺雑事に関わる「小さな」ことを書くものを小説と呼んだのではないか。徳富兄弟はその分かり易い例である。兄の徳富蘇峰が「大説家」であったなら、弟の徳富蘆花は小説家であった、と言える。

「大小説」や「大文学」という言い方が決して奇異でも特異でもないのに、日本語では小説という言葉の関連語彙に「大説」という語がなく、「大短編小説」という言い方も耳慣れないが、ロシア語にはピタリその意味である「ボリショイ・ラスカス」が普通に使われて、何ら違和感がない。それが「卓越した、素晴らしい短編小説」を意味して使われることは言うまでもない。そして事実上その反意語になるのが「小品」(「メロチ」)であり、その場合の「小」は「小事」や「些事」などと言う場合のそれを念頭に置く意味に使われている。この時期までのチェーホフはそうした身辺雑事を題材にした、軽い読み物を手掛けるユーモア短編小説の作家であった。括弧つきでも「大説」の用語を使うならば、トルストイやドストエフスキーなどの文学はその「大説」に軸足が掛かり、チェーホフの文学は本来の意味で小説であると言えよう。エイヘンバウムのチェーホフ論には、これまた括弧つきながら「二次的な」文学という概念が読まれる。

この文学は一定の傾向、高尚な理念、そして「基盤」を欠いているように思われた。そのためにこの文学には「二次的な」地位があてがわれ、しばしば非難されて軽くあしらわれた。それは時に自己防衛をしようとしたが、成功しなかった。ところがこの文学には存在し発展する、疑いもない本質的な権利があったのだ。〔……〕この「二次的な」文学はピーセムスキーとレスコフの名によって脳裡に描かれていた。チェーホフ文学は最も基本的で主要な点で、彼らに起源を持つのである。

(B・M・エイヘンバウム、前掲書、三五八頁)

ここには言わば、「小さな文学」で「大を成し」たチェーホフの逆説があり、「大は小を兼ねる」という俗諺の逆説「小は大を兼ねる」の趣もある。「塵も積もれば山となる」という諺の通りに、サハリン行以前にチェーホフの作品集は数巻の膨大な短編小説集になっていた。作家の才能は世に認められ、寄稿先の待遇も良くなる。だがそれにも拘らず、一八八七年、作家はそれまで寄稿していた幾つかの新聞などから手を引く意向を伝え、それを慰留する編集者とのやり取りを伝える手紙が幾通も残っている。

では自身の得意とするジャンルである短編小説で成功を収めたのに、なぜチェーホフはそれに満足も甘んじもせずに、言わば自己否定とも受け取られ兼ねない道に分け入ったのか。この問いはそのまま、『戦争と平和』や『アンナ・カレーニナ』などで世界文学の巨匠と謳（うた）われたトルストイの転機に向けられる問いに重なる。トルストイのこうした「変化」の象徴である『懺悔』は一八八一年に刊行され、チェーホフのこの「変化」も一八八〇年代後半のことなので、二人は割と近い時期にそれぞれの人生で決定的な時期を迎えたことになる。なるほど二人は親子ほども歳が違い、トルストイはチェーホフの倍も長生きしたのではあるが。チェーホフもそれまでの自身の生きざまを「懺悔」したからこそ、それに終止符を打ち、新たな「人生の道」（トルストイの遺稿）の探求に向かった訳である。その意味ではV・ガイドゥクの論文「探求の道」（後出）は題名からして傑出したチェーホフ論を予知させるものである。チェーホフはこの「変化」に至るまでの数年間、一種の行き詰まりからトルストイズムに傾斜し、それを『邂逅』、『コザック』、『乞食』（いずれも一八八七年）などの作品に書いてもいる。のみならず、『侘しい話』（一八八九年）はチェーホフの「変化」を疑問の余地なく告げる作品の一つとして定評があるが、それが三年前に発表されたトルストイの『イワン・イリイチの死』（一八八六年）に触発されたものであることは、二作を読み比べれば誰しも頷（うなず）く通りである。だが作家は今やそのトルストイズムへの傾倒からも冷める時を迎えた。とはいえトルストイズムではなく、トルストイその人の居ない世界に出ることは、さすがのチェーホフにもおいそれとできなかった。だからこそ、言わば恩師の「変化」を追いかけるようにして、自身も「変化」に向かったのではないか。ことほど左様に、トルストイの存在感は決定的であり、計り知れない訳である。同じことは『トルストイの実像』(拙訳)で大作家の落度を説得的に突き、その実像に一段と肉迫し得もしたB・スーシコフについても言える。

この時期、チェーホフの文学的環境は大きく様変わりする。言わば「マイナー」定期刊行物を抜け出して、「メジャー」文学入りを目指し、その代表者たちと実り多い交友関係を結ぶ。それはN・ミハイロフスキー、G・ウスペンスキー、V・コロレンコらである。作曲家のチャイコフスキーが、興味深く新鮮な作家が居ることを喜ばしく思う、という手紙を書いてくる。チェーホフは文学や文化の最もすぐれた活動家の中に入っている、という認識が既に明白で文句なしの事実になっている。作家が大きな変化の戸口に立っていることは、自他ともに認めるところであった。コロレンコはチェーホフに、ユーモア文学に限ることなく、大きな文学の仕事に着手するよう助言したが、そうした助言は作家自身の切なる内面的要求に応えるものでもあった。機が熟していた、転機の機が。その自覚からチェーホフはやがてサハリン行にも思いを馳せるのである。

書簡集第二巻(一八八七—八八年)の註解の冒頭には次の二つのことが書かれている。すなわち、先ず出版者、編集者、文学者へ宛てたこの時期の手紙によって『敵』、『幸福』などの傑作が掲載された幾つかの新聞への寄稿の歴史が特徴づけられること。次いで、それと共に「小さなフォルム」から「大きなジャンル」——中編および長編小説——へのチェーホフの急転が観察されること。(ここの「急転」のロシア語はトルストイの転機という場合に用いられる「ペレロム」である。)

『サハリン島』は長編小説でこそないが、この頃から模索していた、また嘱望されていた「大きなジャンル」の書き物であることは疑いない。チェーホフの転機・急転への道はこの時期から兆している訳である。サハリン行の謎を解く鍵も、やはりこの時期をつぶさに観察せずには探し当てられまい。
M・キセリョワ宛ての手紙に作家は次のように書いている（一八八七年一月十四日付）。

世界はならず者の男女でごった返している——これは真実です。人間の天性は不完全である、だから地上に信心深い人だけしか見ないのは奇妙なことです。文学の責任には大勢のならず者の中から実を掘り出すことがあると考えるなら、それは文学そのものを否定することを意味します。芸術が芸術と呼ばれるのは、あるがままの生活を描いてこそなのです。

（アカデミー版チェーホフ全集、書簡編、第二巻、一九七五年、一一頁）

「真実は言わば清濁併せ呑むことにある」、そして芸術の本義は「あるがままの生活を描くことにある」——こうした高い世界観に到達したチェーホフは、もはやユーモア文学の世界に安住していられない。作家は脱皮の潮時に差し掛かったのである。
書簡集の第三巻は続く一八八八—八九年の手紙を収録している。この時期にチェーホフは『侘しい話』や『イワノフ』に代表される小説や戯曲を書いているが、それらはユーモア作家からの脱皮ぶりを示す画期的な作品であるとされる。
八八年十月二十七日付のE・リントヴァレワ宛ての手紙には、同月の『新時代』に匿名で掲載されたプルジェヴァルスキーを追悼する社説は自身の筆に成るものであることが明言されている。前述の手紙には、

「ならず者の」烏合の衆から成る人間社会から「信心深い人たち」を切り離す非と愚が書かれているが、この手紙は、その一方で、レスコフが書く「信心深い人たち」の同類と言える英雄的な人物にチェーホフが人一倍強い憧憬を抱いていたことを示し、その度量の広さを伺わせている。

同日付のスヴォーリン宛ての手紙には、本格的な文学へと舵を切った作家の言わば文学要諦が表明されていて、注目に値する。

> 仕事に対する自覚的な態度を芸術家に要求するという点では、あなたは正しいことを言っていますが、二つのことを混同しています。それは「**問題の**解決」と「**問題の正しい**提起」ということです。芸術家の義務になるのは、二番目の方だけです。『アンナ・カレーニナ』でも『エヴゲニー・オネーギン』でも問題は何一つ解決されません。それなのにそうした作品にあなたが満足を覚えるのは、そこではあらゆる問題が正しく提起されているという、ただそれだけの理由によるのです。裁判の義務は問題を正しく設定することだけであり、解決するのは陪審員たちで、それぞれ自分の好みですればいいのです。
>
> （同書、四六頁。強調はチェーホフ）

この文学要諦はレールモントフが『現代の英雄』の序文に書いた結語と同工異曲である。「病気は指摘されただろう、それをどうやって治すかは神のみぞ知る、である。」それを書いた詩人は何と、プーシキンに輪をかけて二十七歳の若さで、しかも先輩詩人と同じく決闘で非業の死を遂げている。二人の大詩人とチェーホフ——早世したロシアの詩人と作家が早熟な偉才だったことは、こうした確信的な文学要諦からも伺える。

V・ガイドゥク教授の著書『一八八七―九四年に於けるチェーホフの作品』（一九八五年）は、本章のテーマとの関わりにおいてはその副題「進化の問題」が特筆に値する、なぜならこの本が考察の対象にする一八八七―九四年は本章のそれとピタリ合致するからである。その時代を作家の進化の時代と見る認識は、作家のサハリン行という謎を解く上でも有力である、なぜならサハリン行はずばりその時期に（タイトルの二つの年号に挟まれたど真ん中で）決行された作家の行動だからである。それゆえ、その壮挙は作家の頓挫や挫折から思いつかれた消極的な行動ではなくて、その進化がもたらした積極的で記念碑的な一挙であったということになる。作家の道における下降ではなく、上昇の過程で起きた一事ということに。言い換えれば、サハリン行が作家に転機をもたらしたのではなくて、反対に、転機がサハリン行をもたらしたのである。人あっての事であり、事あっての人ではない。（遺憾ながら、このことを取り違えている人は少なくないと思われる。）その「著者より」によれば、この本は散文作家としてのチェーホフが辿った文学の道における基本的な道標を表題小説『幸福』（一八八七年）から最後の短編小説『いいなずけ』（一九〇三年）までの時程で考察したものである。

この本の（第二章）「探求の道」は副題の「進化の問題」ととりわけ深い関わりを持つ。

そして「探求の道」は「サハリンへの道」にも通じていた――もしそうであるなら、それは何と壮大な絵図であろうか。これこそはシベリアっ子の学者ならではの発想である。イルクーツクっ子はそのシベリアの古都を「地の半ば」と呼んでいる。思えばそのバイカル湖の町はチェーホフの旅路の「道半ば」であった。チェーホフの壮途を見守るガイドゥク教授の目は両都の学者たちのそれとはかなり違う。それはこの本にもよく表れている。この本で「探求の道」の「道」は「ウェイ」ではなく、「ロード」に当たるロシア語である。それはやや観念的な「ウェイ」でなく、実際的な「ロード」である。足で行く、体を張った「探求の道」である。書斎や研究室だけでのそれではない。

ガイドゥク教授はこの本の事実上の巻頭論文「何を為すべきか」で短編『幸福』を取り上げている。邦訳者・原卓也の解説によれば、チェーホフは詩人ポロンスキーへの献辞の中で、「この短編は私がこれまで書いた短編全部の中で、最も優れたものであると思います」と書いているという。この短編がなぜ作者自身の「お墨付き」に値する程すぐれているのかは、ソ連のチェーホフ学の権威、例えばベルドニコフの解釈を読んでも、ガイドゥクや筆者にはとんと腑に落ちない。言わば「言内の意味」で一読する限りでは、これは何の変哲もない幸福論の小説版に過ぎない。だがガイドゥクはこれまた言わば「大道具」の陰に隠れた「小道具」に注目して、この短編に潜む歴史的意味、更には政治的意味を読み解く。そこに「言外の意味」を読み取る訳である。一見テーマも筋もない、宝探しという御伽噺のようなお話を注意して読むと、その「言内」で幾人かの歴史上の人名、幾つかのエピソード、年号、地名に出くわす。「言外」の皮切りはピョートル一世――大改革の大帝。次いでアレクサンドル一世と一八一二年――祖国戦争。敗走するフランス軍から奪い取った金銀財宝。隠されたその宝物をめぐって「幸福」論が戦わされる。この皇帝の最後をめぐってはアゾフ海沿岸のタガンローグ（チェーホフ自身の故郷）という地名が目を引く。そこへは首都から大金が送り届けられたという伝説。それも民衆の「幸福」に関わらずにいない。読み進むと一八二五年――デカブリストの乱。一八六一年――農奴解放。その間に一八三八年に出くわすが、これにはどんな「言外」があるのか。権力による謀殺説がある、決闘によるプーシキンの絶命の年。この二五年と三八年を結ぶ線には、ニコライ一世の残酷な反動政治が猛威を振るった時代という「言外」がある。タガンローグへ宝探しに行ったイリヤが、要塞の古墳丘がある目的地へ着くと、そこには銃をもった兵士が立っていたというデテールは、息もつけないニコライ一世体制下のロシアを描写している。デカブリストの乱は、タガンローグで客死したアレクサンドル一世をそこから運んだというエピソードに先行して起こされた、とも言われる。小説もここに至れば、もはやただ単にそこで歴史的文脈が暗示されるだけでなく、政治的事件も示唆される——と読み取れる。デカブリストは粉砕され、プーシキンは政治的に「処刑」される——しがない民衆はそうしたおぞましい歴史的・政治的文脈で一攫千金の「幸福」を夢見ている訳である。

だが幸福が祖国の歴史に纏（まつ）わる、どこかに埋蔵された大金や財宝といった物質的なものではなくて、歴史自体に刻まれた精神的なものであるという作者の思想は随所に読み取ることができる。宝物には呪文が掛けられていて魔除けがないと近寄れない、というのもその一つで、それはそうしたものに託す幸福の迷誤、まやかし、非現実性を暗示していよう。またそこには民衆の無知という指摘も籠められていよう。宝探しによる幸福は私的な、個人的な、自分だけの、偽りの幸福であるという思想が読み取れ、それに対して真の幸福は公的な、社会的な、普遍的な幸福であるという思想が暗示される。そして一編には「何をなすべきか」という問いに繋がる伏線が引かれているとも言えよう。作家はここで、一八八〇―九〇年代の沈滞期に、知識人も民衆も「何をなすべきか」を探しあぐねているロシアの一面を描いて巧みである。

だがここまでは歴史的・政治的な「言外の意味」の一面であり、その場面には別の、もう一つの一面に関わる細部がある、とガイドゥクは続ける。すなわち、タガンローグにある要塞の古墳丘で銃を持って立つ兵士に関して「おじいさん、あんたの弟のイリヤはその兵士といったい何をしたのかね」（強調は引用者）と若い牧童が訊くのだが、この「何をする（べきか）」は時代の歴史的・政治的な重要な問題、専制政治と闘う民衆の解放闘争の道に関する問題なのであり、それがこのデテールに読める、というのである。『何をなすべきか』（強調は糸川）はチェルヌィシェフスキーの小説の題名であり、やがてレーニンも同名の論文を書く。チェーホフの「探求の道」（後述）がどこに発してどこに通じていたかは必ずしも不明ではない。しかし、概観したガイドゥクの「幸福」論はその入り口に過ぎないので、その一編に教授が読む「言外の意味」の全体は、著者の斬新なチェーホフ観を示唆して余りあろう。この『幸福』にこれだけの「言外の意味」を読み取るガイドゥク教授にとって、チェーホフのサハリン行はもう既に謎のままではあり得ない。本格的文学を目指して一歩を踏み出した一八八七年という年に『幸福』を書いたチェーホフは、自分が「何をなすべきか」を知っていた。作家は自身を弁えていた。サハリン行が謎だなどと言い立てられては、作家は草葉の陰でもさぞかし心外であろう。

『幸福』が発表された一八八七年はレーニンの兄アレクサンドルが処刑された年である。そしてこの事件の準備に参加した廉で逮捕されて死刑を宣告され、一週間後に仲間と共に絞首刑に処されたのがレーニンの四歳年上の兄アレクサンドル・イリイチ・ウリヤーノフであった。これはアレクサンドル二世治下の反動政治によって反体制運動が弾圧される事例の最たるものであった。革命家としてのヴラジーミル・イリイチ・ウリヤーノフ（レーニン）の原点にはこの事件があったと言われる。そしてチェーホフが『幸福』の執筆に着手したのは政府がこの処刑を報じた数日後であったことが作家の手紙から判明する。この経緯に触れてガイドゥクは書く。

〔『幸福』の中で〕チェーホフは非常に巧みな検閲下の試みをして、幸福を探すロシア民衆の幾世紀にも亘る歴史を意味づけし、この探求における世代間の継承性を示す。若い牧夫の「おじいさん……あんたの兄弟イリヤはその兵隊と何をしたのかい」という問いかけには民衆の解放運動の試みから歴史的教訓を引き出そうとする作家の渇望が聞こえないであろうか。チェーホフのこの思想は彼の同時代の、革命的闘争の悲劇的な事件——アレクサンドル・ウリヤーノフらテロリスト仲間の運命——と結びついてはいないであろうか。

（ガイドゥク、前掲書、一六頁、強調は引用者）

とはいえ、アレクサンドル・ウリヤーノフがその構成員であった「人民の意志」派の運動などにチェーホフが共感していたとは、ガイドゥクも言わない。チェーホフの「探求の道」は「シベリアとサハリン」を副題にした、次の同名の論文に書かれるように、言わば祖国ロシアの「奥の細道」に分け入ることで大きくその地平が開けるのである。その時点で、自分は「何をなすべきか」という問いに対して、作家はシベリア・サハリン行という答えを出した訳であるが、折しも同じ問いで大論文を発表したのが、誰あろう祖国の巨匠レフ・トルストイであった。『さらば我ら何をなすべきか』（一八八二—八六年。以降、作品名の強調は糸川）という、丁度チェーホフが転機に向かう時期に「大師」によって書かれたこの作品が彼自身の「何をなすべきか」に一つの大きな暗示を与えなかったとは考えにくい。

ここに至る数年、創作上の過渡期にあったチェーホフは多分にトルストイズムに染まって『善人たち』（一八八六年）、『邂逅』、『コサック』、『乞食』（いずれも一八八七年）といった短編小説などを書いていた。取り分け『善人たち』はチェーホフが自身の世界観に関わる根本問題として真剣に（トルストイ）イズムに向き合っていたことを物語っている。「悪への無抵抗」をめぐって（トルストイ）イズムを信奉する女医の妹と、それを適当にあしらう文芸時評家の兄の間で闘わされる論争は、いつしか昂じて遂にのっぴきならぬ兄妹の対立に立ち至り、妹は家出し、兄は病死する。ある意味でトルストイ家を破壊した（トルスト）イズムであるだけに、チェーホフの小説においても主人公である兄妹が思想的に骨肉の争いに追いやられる訳である。トルストイへの信奉や対決においてチェーホフがこれほどまでに真剣であったことを思えば、「大師」の画期的な大作が暗示以上の誘因であり得たことは十分推測される。トルストイの『さらば我ら何をなすべきか』からチェーホフの「さらば我何をなすべきか」へ、この大いなる問いが一世代の巨匠から次世代のホープへと引継がれたとすれば、十九世紀末のロシア文学は、折柄の長引く祖国の沈滞期にも拘らず、いとも健在であったと言えよう。

とはいえ、チェーホフがトルストイの大作を丸呑みしたとは考えにくい、なぜなら前者は（トルスト）イズムから抜け出たところであり、後者はこの作品でもそのイズムを推進しているからである。S・ツヴァイクはこの作品を前半と後半に分け、前半は高く、後半は低く評価している。それは作者が前半では自分の目で見、体験で確かめた貧窮の情景を描写して、読者の心を掴むのに対して、後半は診断から治療法に移り、矯正の方法を説教しているからだ、という。『サハリン島』の創作方法をこの指摘に照らせば、チェーホフはこの前半だけを採り、後半は退けたことになる。従って、ツヴァイクの見解によれば、『サハリン島』は一つの手法が全巻を貫く傑作となる訳である。これに関しては、この前半のようなページでは、トルストイはトルストイ主義者（トルストイアン）であることを止めているのだ、というG・プレハーノフの指摘が興味深い。それは、転機を挟むトルストイの前半生と後半生が創作面では必ずしも峻別できるものではないことを教えてくれるからである。

トルストイ一家は一八八一年から都市（モスクワ）と村落（ヤースナヤ・ポリャーナ）の二つの拠点で二重生活を始めるが、旧都に移って間もなく、作家はモスクワの一斉調査（都勢調査）に参加する。そしてモスクワの貧民窟「リャーピンの家」はじめ、旧都の貧民の生活をつぶさに観察し調査して『さらば我ら何をなすべきか』を書く。取り敢えず論文と呼ばれるこの作品は幾つかのジャンルを統一したものであり、その中には懺悔、追想記、取材活動記事、哲学的思念などが含まれる。ここで、『サハリン島』もこうした複数のジャンルを統一した作品であることを思えば、ジャンル面からも彼我の共通性、類似性、継承性を見いだすことができる訳である。のみならず、社会の底辺である現場に飛び込み、木賃宿の止宿人や囚人に寄り添って調査記録を取るという、二人に共通の方法に注目しなければならない。それは体を張った番外地の探訪である。比喩的に言えば、トルストイの論文は「モスクワなるサハリン島」の探訪記である。それを読んだチェーホフが比喩的でないサハリン島に思いを馳せたことは大いに考えられよう。その後半の（トルスト）イズムには目を瞑ったとしても。一八八二年から八六年までという長期に亘ったトルストイの『さらば我ら何をなすべきか』という労作が、作家の道に就きやがて転機に向おうとするチェーホフにどのような感化を及ぼしたかという内実には、多少の興味を惹かれる人も居よう。そのきっかけを作ってくれるのがガイドゥクというシベリアの学者の著書であるということもまた、一つの逆説であると言わなければならない。『サハリン島』が帝政ロシアの縮図であるという大いなる逆説のように。

サハリン行の後――一八九〇年代前半

チェーホフがサハリン島で行ったことは調査、探査、踏破などであったため、往復の旅路を含めたこの行動を指して「サハリン旅行」と名づけるのは的外れも甚だしい。名づけようもない行動であったため、手っ取り早く「旅行」と呼ぶ他ないとはいえ、それがこの行動の本質を多分に覆い隠してしまうことも否定できまい。本書に言う「サハリン行」はそうした事情を踏まえた用語の積もりである。それはともかく、サハリン行の後、チェーホフはどのような「探求の道」を辿ったのか。興味津々なその「道行きぶり」は今でもまだ、少なからず素材のまま解明が待たれている。「探求の道（シベリアとサハリン）」の著者ガイドゥク教授はその冒頭に続けて、『サハリン島』ほか数編の書き物が「この旅行の直接的な創作上の成果のすべてであると思えるかも知れないが……」という譲歩構文で書いている。それを受けた主張が重要なのであるが、その前に、この旅行が一見取るに足らないように見える理由を著者が述べたくだりに目を向けておきたい。

作家は自分がシベリア・サハリンでした観察を芸術作品の話材・筋組のために甚だ慎ましくしか使用しなかった。こうした事情が時として、同時代人や後世の読者、批評家、文芸学者に、この旅行の成果が取るに足りない、いや無益でさえあるという感じを生みだしたのである。（ガイドゥク、前掲書、二二頁）

こうした「後世の批評家」の典型に「私は年少の頃から〔……〕チェーホフを愛好し続けている」と著書の冒頭に書いた佐々木基一がいる。

それにしても、いまだに私にとって謎なのは、これだけの大旅行をし、これだけの体験と見聞をしながら、サハリンに直接取材した小説が『グーセフ』以下数編に留まっているということだ。なるほど監獄の島サハリン、囚人の植民地であるサハリンについて報告したチェーホフの記録『サハリン島』を、文学作品と見なすこともできないではない。しかし、たとえばドストエフスキーの『死の家の記録』と比べると、やはり文学的昇華は稀薄と言わねばならない。サハリンでの子供のことを書いている部分や、鞭打ち刑を目の前に見た時の描写や、処刑を前にした流刑囚たちの恐怖など、まるで私たちもその場に居合わせているような生ま生ましい臨場感を感じさせて、さすがにチェーホフだと思わせる所があるが、やはり『サハリン島』には、調査した事実と資料を忠実に、科学的に客観的に提示しようとする意図がはっきりと感じられる。（佐々木基一『私のチェーホフ』、二二〇—二二一頁）

佐々木が抱くこの不満と懐疑に向けてガイドゥクは、先ほど中断した譲歩構文を承けて、次のように言う。

しかしながら、近年の研究が示すように、この旅の意義は言及された通俗科学的、芸術的、書簡的文書だけによって決定されるのではない。チェーホフがシベリア……サハリンの印象から受けた一番大事な結果は、作家が市民として成熟したことと、その帰結として、一八九〇―一九〇〇年代に彼が時代の根本的な社会的・政治的および哲学的・倫理的問題を提起する際に、彼の批判的および楽観的傾向が強まったということなのである。

（ガイドゥク、前掲書、二二一―二二三頁）

これは重大発言であると言わなければならない。それはチェーホフ論やチェーホフ観に関わる根本問題にガイドゥク教授が出した明快かつ確固たる回答である。すなわち、極言すれば、チェーホフの「サハリン土産」は帰国してから死去するまでの全期間に亘る著作の総和になる、ということである。佐々木が言うように、『サハリン島』一作や、あるいはそれにサハリン由来の四短編小説などを加えた帰国直後（あるいは数年後）の作品で「サハリン土産」の多寡を計るのは理に適わず、筋違いだ、ということである。言い換えれば、サハリン行の「直接的な所産」ばかりに執着するのは近視眼的な作家研究であり、何事にも「即席」が歓迎される世相に迎合する現代的な手法、方法、姿勢、態度と別物でない。チェーホフには、そしてガイドゥク教授にも、多くを学ばなくてはなるまい。すべて、短兵急な物事は元来ロシア的ではない。ヴォルガ川のような、アムール川のような、壮大かつ雄大なロシアの風土は、その遠大な大草原（ステップ）や広漠とした針葉樹林地帯（タイガ）のような、大自然に繋がらないものは受けつけないし本物として取扱わない。それがロシア特有のものであるか、普遍人類的なものであるかは、「神のみぞ知る」であろう。

佐々木が恨み節を書き連ねる『サハリン島』についてガイドゥクは書く。

流刑・懲役人の世界に対して公権力は残酷あるいは冷淡な対処をし、いわゆるロシアの文明社会は無思慮な接し方をしたのだが、その世界に対する個人的に責任ある良心的な態度は、作家においては何よりもまず憤懣やるかたない道徳的熱情の中に出口を見いださねばならなかった――例えばトルストイあるいはドストエフスキーにおけるように。だがチェーホフは別の道を行くのだ。彼は反駁しがたい文献、本当の事実、正確な数字、目撃者の明白な証言によって社会を震撼させるのである。

（ガイドゥク、前掲書、二八頁）

こうした作風で書かれた『サハリン島』に佐々木はなぜ不満たらたらなのか。原書でなく邦訳で読むからなのか。だが中村融訳も原卓也訳も立派なもので、原書を損なうような訳書ではない。そうだとすれば、問題は批評家自身にあることになる。まさしく批評家は「チェーホフ読みのチェーホフ知らず」なのではないか。一九六三年という早い時期に小林秀雄、安岡章太郎と共にソ連作家同盟の招待でロシア訪問を果たし、モスクワのチェーホフの家や墓地、ヤルタの別荘を訪ねもした高名な批評家・佐々木基一にしてこんな有様である。作家のサハリン行が長く謎とされてきたのも無理からぬことであろう。

アカデミー版チェーホフ全集（作品集）の第七巻では、註解の序文（総論）にガイドゥクと同じ見解が述べられている。

だがサハリン旅行は、疑いもなく、チェーホフの創作上の発展全体に本質的な影響を及ぼした。それについては先ず第一に彼自身の打ち明け話が物語っている。

（アカデミー版チェーホフ全集、作品編、第七巻、六一八頁）

これに続けてサハリンから帰ってすぐ、作家自身がスヴォーリン宛てに出した手紙が引用される。

お伺いするときに一切お話しします。あなたはサハリンへ行かないよう私に助言しましたが、あの時あなたは間違っていたでしょう。私は今、太鼓腹になり、愛らしいインポになり、頭の中には無数のブヨがうごめいています。そして私には今ワンサとプランがあり、くさぐさの大事なことがあります。もし家にじっとしていたら、今ごろ私はどんな仏頂面をしていたことでしょうかね。旅に出るまでは私にとって『クロイツェル・ソナタ』は一つの事件でしたが、旅から帰った今では、そんなものは滑稽であり無意味に思えるのですよ。旅をして成熟したにあらずや、気が狂ったにあらずや――私のことはさっぱり分からないでしょう。

（アカデミー版チェーホフ全集、書簡編、第四巻、一四七頁）

今しがた引用した作品集の註解にはまた、ある時、なぜ彼の作品にはサハリンがあんなに少ししか反映されていないのか、と誰かに訊かれたのに対して、チェーホフは「何もかもサハリンじみてしまったような気がしますよ」と答えたというエピソードが紹介されている。

その一方で、註解の序論に読む次のような事実をも考慮しなければ、事の真相を見誤ることになろう。

だが当時の批評界はこの旅からもっとはっきり感じられる変化をチェーホフの作品に——そして先ず第一に彼の作風に——期待するのであった。この期待は多くの記事や批評のなかで、陰に陽に感じ取られたのである。（アカデミー版チェーホフ全集、作品編、第七巻、六一八頁）

こうした事実はチェーホフの「サハリン土産」への根強い不満を示すもので、この問題をめぐる佐々木基一の見方などは決して少数意見ではなく、むしろ多数派を成すのかも知れない。裁判における「物証主義」のようなこうした期待や要求をどのように叶えるかは、チェーホフの言に倣えば、それこそ「さっぱり分からない」（直訳は「悪魔のみぞ知る」）ことであろう。その際「神のみぞ知る」と言わなかったのは、今や成熟した作家の隠された皮肉でないと、誰が知ろう。

サハリンから帰国して二年目、一八九二年の新聞・雑誌はチェーホフの変化に対する期待と幻滅を基調としている。『市民』紙の第二十一号にM・ユージヌイは次のように書いている。

この二年間、チェーホフは創作活動を休止していたが、その再開を告げる『決闘』、『妻』、『浮気な女』などの新作は特別の注目に値する。これまでの作品は、普通、大急ぎで、いわゆる「気軽に」という流儀で、何か偶然のきっかけから書かれたのに対して、この三作は若い作家の成熟を示す作品であり、構想も仕上げも最上のものだ。そこではシェイクスピアの「トゥ・ビ・オア・ノット・トゥ・ビ」（生きるか死ぬか）の問題がそれなりに解決されている。その方法に依ったチェーホフは期待に沿ったであろうか、また少なくとも、このあと沿うであろうか。

（アカデミー版チェーホフ全集、作品編、第七巻、六一八頁）

だがユージヌイはほどなく余り慰めにならない結論に達して、次のように書く。「この作家の才能は、じっさい、変化しなかった。縮みこそしなかったが、文壇に初めて出てきた時と同じ、外面的な様相を呈していた。」（同頁）このことは他の新聞も書いていた。『モスクワ報知』（一八九二年第十八号）にはY・ニコラエフの記事が載った。「この二年間に多くの水が流れたが、その間にチェーホフ氏に何か起こり得ただろうか。水は流れず、変化も起きなかったことが分かったのだ。チェーホフ氏はその特質を持ったまま、同じチェーホフ氏なのだ。」（同頁）

既に一八八〇年代の初頭から幾人かの評家がチェーホフの才能や特質を論じているが、どれも似たり寄ったりである。いつもの鋭い論争的筆致でそうした思想を表現したのは有名な評論家N・ミハイロフスキーであるが、それさえ「彼は目についたものを手当たり次第に何でも、冷静な気質が流露するままに表現する」という陳腐な表現を越えるものではなかった。そのために多様な情景が創造された、統一した原理、単一の思想が欠如しているという叱責が一八九〇年前後のチェーホフに関する論文の決まり文句になっていた訳である。ここには新生チェーホフがまだロシアの文壇に潜伏している趣が感じられる。だがまだ帰国前後の二三年のことである。大旅行の、大事業の前と後ゆえ、先には旅の支度にも追われ、後には心身の疲労も蓄積していた年々である。大著『サハリン島』の執筆もこれからという頃合いを思えば、多くを期待する方がどうかしていると言わねばなるまい。生き急いだチェーホフ自身に「大器晩成」を求めるのは的外れでお門違いであり、そうした教訓や戒めを忘れた当時のロシア論壇は褒めたものでない。

帰国後の作家をめぐる、一見して芳しくない作家の成長ぶりに向けられたこうした評価は広義のチェーホフ論争と言える。主として新聞・雑誌の編集者や寄稿家によるこうした批評は、具体的で詳細であるという長所を持つ反面、微視的で展望を欠くという短所も持つ。アカデミー版チェーホフ三十巻全集の註解にも同じようなことが言える。全集というものの要請で、それは当然至極のことなのではあるが。とはいえ、時評の集成や註解にのめり込むと、肝心のチェーホフが見えなくなる折節もある。「木を見て森を見ず」という戒めであろう。大局的展望が背後に押しやられ、巨視的展望が遮られる訳である。

こうした中にもチェーホフは「探求の道」を倦まずたゆまず歩み続けていた。それと同名の論文に先立つガイドゥク教授の論文「チェーホフをめぐる論争」には次のくだりがある。

アレクサンドル二世が人民の意志派によって暗殺された後の政治的反動の時代に、そしてまたツァーリによる検閲という困難な条件のもとで、若きチェーホフは文学の中に画一的なロシアの現実に対する暴露的な接し方を持ち込むことができ、嘲笑的で不従順なユーモアに続いて『カメレオン』、『太っちょと痩せ』、『下士官プリシベーエフ』のような諷刺作品の傑作を創りだすことができたのである（一八八〇—一八八六年）。「（へつらうことのない）抗議にこそ、生活の急所のすべてがあるのです」——と若きチェーホフは兄への手紙に書いている。

（ガイドゥク、前掲書、五頁）

これに続くくだりは新生チェーホフの「探求の道」を確かなアウトラインとして早くも明記するものと言えよう。

このようにして、「太った」監視者の目をした「プリシベーエフの輩」の権力に対する、人間の尊厳と精神的自由を擁護する、作家の勇敢で誇り高い闘争が始まるのだ。それに続く年々（一八八七―九七年）、作家は自分の作品の中で取り入ることのない現代の市民芸術家に成長するのである。（同頁）

言わば「木も見て森も見る」ような、こうした眼識なしには「チェーホフ読み」が「チェーホフ知らず」に陥る懸念は大いにあると言わざるを得ない。『徒然草』の第五十二段に「すこしのことにも、先達はあらまほしき事なり」と言った兼好法師の言葉がここにも聞こえてくる気がしよう。

＊

チェーホフ学における筆者らの同胞の先達には、『サハリン島』の二人の訳者である中村融と原卓也の他に、神西清と池田健太郎が居る。

神西清は『「シベリアの旅　他三編」』の解題に、冒頭の一行目から転機を括弧なしで、自明のこととして書いている。（後述の池田健太郎はチェーホフ全集第九巻の解説に、最初「転機」と括弧つきで書くが、次からは括弧は有無両様にしている。）神西は解題の一に書く。

サガレン〔サハリン〕旅行がチェーホフの芸術の進展の上に演じた役割は、従来ややもすれば単なる一挿話としてその価値が見失われ勝ちであったに拘らず意外に大きく、ここに基点を置いて自覚せるチェーホフの出発点を記念することは極めて妥当である。その意味は先ず、これに先立つ二三年の間に彼を襲った激しい危機と密接に関連させて考えられねばならない。その危機の醸成は固より非常に複合的であるが、……。

（神西清『「シベリアの旅」他三編』、岩波文庫、一九三四年、一七〇頁、強調は原著者）

この「危機」の要因の一つに神西が挙げるのは、本書第一章で記述の、「当時いわゆる八〇年代のロシア社会の退嬰無比な倦怠の色」、ロシアの沈滞期である。そして唯一の「目に見えた」動機として弟ミハイルの刑法・裁判法・監獄法などのノートを挙げ、「実はそれで十分ではないか」と書く。これは言わば「目に見えなかった」動機をつぶさに考察した神西だからこそ言えることであろう。そうでないと、謎だ謎だということになる訳である。こうして神西は作家をサハリン行に駆り立てた幾つかの「衝動的素因」を通観したあと、その「潜在的動因」の考究に移る。神西一流の「目に見えないもの」を見る心眼である。「眼光紙背に通ずる」その慧眼はよく行間を読み、言外を把捉する。

実を言うと、〔……〕突然彼の激しい興味が向けられた対象が偶々罪囚の生活であったということは、ここで更に彼の作家的内奥の動向と微妙な契合をなしているのである。それは、彼の危機の深さを如実に反映する『イワノフ』及び『退屈な話』〔『侘しい話』〕などの秘かな根底をなしている特徴——すなわち自他の病患、世紀末のロシア社会を蔽う恐るべき変態的事象に対する異常な凝視である。〔……〕だがこの様な瞬間に、ふとした衝動によってサガレン島がロシア的悲痛の完全な体現者として眼底に映じたとすれば、チェーホフが忽ち全身全霊を挙げてそこへ牽引されたのは極めて当然である。この場合、彼の作家的本能の趨向は、突発的な一つの衝動が指し示した方向と完全に合致して、その衝動を支持し強化し、やがてこれに取って代わるべき役目を見事に果たしたのである。（同書、一七九頁）

「サハリン行の前」に関わる筈のこの見解をここに置いたのは、四人の先達という文脈の要請である。そして神西は筆者と同様にサハリン「土産」という概念で「サハリン行の後」を考察する。その要諦は二つある。一つは、社会的意義より更に強烈な「作家的内部への影響」という認識である。もう一つは、この大旅行の年を一「転機」として彼の作物が「二期に峻別」される、という認識である。その二期はずばり本章の見出しに言うサハリン行の「前と後」の数年ずつであり、合わせてガイドゥクが著書の題名にした十年である。

この見解を筆者自身の「サハリン土産」と照らし合わせてみたい。筆者は昨春（二〇一七年）北海道（立）文学館の代表団員としてユジノサハリンスクにチェーホフ文学館を訪問した。なるほど館の佇まい、展示物、蔵書や資料はそれなりに立派なものである。だが館長と膝詰めでじっくり対談し、学芸員らの説明を聞き、刊行物を読んでも、作家のサハリン行に触発されて改善された囚人の待遇など、その「社会的意義」を強調する一面が目立っていた。その反面、神西の言う「作家的内部への影響」の方は、余り触れたくもない、出来れば質疑などなしに素通りしたい、要するに深入りしたくなさそうな空気を感じた。チェーホフのサハリン行が秘める、国家と国民の自己否定に行き着く一面には目隠しをして置きたいということであろう。負の側面が文学館にとって扱いにくい、デリケートな事情も分からぬではないが。

もう一人の先達である池田健太郎は中央公論社版チェーホフ全集第九巻（一八九二—九四年の作品集）の担当者であり、目下の文脈の時期（一八九〇年代前半）にちょうど重なる。その巻末解説に先立つ序文はチェーホフの香気に満ちた文体を彷彿とさせ、それ自体が文学と言える出色なものである。師弟関係にあった神西清（五十三歳）共々、そしてチェーホフ（四十四歳）共々、「佳人薄命」の言葉通りに氏も短命だった（五十歳）ことは惜しまれる。とはいえ三人とも、そのたまゆらの命で生き急ぐように、華々しい抜群の業績を遺したことは天晴れの一語に尽きよう。時代が時代であったとはいえ。池田はその解説の序文に次のように書いている。

チェーホフは常に社会事業家的な心構えを持っていた。その心構えは〔……〕同時にまた、それがロシア作家に共通する、社会性を重視することの変形であろうことも見逃してはならぬ。周知のとおり、十九世紀のロシア作家は、社会悪を攻撃し、社会悪に抗議の叫びを挙げることを、その共通の特色としている。チェーホフは作品や人生において露わな抗議の声を稀にしか挙げなかったとはいえ、やはり社会に奉仕することを常に念願していた。

（中央公論社版チェーホフ全集、第九巻、六五—六六頁）

ここに言う「社会性の重視」や「社会悪への抗議」は、サハリン行以前のチェーホフがその欠如ゆえに非難されたことであった。そしてまた、それらは本書の終章の見出し「骨太の系譜——反骨ロシア文人の群像」に呼応するものでもある。筆者は今、同胞にもう一人のよき先達を得たことを幸いとも有難くも思う身である。

この時期、一八九〇年代前半、チェーホフは『サハリン島』の執筆に当たる傍らで、シベリア・サハリン物の二編である『女房ども』（九一年）と『追放されて』（九二年）を書く。

池田は第九巻の解説に後者の「成立の事情」だけしか、前者については第八巻で原と池田の解説にやはり「成立の事情」だけしか書いていないので、ここではシベリアの先達ガイドゥクに立ち返り、「シベリア・サハリンの四部作」という副題を持つ論文「抗議と忍耐」について、この時期の作風の特徴などを見てみよう。

シベリアっ子の学者ということもあってか、著者は別の編著である前掲書『シベリアの旅』（その中身は『サハリン島』、『シベリアの旅』、四短編小説、シベリア便り）と同じく、この連作小説の考察においても「大陸と島」のチェーホフを切り離さない。この、言わば「絆の精神」はこの論文を書き進める中で、この連作と『六号室』など、やや後年の作品との繋がりを説得的に論述することになる。諸々の分断と断絶に満ちた近代精神にとって、ガイドゥクの方法論を生む、言わばこの「絆の精神」は尊び範とするに値するものであろう。

四短編の第一作『グーセフ』については次のように書かれている。


正にそれ故に、短編小説『グーセフ』に始まって闇と光という芸術的形象が——何かしら澄んだ、美しい、明るいものがそれを通り抜けるのだが——シベリア・サハリン物の連作全体の中で風景的・対象的世界の創作方法における最も本質的な特質になるのである。（ガイドゥク、前掲書、三六頁）

尚、連作の第四作『殺人』を神西の編著ではその数に入れていない代わりに、『シベリアの旅』を入れて四作としていることを、ここに付記しておきたい。連作という括りでは『殺人』は、サハリンの印象と執筆の間に五年という歳月が流れているとはいえ、当然それを構成している訳ではあるが。

そして大詰めの『殺人』については。

……ヤーコフがマトヴェイを殺したのは偶然でない。植物油のためではない。なるほど、心ならずも目撃者になった、金銭的・食料品店的な範疇の先までは考えることのない、軽食堂の店主にはそう思えるのだが。兄弟殺しの代償は古い、「一般の」、法律化された秩序が正しいと確信している人間が人格をもてあそんだことに対する自覚的な厳罰である。これは一般的・支配的な意識の専横に対する、必死の反逆なのである。……サハリンの徒刑ではじめて、人々の苦悩を散々眺め、犯罪の代償を通り過ぎながら、ヤーコフ・テレーホフは新しい人間的な信念で晴れやかになる。以前の要求は消え、悪念は去って、人々への同情と彼らの粗野で腹立たしい生活に対する悲哀が始まる。（同書、四〇頁）

四つの短編小説を生きた繋がりのある四部作として括るガイドゥクの方法論はこのように生産的であり、実り多い。なぜなら何部作かの短編は量的にのみならず、質的にも中編小説になり得るからである。何部作かの括りにすれば、作家は一作づつでは書き切れなかった構想や作意を余すところなく書くことができ、読者も一作づつでは読みとれなかった作者の本意を汲むことができよう。「行間を読む」の顰みに倣えば、ここでは言わば「作（品）間を読む」ことになり、作意に肉迫することが出来る。「言外の意味」に照らせば、ここでは言わば「作（品）外を読む」こと、すなわち作品体系の中で読む、あるいは作家を取り巻く諸々の事情や状況の中で読むことになる。一般的に言えば、それは註解の方法に近い。こう考えると、神西が編んだ文庫本で、四部作から最終作の『殺人』を外したことは、その代わりに『シベリアの旅』を入れたとはいえ、好ましいことではなかった感を免れない。紙数など、文庫本ゆえの制約が幾つかあったればこその、作品のそうした取り合わせであろうと推察されはするものの。

ガイドゥクの本にはこの後もう一つ、四部作の後に来る時期について「何のために待つのか」という題の論文があり、それには「小さな三部作」という副題が付され、そこでは『箱に入った男』、『すぐり』、『愛について』が考察の対象になっているが、一八九七年に同じ『ロシアの思想』に掲載されたこの三作はチェーホフの全作品の中でただ一回、複数の短編小説が同じ主人公によって統一されている場合である。

総じて、一八八〇年代のチェーホフは「サハリン島へ」の作家であるが、一八九〇年代の彼は「サハリン島から」の作家である。そして三部作の第一作でもある『箱に入った人間』は三部作だけでなく、この時期におけるチェーホフの世界観を象徴している。その主人公ベリコフのような人間は自分という「箱」に閉じ籠もり、そこからしか社会を見ないタイプ、一種のアンチヒーローとして描かれている。それは反動期かつ停滞期にある作家の祖国ロシアにはびこる小市民気質と俗物根性の代名詞である。シベリアとサハリン物の四部作を書き、『サハリン島』を書き上げた作家にとって、十九世紀末のロシアは極言すれば丸ごと「箱」であり、同胞は多く「箱に入った人間」に見えた訳である。

ガイドゥクの本にはツルゲーネフとシチェドリンへの言及、そして「この十五年」という記述がある。前者は一八七〇年代の先進的知識人を讃えるものであり、後者は一八八〇年代初めから九〇年代末に至る、言わば「失われた一五年」を指し、そこで知識人が堕落し卑俗化したことを暗に批判している。その批判精神が昂じて、この三部作の時期前後、チェーホフは諷刺という新しい芸術的手法も用いる。そのためベリコフはじめ、主人公たちが戯画化され誇張されて描かれている嫌いがない訳でない。芸術に誇張はつきものとはいえ、調和を破る誇張は禁物である――「釈迦に説法」ではあるが。

一八九五年、チェーホフはトルストイと初対面するが、サハリン島から帰国早々の一八九一年に書かれた『決闘』はトルストイズムとの「決闘」の書であるとも見られる。前述したツヴァイクの『さらば我ら何をなすべきか』論に言う「前半」――文学者トルストイ――をチェーホフは終世敬愛していたが、その「後半」――説教者トルストイ――とは今やきっぱり訣別する。説教は、トルストイズムは、言わば「箱」の例外ではなく、大作家の面影さえもが自作の主人公ベリトフと二重写しになる時もあるからである。その時トルストイズムは言わば「箱に入った思想」として断罪される。祖国そのものが「箱に入った国」に見える視点はサハリン土産の最たるものであろう。誰もが否定的人物である短編のなかで、ベリコフを死地に追いやる引き金となる、言わば彼の対蹠人である新任教師コヴァレンコをガイドゥクはただ一人の肯定的人物と見なすが、この人物も「箱」を免れている訳ではない。チェーホフのリアリズムは生半可でない。しかしながら、こうした作者に手放しで喝采を送る訳にも行かない。この三部作はじめ、この時期のチェーホフの小説は余り面白いものではない。思想本意、思想過多ゆえに『クロイツェル・ソナタ』を酷評したチェーホフではあるが、この三部作などはトルストイの問題作を読む時と同じ思いに読者を駆り立てずにいない。ここで作家は「箱」という思想で自縄自縛に陥り、本来の自由闊達な作風を忘れたように失っている。そこには「ミイラ取りがミイラに」なる陥穽があったのではないか。三部作にはそうした気配も漂っている。十九世紀の終幕を目前にしたこの時期、チェーホフ自身がガイドゥクの言う「探求の道」半ばにあった訳である。

三部作の第二作『すぐり』はその植物に象徴されるテーゼとその反対の世界をアンチテーゼとしている。テーゼは小市民・俗物の世界、ロシアの日向の世界、いわゆる幸福な人々の天下である。そこでは「すべて世は事もなし」である。チェーホフの良き理解者であったゴーリキーが『小市民』と『どん底』を続け様に書いたことは興味深い、なぜなら『サハリン島』や四部作で言わば「ロシアのどん底」を書いたチェーホフも、三部作などで小市民や俗物の世界を書いているからである。それはまたドストエフスキーが『死の家の記録』でやはり「ロシアのどん底」を書いたあと、『罪と罰』以下の五大長編小説の創作へと移行して社会の明暗を描き出していることと一脈通じるからである。帝政ロシアのもと、これら大作家の歩む道が似通っていたのは、課題が本質的に同じものだったからである。トルストイがコーカサス物（戦争物）とヤースナヤ・ポリャーナ物（平和物）をほぼ同時に自身の「文学事始め」にしたこともそれに通底している。そこには祖国ロシア社会の陰陽両面、すなわち全面を見ずに止まぬ作家魂がある。

『すぐり』のアンチテーゼはロシアの日陰の世界であり、そこでは様々な不幸な人々がひしめいている。「自分もまた満ち足りた幸福な人間だった」と告白する主人公の一人イワン・イワーヌィチは「なんのために待たねばならぬのか」という、ガイドゥクがこの小三部作を論じた章の題名にもなっている問題提起をする。これは前作『箱』の「こんなふうにはもう生きられぬ」という台詞に呼応するもので、作者の焦燥感を伝える言葉でもある。これは前作『箱』にも聞かれる問いであるが、注目すべきはそれに対してもう一人の主人公ブールキンが偶然のように口にする「そりゃもうまるで筋違いの話だ」という台詞である。これを検閲への配慮と見るガイドゥクは「なんのために待つのか」という台詞の反語「もう待てない」を「第二の底」——チェーホフのもの——と読み取る。すなわち、それは、大事なことは古い秩序に対する闘争に活発かつ勇敢に参加することであると読者が理解するのに十分な暗示である、というのである。

『すぐり』にはチェーホフの幸福感がはっきり表明されている。

幸福なんかありはしない。ある筈もない。もし人生に意義や目的があるとしたら、その意義や目的は、決して我々の幸福の中にはなくて、何かもっと賢明な、偉大なものの中にあるのです。よい事をなさい！
（池田健太郎訳）

サハリン行の三年前、『幸福』で世俗の幸福を迷妄、無知として退けた作家は今、サハリン行から八年を経て、こうした幸福観に到達する。シェストフがチェーホフの文学を「虚無よりの創造」とした根拠は作家のこうした幸福観や人生観にもあったのであろう。並大抵の精神力ではこうした境地に到達できまい。四十路を前にした若い身空で。

第三作『恋について』も社会性ということで三部作のテーマに連なる。社会的価値という問題がここでは主要な、中心的なものである。作家は深く内密の話に重要な社会的意味を付与している。主人公が愛において優柔不断で破綻に終わるのは、彼の性格が受動的で非現実的であるからだとしている。すなわち彼の性格のこうした主要な特徴がこの作品の基本理念である。これに関して参考になるのは創作ノートにある次の下書きメモである。「そうだ、誰かの幸福という見地からでなく、何かもっと高く重要なことから出発することが必要なのだ。」主人公アリョーヒンはこの高い基準にまで高まらず、主要な基準を守れない。そこにこそ彼のドラマはある。そして彼もまた「箱に入った人間」だということになり、「箱もの」三部作は円環を結ぶ訳である。

チェーホフとトルストイ——作家の転機

1　なぜトルストイか

一八六〇年生まれチェーホフと一八二八年生まれのトルストイには三十二歳の年齢差がある。それは優に親子の年齢差であり、ツルゲーネフの小説『父と子』に因めば、二人は丁度「父と子」のような年恰好であり、世代を接している。だが前世代のトルストイが八十二歳の長命であったのに対して、後世代のチェーホフは四十四歳という、ほぼその半分の短命で他界したため、この二人は何となくほぼ同世代の同時代人であったような観も呈している。

そうした関係にある二人のうち一方のトルストイは十年越しだった『戦争と平和』の執筆の後、「アルザマスの恐怖」として知られる一八六九年に於ける精神の一大危機に触発された世界観の転機に遭遇する。一八八〇年代初頭の『懺悔』はその転機を記す記念碑的な作品であるが、その時点が作家の八十二年の生涯に於いてほぼ折返し点であったことは興味深い。そこには「真っ二つ」という趣が伺えるからである。

その転機を境にして、作家をそれ以前の小説家・芸術家トルストイとそれ以後の思想家・宗教家トルストイに分けることは、相対的かつ図式的という嫌いこそあれ、一応の説得力を持つ。転機を境にした、前期トルストイと後期トルストイという言い方も大方の了解が得られている。転機を挟んで二人のトルストイが存在するような印象は必ずしも的外れではなく、論外とは言えない。事実、チェーホフやコロレンコをはじめ、トルストイの一世代後の作家たちの多くは、小説家・芸術家としてのトルストイをこぞって師と仰いでも、思想家・宗教家としてのトルストイには追従しなかった。

他方のチェーホフは一九〇四年に他界するので、トルストイが転機の最中にあった一八八〇年代には既に短い人生の半ばにあり、晩年も遠からぬ先にあった。しかもロシア史の一八八〇年代は歴史に残る国家的な沈滞期であった。一介の人気作家に終わるのではなく、文句なしの国民的作家・劇作家に脱皮するために、チェーホフはいつまでもユーモア作家に甘んじては居られなかった。八〇年代から九〇年代に掛けた十年間ほど、チェーホフの作品や言動は、そうした状況のもとで受止められる時、多分に合点が行くものであろう。その最たるものが一八九〇年のサハリン探訪であり、その所産としての『サハリン島』である。

探訪そのものは大いなる「謎」とされて久しく、所産にも謎めいた作品という評価がつきまとって止まない。転機を境にトルストイが言わば「第二のトルストイ」を目指したように、ほぼ時を同じくしてチェーホフも自己流の「第二のチェーホフ」を模索しに掛かったのではないか。チェーホフの転機という仮説はその時期の作家をめぐる「謎」にこそ根差すのである。

晩年のトルストイは自ら『戦争と平和』を「饒舌な戯言（たわごと）」と呼び、『アンナ・カレーニナ』を「忌まわしいもの」と呼んだ。（スーシコフ『トルストイの実像』糸川紘一訳）祖国の大作家の壮絶な自己否定をチェーホフが他人事としていたとは断定できない。「なぜトルストイか」という問いへの答えはそれを措いて見いだし難いと言わねばなるまい。

トルストイの『イワン・イリイチの死』は一八八六年に作品集に収録される形で刊行されたが、その創作史は『懺悔』が執筆された時期、すなわち一八七九―八一年ごろに遡る（雑誌『ロシア思想』での発表は八二年）。この小説について『トルストイ百科』は次のように書く。

後期トルストイの大多数の主人公たちのように、イワン・イリイチはありふれた、月並みな人間であり、そうした人間はたくさんいて、みんなが、どこでも、いつでもそうした人間なのである。だが死の淵に臨んで彼には転機が起こり（著者は、それは遅かれ早かれ誰にでも起こり得るし、起こるに違いないと主張する）、過去の生活はすべて「まともなものでなかった」という自覚が生まれる。死についての小説は人生の意味を探求し、それを獲得する光景になった。希望はなく、時すでに遅しであるにしても。主人公にとっては時すでに遅しであっても、読者にとってはそうでない、それゆえトルストイは読者を覚醒させようとしたのである。

（『トルストイ百科事典』、一〇六頁、強調は引用者。この項の筆者はL・D・グローモワ＝オプーリスカヤ）

ここでは主人公に訪れた自覚が「転機」として理解されていることが注目される。主人公の転機を描いて、作者は自身の転機に思いを致している訳である。「過去の生活はすべてまっとうなものでなかった」という主人公の自覚は『戦争と平和』も『アンナ・カレーニナ』も言わば「まっとうな文学作品にあらず」として否定し去る作者自身の新しい世界観に発している。トルストイ没後百周年から十数年が経った今でも、その世界観が十分に闡明されたとは到底言えない。世界文学の遺産になった自身の名作について自ら非難するトルストイが『イワン・イリイチの死』のような作品を書いたことについて、「百科」の筆者グローモワは前記の引用文に続けて次のように書く。

『イワン・イリイチの死』――『さらば我ら何を為すべきか』、『民話』といった「最後の諸作品」のあいだに現れた小説――、それは精神的危機を体験したトルストイが芸術作品を拒絶したのではなく、それを新たな高みへ引上げたのだということを、心身を揺さぶるような力で証明したものである。一八八六年にはドラマ『闇の力』が書かれ、間もなく中編小説『クロイツェル・ソナタ』、『悪魔』、『神父セルギイ』、長編小説『復活』の執筆が始まる。（同頁）

2 『侘しい話』と『イワン・イリイチの死』

ではトルストイのこうした変貌をチェーホフはどう見ていたのか。世紀末の沈滞期にある祖国の文化状況の中で、敬愛する大作家が一変する様を見ていたチェーホフは、果たして安閑としていたのであろうか。

トルストイの『イワン・イリイチの死』（一八八六年）は「虚偽の人生」、「偽りの生」をテーマにしているが、その二年後に書かれたチェーホフの『名の日の祝い』（一八八八年）もそれとずばり同じ主題を持つ作品である。その訳者・原卓也は解説に、チェーホフの手紙から「私の最も神聖なもの――それは〔……〕力と虚偽からの自由です」、「……でもこの小説の中で私は終始一貫、虚偽に対して抗議していないでしょうか」

などを引用している。そしてそれを受けて次のように書く。「この手紙はチェーホフの創作意図をそのまま示しているし、この時期以後の作品の中でしばしば彼の扱っている、〝いつわりの人生〟というテーマを暗示するものだ。」（中央公論社版チェーホフ全集、第八巻、四八一―四八二頁）

一八八〇年代末――その最後の年である一八九〇年にサハリン行が決行された――、チェーホフの幾つかの作品には転機後のトルストイと世界観を共有するような作風が窺える。チェーホフの多作ぶりは驚嘆に値するものであるが、それはトルストイのほぼ半分という短い天寿しか恵まれなかったチェーホフの、生き急ぐ生命力の発露と見なすことが至当であろう。その生き急ぐチェーホフが一生の三分の二の年齢に達した一八八〇年代末に、親の世代である大先輩トルストイの心境に到達したとて、不思議ではない。作品が十八巻、書簡が十二巻の膨大なアカデミー版チェーホフ全集を見るにつけ、果たしてこの作家が一日のうち筆を手にしていなかった時間がどれだけあっただろうかと、訝りに駆られずにはいない。

一八八六年からサハリン行の前年である一八八九年までの数年間、チェーホフはトルストイの哲学に関わりの多い短編『妹』（後の『善人たち』）、短編『旅中』を書いた。作家はこの時期に幾分かトルストイズムを拠り所としたようにも見えるが、作家はやがてそれを離脱する。池田健太郎は二人の関係について次のように書いている。

チェーホフは、辛い少年時代と修行時代に、体験から素朴な、強い民衆の哲学を養って来たから、容易に他の作家の影響を受けなかったが、トルストイには数年間かなり傾倒したらしい。ただその場合も、彼が親近感を抱いたのは、宗教家としてのトルストイではなく、モラリストとしてのトルストイであった。宗教的にはチェーホフは、科学者の常として一生無神論者だったのである。モラリストとしてのトルストイの哲学は、悪に対する無抵抗にせよ、働かざる者食うべからずの原則にせよ、姦淫の非難にせよ、律義な民衆の精神にとっては非常に身近なモラルであった。チェーホフがトルストイ哲学に接近した理由の大半は、この身近さ、共通性にあったに違いない。後に彼は、サハリン島旅行のあと、トルストイ哲学の呪文を解き、芸術家としての文豪には変わらぬ経緯を払いながら、説教者としてのトルストイを折に触れて非難した。

（中央公論社版チェーホフ全集、第十六巻、書簡Ⅱ『付』「チェーホフの生活」、四三五―四三六頁）

だが作家・芸術家としてのトルストイには敬意を払い、思想家・説教者としてのトルストイに非難を向けるというチェーホフの立場は月並みで、褒めたものではない。転機以後の後期トルストイは説教者だけであったのではなく、たぐいまれな宗教家、並外れた求道者でもあったことを忘れてはならない。事実、ヤースナヤ・ポリャーナの老翁の説教は、確かに鼻につくもの、耳を塞ぎたくなるようなものでもあった。だがトルストイが死地をさまようほどの自身の精神的危機、世界観の転機と共に始めた、『懺悔』をその序論とするロシア正教の研究なしに、ロシア文化史は愚か、ロシア史そのものさえ単なるモノローグに過ぎず、ディアローグでもポリフォニーでもない。じっさい、終生の探求にも拘わらず、またかの有名なブーニンに『トルストイの解脱』（邦訳もある）という著書があるにも拘わらず、トルストイがいわゆる解脱の境地に到達したという実感を、同時代人も後世人も抱くことはできない。それどころか、八十二歳で先祖伝来の地主屋敷を出奔し、鉄路の果てに僻遠のアスターポヴォ駅頭に客死したその末路を偲べば、この巨星には遂にこの世での安らぎがなかったという思いを深めざるを得ない。

似たようなことはトルストイの好敵手ドストエフスキーについても言える。知性の限りを傾けて探求した「神の有無」ではあるが、最晩年の『作家の日記』にはロシア民族主義、汎スラブ主義が臆面もなく打ち出されて、「コンスタンティノープルは我が国のもの」という見出しが随所に踊る。そして「十字軍」の文字も読まれる。そこにキリストの教えはなく、キリスト教の精神もない。十九世紀ロシア文学の双璧と謳われもするこの両雄にして、こうした実像を見せる有様である。神の道は計り知れず、人知の彼方であることは、被造物の悲しき限界である。しかし、だから神は存在しない、宗教は一切まやかしであるということにはならない。ニュートンやアインシュタインなど、第一級の科学者は無宗教者ではなく、無神論者でもなかった。入神と言い、神業とも言う。人知を超える存在との交感、かの『カラマーゾフの兄弟』に読む「他界との接触」はそうした人心の機微を覚醒させるものである。ドストエフスキー嫌いだったチェーホフにこうした議論は馴染まない。トルストイを敬愛したとはいえ、遠ざけた、つまり敬遠したチェーホフは、祖国の文豪が遺した遺作『人生の道』(邦訳・原久一郎)を既に墓の中で読むしかなかった。いや、もし生き永らえていたとしても、そんな「説教」など歯牙にも掛けなかったことであろう。なるほど、シベリア(イルクーツク)のガイドゥク教授は「シベリアとサハリン」という副題を付したチェーホフ論に「探求の道」という名誉の題名を献じたのではあるが。

トルストイの『イワン・イリイチの死』と同じく、チェーホフの『侘しい話』もいわゆるアンチヒーローを主人公とする小説である。ドブロリューボフにオストロフスキーの戯曲『雷雨』を論じた名評論『闇の王国に差す一筋の光』があるが、その「闇の王国」ロシアにふさわしいドストエフスキー文学の主人公たちは大半がアンチヒーローである。この作家の生活と作品も十年に亘るシベリア流刑を挟んで前後の二期に分けられるが、後期の皮切りの一作は『死の家の記録』と並ぶ『地下室の手記』であり、その主人公に始まってアンチヒーローの群像が『罪と罰』以下の長編小説を闊歩する。

『侘しい話』に向けた数ある評論などの内、ピアニストでヤースナヤ・ポリャーナの常客だったA・ゴリデンヴェイゼルが『トルストイの身辺にて』に書いた記事は事実だけに限られている点で、先ず目を通すに値する。すなわちそれは、彼が一九〇一年に『侘しい話』をトルストイに朗読してやった時、「レフ・ニコラエヴィチは始終チェーホフの知性に感嘆していた」（アカデミー版チェーホフ全集、作品編、第七巻、六七五頁）ということである。

同じ全集の解説には、チェーホフの新作がトルストイの先行作品の模倣であるとした指摘が幾つか紹介されているが、そこには両作の類似性を模倣ではなく、ロシア社会に広がる「惰性の人間」類型を事実通りに描いたものとする解釈も混じっている。

こうした作品論だけによる比較考察に対して、池田健太郎の『チェーホフの生活』（その「三・栄光と懐疑」）では、「生活と作品」という視点に立ち、彼我の関係性からだけでなく、言わば『侘しい話』の生成を通して、また戯曲『森の主』をめぐる顛末とも考え併せて説得的に考察を進めている。

『森の主』の失敗は、チェーホフを落胆と救い難い憂鬱に追い込んだ。疲労、神経の苛立ち、憂鬱……〔……〕『もうこんなふうには生きて行けない！』――『侘しい話』のカーチャが叫んだ絶叫を、チェーホフは心の中で繰り返さなかったであろうか。

（中央公論社版チェーホフ全集、第十六巻、四三六―四三七頁）

池田はチェーホフのこうした心境が転機を目前にしたそれであると説得的に暗示して、次の「四・サハリン島旅行」の節へと歩を進める。

自分に対する必要以上の反省は、神経の疲労と、苛立ちと、不安を語るものだ。もうこのままでは生きて行けぬ、このまま仕事を続ける訳には行かぬ、——そうチェーホフは自分を追い立てていた。いや、何かに追い立てられていた。急き立てられていた。それが何かは、分からなかった。何か途方もなく巨大なものが、彼の体の中を無理に通過しようとしていた。（同書、四三七頁）

次章の書き出しが「転機の訪れは、意外な形で現れた」であることは、サハリン行が紛れもない作家の転機であることを明記している。ここではもはや、転機の有無、その動機の如何は言わずもがなとなる。ここには池田流の方法の勝利がある、と言うべきであろう。
『サハリン島』の訳者・中村融は解題とは場所を変え、別途その動機を「想像」するという副題をつけた解説「サハリン旅行の目的について」の中で、チェーホフのサハリン行をその（精神的）転身と不可分のものと考えている。そして探訪に直結する時期の作品、なかんずく『退屈な話』（『侘しい話』、以下同様）がその目的（動機）を探る上で極めて重要な作品であるとする。また出発前の数年間にチェーホフがかなり傾倒していたと思われるトルストイズムを、転機とサハリン行の謎を解く上での言わば背景的要因として特筆している。

これを今少し詳述するためには彼の名作『退屈な話』へ立ち戻らなければならない。この作の主人公たる有名な大学教授が養女からいかに生きるべきかの問題を突きつけられて、手も足も出ず、まったくの無力者として拱手（きょうしゅ）傍観している姿は、そのまま当時のチェーホフの心境と見て差支えなく、この意味でこの作は青年チェーホフの精神の彷徨、あるいは魂の不安をはっきり示しているものと言えよう。〔……〕これはこの教授に（つまり原作者チェーホフに）「生活に一貫した思想、神」というもの、すなわち生活の信条がないために〔……〕。確かにこの時代のチェーホフは人生に対して非常に懐疑的・消極的であって、人生観・社会観というようなものも確立されていなかったらしい。

（『サハリン島』下巻、岩波文庫、一九五三年、二四〇―二四一頁）

チェーホフの転機とサハリン行に於いて『退屈な話』が持つ重要性を深く認識する中村は、それが書かれるに至った道筋にも思いを致し、トルストイの『イワン・イリイチの死』に逢着する。

……このさまよえるチェーホフの魂に一つの支柱を与えたのが〔……〕トルストイズムだったのである。〔……〕このことはまた、一八八七年に発表された三つの短編――『邂逅』、『コザック』、『乞食』――がトルストイズムに憑かれた作者自身をよく表している点や、前記の『退屈な話』が文化的教養への懐疑や簡素な生活への憧憬を説いたトルストイの『イワン・イリイチの死』（一八八六年）への感銘をその創作の動機としていることなどからも容易に推察し得るところであろう。

（同書、二四一―二四二頁）

中村融のこうした見解を前述した池田健太郎のそれと突き合わせて見ると、チェーホフに及ぼしたトルストイの感化の評価において深浅が認められる。すなわち、トルストイの感化は池田によれば浅く、中村によれば深い。そしてどちらの見解に就けば『退屈な話』の創作動機、サハリン行の動機、そして（精神的）転身・転機の遠因が腑に落ちるかと言えば、中村の見解に一日の長があると言わねばならない。『退屈な話』の創作動機の見方という点では、中村はチェーホフが概して他の作家の影響を余り受けないという見立てから、トルストイの感化、『イワン・イリイチの死』の影響を無視するか過小評価している嫌いがあると言わざるを得ない。そしてそれはある意味で「贔屓（ひいき）の引き倒し」でないとは言えまい。「弘法も筆の誤り」とは、こうしたことを言うのではなかろうか。それはともかく、中村融も池田健太郎も傑出したチェーホフ学者であり、日本が誇るロシア文学者であることに変わりはない。サハリン島からの帰途、チェーホフは日本に立ち寄る希望を抱いていたが、そこにもコレラが蔓延しているらしいという情報を得て、断念のやむなきに至った。見果てぬ夢の国が中村融、池田健太郎、はたまた神西清や原卓也や松下裕といった、そうそうたる顔ぶれのチェーホフ学者・翻訳家を輩出した国であることを知れば、冥途のチェーホフも快哉を叫ぶことであろう。

チェーホフのサハリン行と転機

二〇一七年の九―十一月、札幌市の北海道（立）文学館で『『サハリン島』二〇一七年――A・P・チェーホフの遺産」というテーマで展示会や対話集会などが開催された。ユジノサハリンスクにあるチェーホフ記念文学館の職員やサハリン大学の研究者など数名も招待されたこの大会に参加を要請された筆者は、その機会に「今なぜ『サハリン島』か」という問題を考えてみた。

トルストイが「世界観の転機」を経験したことは広く知られ、それは『トルストイ百科事典』の記載項目にもなっている。（『トルストイ百科事典』、二三七―二三八頁）だがチェーホフにもそうした転機があったか否かについては、没後百周年を二〇〇四年に記念した今以て考証が乏しく、定説もない。日本におけるチェーホフ研究・翻訳の最高権威者の一人であった神西清も「チェーホフ序説」の中でそのサハリン行の動機については「残念ながら、（真の動機は）はっきりしたことは分かっていない」、「だから結局のところ、ほんとの動機は分からない」（神西清全集、第五巻）などと書いている。もっともこれは昭和二三年という、戦後まもない

チェーホフとトルストイ。ヤルタのガスプラにて。（『肖像，挿絵，文献に見るチェーホフ』より）

早い時期のエッセイではあるが。

チェーホフ文学の分水嶺と見られる『侘しい話』（『退屈な話』という誤訳めいた邦訳が定着して久しい）は、トルストイの『イワン・イリイチの死』を下敷きにしたという見方が殆ど定説になっている。それはしばらく傾倒していたトルストイズムを脱した時期の作品なのではあるが。ほぼ同時期に書かれた戯曲『イワノフ』と『侘しい話』は、確かにチェーホフの初期作品とは一変した作風を見せ、今やそのことに異を唱える人は居ない。

だが『イワン・イリイチの死』はトルストイが自身の転機を宣言した『懺悔』の思想を小説化したものであることに思いを致せば、『侘しい話』は言わばチェーホフの転機に関わる画期的な作品ではないのかという「仮説」が生まれる。そしてまた、トルストイの転機はある意味で挫折でもあったので、チェーホフの場合は如何、という問題意識もそこに生まれる。思えば、チェーホフの転機を告げると思しきこの二作品は共にアンチヒーローの主人公が挫折する顛末を書いたものである。従って「後期チェーホフ」の作品は多分に挫折した人生という主題を内包していると考えても、あながち見当違いとは言えまい。

一八八〇年代末に書かれたチェーホフの短編小説『ヴォロージャ』や『眠い』の主人公たちは、戯曲『イワノフ』の同名の主人公と同じく、「行き詰まり」の感情を持って生き、そこからの出口を殺人や自殺にしか見いだせない。ルミャンツェワは「ドストエフスキーと一八八〇年代末に於けるチェーホフの短編小説」の中で、こうした作風の中に、この時期チェーホフ自身が人生を悲劇的に感受していたと見ている。

短編小説『発作』は一八八八年に書かれた。八〇年代末にチェーホフにおいては人生の悲劇的な理解が強まる。チェーホフの主人公たちは抜け道のない「行止まり」という感情を抱いて生きる人々である。彼らの意識の悲劇的な緊張状態、精神的平衡の喪失、挫折した精神状態、神経過敏、精神的困惑はそこから来ている。彼らは自分自身という存在が正しいものではないという感情から逃れることができない。

（E・M・ルミャンツェワ、前掲書、九四頁）

悲劇は悲観にも通じるからして、作家の悲観的人生観が自身の危機意識、すなわち転機の予感と結びついていたことは容易に推察されよう。転機のあと、その人生観が楽観的なものに転じることをV・ガイトゥクは指摘している。

中央公論社版チェーホフ全集は神西清、池田健太郎、原卓也の三人による共訳であるが、池田健太郎はその第十六巻の書簡集Ⅱに『付』として収録された「チェーホフの生活」という小伝の中で、サハリン行の動機を「作家の生涯の最も大きな謎である」とした上で「この旅の動機を再現する記録は、こんにち何ひとつない」と書く。この巻の発行は昭和三六年（一九六一年）であり、その時すでにチェーホフ没後、優に半世紀が経っていた。そしてそれから更に半世紀が経ち、今は二〇〇四年の没後百周年も過ぎて十数年になる。チェーホフのサハリン行を転機とし、謎とする点で池田は神西や原と変わらないが、大きな違いは池田がその謎を作家がサハリンから帰国した直後の所感に読取っていることである。

帰宅の翌日、スヴォーリンに宛てて出した手紙を、作家はこう始めている。「今の僕は、まるで家を全く空けなかった様に、素晴らしい気持ちでいます。骨の髄まで、健康で無事です。〔……〕これは原料としてすこぶる貴重です。」チェーホフは、生まれ変わったように何か強い、逞しい信念にあふれていた。それが何かは、分からなかった。ただ彼の言葉は、強い信念に裏打ちされていた。懐疑はひとかけらもなかった。友人の作家シチェグロフに書いたように、彼は「喉まで満足していた」「地獄（サハリン）にも、天国（セイロン島）にも行ってきた」という、それは満足感であり、自信でもあった。現実を、現実の体験を踏みしめていることはどんなに強いだろう。それは栄光が訪れて以来、彼が忘れかけていた苦境時代の自分の姿ではないか。

（中央公論社版チェーホフ全集、第十六巻、四五一頁）

サハリン行をチェーホフの転機とし、謎としながらも、池田は事実上ここで多分にその謎の解明に迫り得ている。その転機は、その謎は、言ってみれば作家が自分を回復し、自身の再発見をしたということではないか。その裏を返せば、サハリン行を前にしたチェーホフは自分を喪失し、自身を見失っていたということではないか。ややあって、作家は同じ名宛人に書く。「僕が旅のお陰で大人になったのか、それとも気が違ったのか、それは神のみぞ知るです。」神のみぞ知ることであれば、「謎だ、謎だ」と常人が百年以上もぼやいてきたのも無理からぬことであろう。謎解きのヒントは空の彼方の遠方（おちかた）にではなくて、意外と近い我々の足元にあるのではないか。「汝自身を知れ」とはソクラテスの言にも擬せられるだけあって、百年の謎となってロシア文学史にも臨み来っている訳である。とはいえチェーホフ自身は「我を尋ねて幾千里」の旅路の果てに、言わば「我に返り」得たのであるが。まさにガイドゥクの言う「探究の道」である。

池田は全集第十六巻（書簡集Ⅱ 一八七七―一九〇三年）に収録した二〇三通のチェーホフの書簡を一人で翻訳し、『付』として「チェーホフの生活」という小伝を併録した。こうした地道で丹念な翻訳・研究活動の賜物（たまもの）として、期せずして（いや、むしろ期する所あって―研究方法として）永年の謎に画期的な「解」を発見したのではないか。チェーホフの祖国帝政ロシア、ソ連、現代ロシアにもこうした独創的かつ説得的なチェーホフ・サハリン行の「謎解き」は、筆者の寡聞にして未見である。チェーホフ・サハリン行の「動機」は何かという難問の「解」として、ある意味でそれとなく導かれたこの池田健太郎説は、「正解」の手応えに満ち、「明解」を確信させ、加えて「明快」である。チェーホフは曰く言い難いこの「解」を求めてこそ、命がけの旅路を決断したのではないか。（事実、出発前に肺結核の兆しがあった作家の健康上、この旅は甚だ危険なものであり、その短命はこの「暴挙」が遠因になったとも言われている。）半ば意図せずにもたらされたこの池田説は、遠くない時期（二十世紀後半）にシベリアの学者Ｖ・ガイドゥクの論文によっても期せずして裏書される。ガイドゥク教授のチェーホフに関する著書の中で「シベリアとサハリン」という副題が付された章は「探求の道」を題名にしている。すなわち、「謎」のサハリン行はチェーホフ畢生の探求を行動に移したものだったのであり、その探求こそが言わばあの「奇行」の、暴挙とさえ言われた行動の「動機」だったのである。それは「作家の道」の探求であり、「人生の道」の探求でもあった。トルストイの最後の遺稿が『人生の道』（原久一郎訳、岩波文庫）であったことはこの関係でも興味深い。一時期は傾倒したトルストイズムをやがて離れこそしたが、チェーホフは終生、トルストイと同様に「探求の道」を「作家の道」とも「人生の道」ともしていた訳である。

チェーホフ全集のもう一人の共訳者である原卓也は第十三巻で『サハリン島』の翻訳と解説を担当している。そしてチェーホフの転機に関してはロシア内外の九人（内、日本人は高見順、中村融、神西清）の説を列記し、次のような自説を述べている。

〔……〕チェーホフのサハリン旅行は、何よりもまず、作家としての使命の明確な意識と自覚の現れであり、自己の作品に社会的な広がりを持たせるためのダイヴィング・ボードであった、と私は考えるのである。そして、作家としての自己の眼を社会的な問題に向けさせ、作品に社会的な広がりを持たせるためには、当時緊急な問題の一つであったサハリン流刑地を、底の底まで見届けてくることが、もっとも適切な手段であったのだ。（中央公論社版チェーホフ全集、第十三巻、四七六頁）

チェーホフに転機が有ったか無かったかに関しては、シェストフの見解が明快で説得的であり、有名なそのチェーホフ論「虚無よりの創造」にはずばり「転機」という用語が読まれる。

誰でも知っていることではあるが、心に留める必要があるのは、初期の作品に現れたチェーホフと晩年のそれは似てもつかない、ということである。若きチェーホフは快活かつ無頓着であって、枝から枝へ飛び交う小鳥を思わせるものがあった。そして彼はその作品を滑稽（ユーモア）新聞に発表していた。

しかし、彼は二十七か二十八歳の時、一八八八年から八九年にかけて小説『侘しい話』と戯曲『イワノフ』を発表した。これが彼の新しい時期の始まりを画し、しかもそこには当時明らかに彼が遭遇していた激しい転機〔sudden change〕が反映しているのである。〔……〕しかし彼の小説『曠野』から戯曲『イワノフ』に至る時期にチェーホフの身に起こったことは、我々には到底知り得まい。もしそれをどうしても知ろうとするなら、彼の作品に就き、我々自身の眼識に頼らなければならぬ。

（シェストフ二巻著作集、第二巻、トムスク、「ヴォドレイ」出版、一九九六年、一八六頁。強調は引用者）


この見解はチェーホフにも転機が、トルストイにあったような転機があったことを確信している。チェーホフの初期と後期の作品の間にある際立った相違点は多々指摘されているが、それをずばり作家の転機とした受け止めはさほど多くない。とはいえ、チェーホフの創作原理を「虚無よりの創造」とするシェストフの考えには誰しも手放しでは賛同し難かろう。「無からの創造」という言い回しがあるが、それは人間業ではなく、神業である。神ならぬ身のチェーホフは無から創造したのではなく、何かから創造したのである。だがそれが何からであったかは、ひとえに神のみぞ知るである。だがそれは真理（真実）からの創造であるとする仮説は十分あり得よう。「真理からの創造」である。注意して読めば、この時期以後のチエーホフの作品では「真理」、「真実」の語に出くわすことが稀でない。医師というチェーホフのもう一足の草鞋からしても、それはたまさかのことではない。だが今それに多言はしないとして、一八八八―八九年にチェーホフは転機を経験したというシェストフの見解には、余り無理なく賛同することができよう。トルストイとチェーホフという、一世代を隔てたロシアの大作家の創作人生には共に大いなる精神的転機があった訳である。

だがこの共通性や類似性は決定的な相違点を伴っていた。転機以後、トルストイの創作活動は概して下降線を辿ったのに対して（L・グローモワなどはそのことに異を唱えるが）、チェーホフのそれは総じて上昇カーブを描いたと言える。シリーズ物の一点としてモスクワで一九五七年に出版された大部のチェーホフ文献の章立ては、サハリン行以後の一八九二―九八年を創作の「最盛期」としている。だが戯曲の名作が矢継ぎ早に書かれた最後の時期をそれと区別して、ただ「晩年」とだけする時代区分は妥当性を欠く。（『肖像、挿絵、文献に見るチェーホフ』、モスクワ―レニングラード、ロシア共和国文部省「学習・教育図書」出版、一九五七年）

『トルストイの実像』（群像社、二〇一五年、拙訳）の原著者B・スーシコフは、チェーホフの『イワノフ』に関して、まさに精神的危機（きき）――世界観の危機――について、またその原因について次のように論じている。

> イワノフの精神的**転機**（crisis）の原因は何か。それは、彼が精神的な原則を欠いていること、傲慢で不寛容なこと、生活に対する確かな見識が欠けていることにあるのだ。そして私たちに仕事が与えられているのは、虚栄心から出た自己陶酔のためではない、仕事の助けを借りてこうした神経質な錯覚をし、何か高邁で抽象的で歪んだ精神的な美という有毒な霧によって自身の意識を曇らせるためではない、という人生の意味への理解が彼には欠けていることにあるのだ。
>
> （B・スーシコフ『チェーホフと演劇・ロシアの知識人』、トゥーラ、二〇一〇年、二二頁。強調は引用者）

ここでは、作者チェーホフと名指しはされないが、戯曲の主人公は精神的転機のさなかにあると見なされている訳である。

前述の文献（『肖像、挿絵、文献に見るチェーホフ』）の章立ては、サハリン行の前を「大文学への道（一八八八五―八九年)」としているが、その道の果てに『侘しい話』や『イワノフ』が書かれていることを思えば、当初作家の大成への道は行止まりになっていたと考えられる。そんなチェーホフをサハリンが呼び寄せた――今以て謎とされることの多い作家の大冒険の動機として、これは一つの仮説には十分なるものであろう。

『サハリン島』はいわゆる純文学ではなく、むしろ記録文学や学術的ルポルタージュという呼び名がふさわしい作品である。佐々木基一は一種の調査報告というスタイルで書かれた『サハリン島』を文学的所産と見なすことに若干の難色を示し、なぜチェーホフがこんな作品を書いたかに思いを致している。

先ず、サハリン島から帰国した翌々年、一八九一―九二年の大飢饉やコレラの流行に際してチェーホフが行なった救援活動や医療活動などといった社会的活動とその作品との関係を尋ねてみて、この場合もそれらの社会的・実戦的な活動が作品のモチーフとして殆ど取り入れられていないことに佐々木は気づく。その好例が短編小説『妻』(一八九二年)である。飢饉の年に発表され、確かに飢饉のことが書かれてはいるが、本当のモチーフは飢饉ではなく、『妻』という題名に違わず、その四年前に書かれた『名の日の祝い』と同じく、夫婦の間の感情のもつれと葛藤である。この小説に登場するソーボリという医師は「私どもの民衆に対する関係は〔……〕実務的なもの、計算と知識と正義とに基づいたものであるべきはずです」と言う。佐々木はこの意見をおそらくチェーホフ自身のものと見なして、『サハリン島』への自身の疑問に答える。

チェーホフはサハリンに対しても、このソーボリの言うように「実務的な、計算と知識と正義に基づいた」関係をもつべく努めたのではあるまいか。彼にとって、サハリンが文学的な創作の対象にならなかったのは、こういう覚めた意識をしっかりと保つべく心がけたせいではあるまいか。チェーホフは文学的博愛家や文学的同情者になることを固く自らに禁じていたのであったろう。
（佐々木基一『私のチェーホフ』、講談社、一九九〇年、一二六頁）

佐々木のこうした見解は傾聴すべきものであり、それなりの説得力を持つが、先に触れたガイドゥク教授は『サハリン島』について「探求の道」で一家言を開陳している。

流刑の懲役囚という同様な問題に向かうトルストイやドストエフスキーが真っ先に、憤懣やるかたない道徳的熱情に出口を見いださねばならなかったのに対して、チェーホフは別の道を行く。彼が社会を震撼させるのは反駁し難い文献、事実の現実性、数字の正確さ、目撃者の客観的証言に依るのである。
（ガイドゥク、前掲書、二八頁）

『サハリン島』のこうした特質は多分にソルジェニツィンの『収容所群島』の特質でもある。『群島』のジャンルも文体も『サハリン島』のそれと別物ではない。時代こそ違え、「死せる島」（『サハリン島』）と「死せる群島」（『収容所群島』）は作風が類似したロシア文学の好一対である。そしてこれらはゴーゴリの『死せる魂』、トルストイの『復活』や『生ける屍』、ドストエフスキーの『死の家の記録』などとは方法を異にしながら、いずれもドブロリューボフのいわゆる「闇の王国」に連なるものである。今なお「闇の王国」を決め込む現代ロシアを見れば、こうした伝統なしには巨視的な展望も開けまい。思えばロシア文学の金字塔である『戦争と平和』のジャンルも世界文学の従来のジャンル規定には収まらずに、その埒外に出るものであったことは、作者自身がその後記である「『戦争と平和』への数言」に書いている通りである。

チェーホフの『サハリン島』が必ずしも文学的評価になじまないものだとするなら、そのサハリン行自体はどんな意義を有するものなのか。その企図は暴挙とも偉業とも言われ、大いなる謎と受止められてきた。だが作家の仕事としては、もし作品が文学性に乏しいものであるなら、それは失敗ではないのか。この問いの正解は、おそらく総体としてのサハリン行の所産の中にしか見いだされないであろう。この意味では、前言したガイドゥク教授の論文「探求の道」が「サハリン」だけでなく、「シベリアとサハリン」を副題としていることは多分に示唆的である。サハリン行の所産（サハリン土産）は『サハリン島』だけでない――自明の理であるようなこの理は、しかしながら、今だに「自明の超克」を課題としている。（「自明の超克」はシェストフのドストエフスキー論の副題であり、筆者もその題名を入れたドストエフスキー論の小著をモスクワの「マックス・プレス」から二〇〇〇年にロシア語で出版している。）

チェーホフのサハリン行には、先ず道中としてのシベリアの旅があり、その所産としてずばり『シベリアの旅』という題名の紀行文学がある（直訳すれば『シベリアより』）。チェーホフ全集は、ロシア語の原書も日本語版（中央公論社版）も、この二作品を併せて収録する構成になっている。この事実は二つの作品が不可分の一体であることを分かり易く示してもいよう。そして、文学性の欠如が指摘される『サハリン島』とは裏腹に、

サハリン島へ移動する船中の懲役囚。（『肖像，挿絵，文献に見るチェーホフ』より）

『シベリアの旅』は珠玉の紀行文学であり、その豊かな文学性は疑問の余地がない。仮に一方を学術的文学作品と言うなら、他方はれっきとした紀行文学である。二作は好一対を成し、学術性と芸術性、理知的と情緒的、知性と感性、静と動、重と軽、長と短、……といった対照性を見せている。そして旅が一つであったように、二つの作品は不二一如の趣を持ち、序章と本編に似た関係も持つ。加えて数多くの詩情豊かな「シベリア便り」（書簡）は作家の企てに厚みと深みを添え、総体としてのサハリン行を意義深いものにしている。

サハリン行の二年前に書かれた『曠野（ステップ）』の題名を内容に即して仮に『曠野の旅』と読み替えてみれば、『サハリン島』から十年ほどで早世する運命であったチェーホフはその頃から人生を旅と観じていた節がある。エイヘンバウムの「チェーホフについて」には、チェーホフがピーセムスキーにはしばしば魅了され、レスコフは彼の好きな作家であったと書かれている。そのレスコフの『魅せられた旅人』（木村彰一訳）とチェーホフの『曠野（の旅）』は、言わば「曠野文学」の乙な一対としてロシア文学に異彩を放っている。

長生きしなかったチェーホフにとって、その最盛期はもう晩年になっていた。主としてその晩年に書かれた四大劇には人間を「過渡の相」のもとに見るチェーホフの人生観が滲み出ている、と神西清は書く。

> 今日というものは畢竟、二つの夢のあいだに出没する、束の間の熱っぽい夢に過ぎないであろう。それは閃めいたかと思うと、次の瞬間にはたちまち時の谷間に呑み込まれてしまう。そうした今日のはかなさを、チェーホフほど知り抜いていた人はいない。彼が信じていたのは、ただ一つ過渡ということだけだ。その意味で彼は、狭い時代のワクを超えたのである。チェーホフは言わば、「過渡の相のもとに」人間の姿を、永遠に刻みとどめた作家と言えるだろう。彼の作品の中には、永遠に過ぎゆかぬ微妙

な「昨日」の声が響いているのである。

(中央公論社版チェーホフ全集、第十二巻、戯曲II、五一二頁)

これは神西清が昭和二六年に翻訳した『ヴァーニャ伯父さん』が文部大臣賞を受け、翌二六年に受賞記念出版した同じ戯曲に寄せた「訳者おぼえがき」中の言葉である。それはチェーホフが生きた過渡期(本書に言う沈滞期)を念頭に置き、チェーホフほどに典型的なその過渡期の歌い手はなかった、という文脈で述べられている。そしてこの思想は同じ年に神西が書いた「チェーホフの戯曲」というエッセイに言う「非情な時の流れ」と呼応する。

こんなふうに眺めてみると、チェーホフの芝居が、互いに理解し合うことができず、てんでんばらばらな気持ちで、ただ寄り合って暮らし、めいめい独り合点で愛したり憎んだり邪魔し合っている人間社会という妙なものの、すこぶる見事な縮図であることが、うなづけるだろうと思います。彼らの間には、何も一貫した事件の流れなどはない。あるのはただ非情な時の流れだけなのです。そうした人間たちの姿は、もしもこの世の外の者の眼から眺めたら、何だか滑稽ではないでしょうか。勿論それは、何も神様の眼でなくてもいい。何か「冷静」とでも言ったような眼でもいい。その眼で眺めたら、それは喜劇の無限連続であるに相違ありません。チェーホフは『桜の園』を現に「喜劇」と断っていますし、『三人姉妹』なども、やはり喜劇として取り扱ってもらいたいと註文し、お涙頂戴式のじめじめした演出を、ひどく嫌っていました。

(神西清全集、第五巻、五七三―五七四頁(「アントン・チェーホフ」の内「チェーホフの戯曲」)。強調は引用者)

ここに言う「過渡の相」は小説や演劇の場としての空間の相であると共に、時間の相でもある。矢沢栄一は「『イオーヌィチ』の方法」というエッセイの中で、チェーホフ文学における「過渡の相」を時間の相、「時の流れ」という見地から考察し、次のように書出している。

> 人間を時の流れの中に示すというのは、文学のごく常識的な方法であるにしても、チェーホフの作品にとりわけそれが感じられるのはなぜだろう。チェーホフの特に中期以降の作品を、短編でも中編でも戯曲でもいい、読み終えて最後に心に残るのは筋のあれこれというよりは、その背後にある時の流れ、人間たちの相貌に刻まれる時の跡、つまり人が生き、老いる——そのことではないだろうか。
>
> （『えうゐ——ロシアの文学・思想』9、一九八一年、三二頁。強調は引用者）

思えば、ここに言う「過渡の相」や「時の流れ」・「時の跡」は旅の哲学でもあり、我らが松尾芭蕉がその奥州紀行を「月日は百代（はくたい）の過客（くわかく）にして、行き交う人もまた旅人なり」と書き起こした人生観に似通う。チェーホフは殊更その旅の動機を語らなかったため、その動機は百年の謎となっている。芭蕉もその奥州行脚の動機を「片雲の風に誘われて」としか書かなかった。チェーホフのサハリン行の動機もこの「片雲の風に誘われて」が至極説得的でないと、誰が言えよう。チェーホフのサハリン行はロシア文学版『奥の細道』なのでもあるまいか。

転機の後――チェーホフ文学の行方

サハリン島から帰り、雑誌と単行本による『サハリン島』の発表も一段落した一八九五年以降、チェーホフの作風は社会性を強めていく。中央公論社版チェーホフ全集の第十巻は一八九四―九七年の小説を収録しているが、この巻の主幹である原卓也は『中二階のある家』や『我が人生』を解説して、その時期からチェーホフが頻繁に取上げる「進歩」と「現実改革」の問題を考えている。そして言わば漸進的改革と急進的改革という、あるいは現実派と理想派という「まったく対照的な二つの考え方」への作家の態度はどうであったのかという問題を提起する。一方はチェーホフを現実主義者と見なす解釈に、他方は革命の予言者に仕立てる解釈に通ずるものなのではあるが。そして、その内どちらに作家が共感していたかという問題に対して、作家はその二派の立場を言わば両立させていたと考える。そしてどちらかと言えばチェーホフは前者、すなわち漸進的改革派や現実派の方を信用していたのではあるまいか、と見る。

いずれにしても、本巻の諸作品を書いた当時の彼は、社会的な問題に極めて大きな注意を払っていた。そして、社会問題に対する彼の関心は年を追うごとに次第に深いものになって行き、やがて第十一巻の小説や戯曲などに見られる、ロシアの未来に対する思考に発展して行くのだ。

（中央公論社版チェーホフ全集、第十巻、昭和三五年、四九五頁）

この後チェーホフの寿命はもう七年しか残されていなかった。肺患を持病にしていた身は、医師として自身の余命をどう読んでたかは知る由もないが、作家としてはシベリアのガイドゥク教授の言う「探求の道」を一路邁進していた。そうであればこそ、四大劇と呼ばれもする、『桜の園』に至る名作戯曲群がこの晩年に書かれた訳である。

全集第十一巻では先ず『知人の家で』が目下の文脈で注目される。この巻の主幹かつ訳者の池田健太郎は解説で、小説の成立事情を簡単に解説するだけである。またアカデミー版全集の解説には、この作品は掲載誌『コスモポリス』の編集者の他には殆ど評家の関心を呼ばず、作者自身がその内容を一時失念してしまい、ある作品集には収録されなかったことが記されている。だがガイドゥクはこの小説が持つ画期的意義を読み取って「新しい生活形態への呼び掛け」という論文を書き、それはアカデミー版チェーホフ全集（作品編、第十巻）の解説で紹介されてもいる。

『知人の家で』はチェーホフが転地療養で南仏のニースに滞在していた一八九八年一月に書かれ、二月に『コスモポリス』誌に発表された。だが一月三日の清書原稿と二月の雑誌テキストの間には大きな違いがある。第三章で考察したように、主な加筆はネクラーソフの詩『鉄道』から引用された詩句絡みであるが、その加筆を触発したのは偶然にも清書原稿の直後、『オーロール』紙の一月十三日号に掲載されたエミール・ゾラの大統領宛ての公開声明「我弾劾す」であった。

清書原稿と雑誌のテキストを比較検討したガイドゥクは次のように書く。

> これらの断片を比較して明らかになることは、正に校正刷りを推敲することで作家の芸術的構想が「新しい生活」という極めて重要なモチーフによって豊かなものになったことである。そしてこの時（一八九八年一月）に始まるチェーホフ晩年の作品は、程度の違いこそあれ、絶えず強まる「新しい生活形態」への呼び掛けに包まれるのである。
>
> この意味で短編小説『知人の家で』は『箱に入った男』、『すぐり』のような楽観的な作品に道を拓き、『いいなずけ』や『桜の園』に終わるチェーホフ作品において画期的、転機的なものと見なすことができる。
>
> （ガイドゥク、前掲書、四七頁）

これに関して言えば、この『知人の家で』の登場人物ローセフの、ある言い回しが後に『三人姉妹』のソリョーヌイの言い返しの台詞として使われ、この人物像が『桜の園』のガーエフに変形していくことが指摘されている。のみならず、『知人の家で』からは多くのことが『三人姉妹』と『桜の園』の内容に取り入れられていることも。（ソ連アカデミー版全集、作品編、第十巻の解説）そうした関係に照らしても、『知人の家で』がチェーホフ晩年の創作に持つ「画期的、転機的」意義が確認できよう。だがサハリン行に関してと同様に、『知人の家で』に関しても神西清がこうした意義を素通りしていることは頂けない。あるいは、それはその時点での文献・資料不足などの制約に起因するのかも知れない。だがそれはチェーホフに「転機はない」とし、その一方でサハリン行は「謎である」とする神西の初期の見識に根差すものでもあろう。その根底にあるのは、チェーホフの作品は終始一貫して不変・不易であるとする神西一流の持論であろう。ドレフュス事件に際してのエミール・ゾラの思想と行動はチェーホフに多大な感化を及ぼし、折柄ニースで執筆中の『知人の家で』に決定的な加筆と改変をもたらしたことをガイドゥクが解き明かしているが、神西はそのエピソードを看過する。神西は次のように書く。

非情がもし何か壁のようなものなら、それを突き破って出て行けばいい。決然として行動人になればいい。ここで我々の眼の前に、少なくも二つの事件が証拠として提出されるだろう。チェーホフの積極的な行動性を物語るのっぴきならぬ資料としてである。

その一つは言うまでもなくサガレンへの大旅行だ。もう一つはその翌年の秋から次の年へかけての大飢饉の際の彼の活動である。人によっては更に二つ、――ドレフュス事件およびゴーリキイのアカデミー入り取り消し事件の際に取られた彼の態度を、このリストに加えたがるかもしれない。だがこの両事件に際しての彼の態度には、なるほど決然たるものはあったにせよ、一は『新時代』紙との訣別、他は自身のアカデミー脱退という否定的な形で現われているに過ぎないから、ここでは一応除外するのを至当とするだろう。

（神西清全集、第五巻、五一八頁）

ここに言う「更に二つ（の事件）」に関してガイドゥクは、それを共に、ドレフュス事件とゾラの果敢な言動に触発されたチェーホフの態度として、『知人の家で』を副題とする前記の論文に取り入れている。その論文を含むガイドゥクの著書『一八八七―一九〇四年に於けるチェーホフの作品』は、作家の後期作品には言わば幾つかの「発展段階」があり、その変わり目に大小の転機があるという見識を打ち出している。この見識は、サハリン行という作家の大事件をさえその転機とは見なさず、その謎があるだけだと一時は見なした神西の見識などとは対照的なものである。

「発展段階」と言えば二十世紀アメリカの経済学者W・ロストウの（経済）「発展段階説」が有名であるが、今にして思えばそれはトランプ大統領が唱える悪名高い「アメリカ第一主義」の元祖と見ることもできる。それはともかく、物事に発展段階が「有る」とするか、「無い」とするかは、世界観を左右し兼ねない根本問題とも言えよう。発展段階が「有る」という立場を取り、ロストウの説に因めば、チェーホフのサハリン行は定めし「テイクオフ」（離陸）に擬（なぞら）えることができよう。

とはいえ、この「有無」をめぐる問題は「生死」をめぐる問題と切り離せず、古来、哲学の根本問題であり、思い詰めればハムレットの煩悶に陥るのがオチである。従って所詮は相対的かつ主観的な解決しかあり得ないこの問題への深入りは禁物でもあるが、チェーホフへの問いもその問題を避けては通れない。

発展段階という概念は総じて歴史学、いや歴史一般に欠かせないほどの基本的概念であり、マルクス主義の史的唯物論（唯物史観）はその好例と言える。史的唯物論に与しないにせよ、そもそも発展段階という概念なしにはどんな歴史も成立せず、何の歴史もあり得ない。そのことは文学畑でも例外ではなく、発展段階の概念なしには文学史があり得ないし、評伝も伝記文学もまずあり得まい。

池田健太郎の「チェーホフの生活」は簡潔な評伝とも、一種の伝記文学とも言えるが、その章立てならぬ

「節立て」は次のようになっている。「一、生い立ち／二、修行時代／三、栄光と懐疑／四、サハリン島旅行／五、メリホヴォの生活／六、古い友、新しい友／七、ヤルタの生活」（中央公論社版チェーホフ全集、第十六巻、三三五頁）

このうち「四、サハリン島旅行」の書き出しは「転機の訪れは、意外な形で現れた」となっている。その前々頁（三、栄光と懐疑 11）には「チェーホフはこの戯曲（『森の主』）に期待をかけていた。戯曲の上演は、憂鬱な彼の心に曙光と転機のきっかけを与えそうに思われた」とある。また「四、サハリン島旅行」の書き出しを受けた所には「謎」と「動機」について次のように書かれている。「なぜチェーホフは病める身体に鞭打って不毛のシベリア大陸を横断し、サハリン島を訪ねる気になったのか。詮索好きな伝記作者にとって、作家の生涯の最も大きな謎であるこの旅の動機を再現する記録は、こんにち何ひとつない。」（強調は引用者）

すなわち、著者は「転機」を無条件で認知し、サハリン行の「動機」については不詳とし「謎」としている訳である。それはともかくも、ここでは歴史と同様に評伝や伝記においても、対象とする作家の「時代区分」として、一種の「発展段階」説が不可欠であることを実例において見れば足りよう。ここはチェーホフの「転機」に関して、神西のそれが、全面的ではなく比較的にではあるにせよ、その否定論に傾いている（いた時期がある）ことを問題にする文脈なので。そして「謎」としての「動機」はひとまず脇に置くとして、「転機」そのものが否定されると、ガイドゥクの論考「探求の道」（副題「シベリアとサハリン」）も問題外になり兼ねず、作家の進化ということも論議に及ばずとなる道理だからである。

「新しい生活形態」と言えば、作家論や作品論の場ではそれ自体が「時代区分」を予想させ、「発展段階」説への連想を誘う。事実、ガイドゥクのこの論考は著書を構成する一章となっている。池田のチェーホフ小伝に見たように、その本『一八八七―一九〇四年に於けるチェーホフの作品』を見ると、その章立ては後期作品における作家の進化を創作時期を追って考察した、言わば「発展段階」に沿ったものになっている。言語学の用語を借りれば、この本は「通時的」考察として分類されるものになろう。

ガイドゥクの論文「新しい生活形態への呼び掛け」（『知人の家で』）はアカデミー版全集においてこの作品の解説で紹介された唯一の研究であるだけあって、新しい見解や示唆に富む。（本書では以後、例外的な場合を除きこの論文を「新しい生活形態」と略記する。）その新見解の第一は神西が考察を割愛した、ドレフュス事件（とエミール・ゾラの活動）とこの小説がどう関わるかを詳説した件である。

このようにして、この短編の執筆は、おそらく、一カ月半弱（十一月の後半と十二月いっぱい）続いた――それは『生まれ故郷で』及び『ペチェネグ人』（十月）と並行して、多分、短編『荷馬車で』（十一月―十二月前半）を書き終えた後である。そしてじっさい、『知人の家で』の清書した原稿は、その基調においてこれらの短編の気分――ロシアの自然が晩秋に冬を前にして最後の衣装を脱ぎ捨てるような、悲哀と憂いの気分――に包まれている。

その短編小説において作家は基本的な関心を「貴族の巣」、古い地主屋敷の消滅に集中させた。一見するとチェーホフは柔らかい、物憂い、叙情的な情緒で過去と訣別しているようである。それは過ぎ去った青春、清純、美を懐かしむ心である。ツルゲーネフの長編小説から直接チェーホフの短編小説へやって来たナージャの人物像は、おそらく、長編小説を生き生きと想起させるものであろう。そしてそれ以上でさえあるのだ――それはあの生活、あの遠い素晴らしい詩趣への郷愁である。それは愛の郷愁であるだけでない。それは自身の祭典を待望する愛そのものである。

（ガイドゥク「生活の新しい形態への呼び掛け」、前掲書、四五頁）

これは『知人の家で』の執筆事情と物語が始まるあたりの基調を略述したものである。清書原稿（校正刷り）との比較・対照をしなければ、二つのテキストの間に横たわる問題や意味に気づくこともあり得ないが、それを行なった著者はあることに気づく。

だが――不思議なことに――清書原稿のテキスト（一八九八年一月三日）を雑誌『コスモポリス』（一八九八年二月号）に掲載されたテキストと比べると、おそらく、チェーホフが行なったまったく意外な変更と加筆に気づくであろう。

『知人の家で』の清書原稿（校正刷り）の以下に示す断片を雑誌に掲載された最終テキストと対照すれば、我々の見るところでは、一八九八―一九〇四年においてチェーホフの作品が進化を遂げる主要な方向を解明するための特別な意義を持つことになる、こうした変更の特質を一目瞭然に観察することができる。

（同書、四六―四七頁、強調は引用者）

ではその二つのテキストの間には何があったのか、またそれにはどんな意味があるのか。作家が進化を遂げる方向を決定するような、どんなことがこの間にあったのか。それは「新しい生活形態」とは関係深いが、別のものであったという。

だがチェーホフはこの小説に「新しい生活」という一つのモチーフを導入することだけに留めておかなかった。一八七八年一月十九日にバーチュシコフから小説の校正刷りを受け取ると、チェーホフは一月二十一日に、同じく当時フランスで暮らしていた知人の翻訳家О・ワシーリエワに手紙を書く。「私はネクラーソフの詩『鉄道』を非常に必要としています。あなたは彼の作品集を持っていませんか。」作家の依頼が叶えられると、『知人の家で』の校正刷りはもう一つの、とりわけ重要な断片によって補完された。それは出現した「新しい生活」というモチーフの意味を闡明して、それと直情的に結びつくものであった。（同書、四八頁）

ガイドゥクはここで『知人の家で』の校正刷りにチェーホフがした加筆の断片を引用する。それはネクラーソフの詩『鉄道』をかつて医学聴講生だったヴァーリャが朗読し、ポドゴーリンが耳を傾ける場面である。それによって小説はまったく予想外に「民衆の歴史的運命」というネクラーソフのテーマに捉えられ、モチーフは方向が修正されて少し別の、より広い意義を持つものに変わる。このテーマに触れることによって他のテーマはすべて今や民衆的な見方、歴史的展望によって照らされる。著者によれば、ここでは鉄道という形象そのものが、古風な「貴族の巣」（小説の舞台である「知人の家」もそれ）の領地的世界に代わって、疾走する新しい工業的世界の象徴になっている、という。そしてそれは平安、静寂、古い庭園の軽やかなざわめきを破壊するものであるのみならず、それ自体の明るい、人を招くような灯によって遠くへいざなう道なのである、と。

ある極めて微妙な側面で主人公たちの運命はいずれにせよ、彼らの市民的責任と、民衆の思想や生活と連関していることが分かる。

革命的民主主義者である詩人に対するチェーホフの自然な態度は甚だ意義深いものであった。それは作家の市民的伝統を明らかにしただけでなく、同時代の現実に対するチェーホフの態度、国の運命における民衆の積極的な役割という問題に対する彼の姿勢を多くの点で決定したのである。（同書、五〇頁）

ではチェーホフをこうした加筆やモチーフの変更に駆り立てたものは、そもそも何であったのか。他でもない、それこそは折からのドレフュス事件とゾラの活躍であった。それに鼓舞されたフランス人であり、それに沸き立ったフランスの市民社会であった。チェーホフにとってそれは天与の偶然であり、夢想だにしない僥倖であった。それは丁度『知人の家で』の執筆時期に作家の保養先で起こった事件であった。それまでの半年足らず、同じニースで作家が書いた作品『生まれ故郷で』、『ペチェネグ人』、『荷馬車で』と比べても、この小説は同日の談ではない。ニースで書いたその次の作品がまさに『知人の家で』だったのである。

だからこそチェーホフは真っ先に、最も市民的意識の強いロシアの詩人ネクラーソフを思い出したのである。その詩『鉄道』は、ゾラの発言とフランス社会に広まった政治的事件から受けた感銘のもとで作家が体験した、精神的昂揚にぴったり合致するものであった。

このすべてによって今では次のことを説明することができる。すなわち、それはチェーホフが『知人の家で』の校正刷りに、おそらく、まったく予想外に、市民意識の強いネクラーソフのモチーフを取り入れたのはなぜか、ということである。そのモチーフはチェーホフの思念に取り分け合致したものであり、小説の中で新しい切実な意味を持つようになり、ロシアの生活だけでなく、ヨーロッパの生活の社会的な雰囲気をある程度反映していたのである。こうしてチェーホフは綱領的な「普遍ヨーロッパ的」欲求に独自に応えたのであるが、その欲求については『コスモポリス』の編集者F・バーチュシコフが既に前年、一八九七年の四月十六日付けで作家への手紙に書いていたのである。

一八九七―九八年に殆ど八カ月に亘り外国で暮らし、フランスの生活、取り分けドレフュス事件とゾラの訴訟事件に関して人に気兼ねをしない活動的な証人となって、チェーホフは「ヨーロッパの生活形態」の認識をそれまでよりずっと深めることができたのである。

正にこのために、「新しい生活形態」というチェーホフの問題は国民的性格を持つようになっただけでなく、近づく第一次ロシア革命の世界的意義を表現しながら、普遍ヨーロッパ的な発展に関わりもしたのである。（同書、五三―五四頁）

この結語にはロシア革命を是認する著者ガイドゥクの思想がはっきり打出されている。それが史的唯物論（唯物史観）そのものなのか、そうではないのかは、この論文だけでは分からない。ただ筆者は一九九一年にシベリアのオムスクで開催されたドストエフスキー学会に著者と同席し、前述のようにこの論文を含む著書もその折に献呈を受けたものである。また別の機会には、直前に他界した著者の家族とイルクーツクで面会し、更に別の機会にはペテルブルグのドストエフスキー学会で著者の同僚だった女性と同席するなどしたことから判断すると、著者はロシア人には余り見られないタイプの紳士的な人柄だったことを瞼に焼き付けている。筋金入りの、あるいは凝り固まったマルクス・レーニン主義者がロシアにごまんといることは四十数回に及ぶ自身の訪露・滞露の経験で、筆者は知悉している積もりである。それだけでは十分でないことは承知の上で判断すると、ガイドゥクの思想信条がスターリニズムに至るロシア革命史を是認するとは思えない。またソルジェニツィンの『収容所群島』はソ連時代版の『サハリン島』とも考えられるので、『サハリン島』と『シベリアの旅』を合本にして編み、それに「探求の道」という題名の論考を付した学者が、ロシア革命の所産として出来た社会の暗部を暴露した『収容所群島』の世界を予見できない筈がない。「新しい生活形態のへの呼び掛け」を書いた当時、ガイドゥクが『収容所群島』を読めたかどうか、ソルジェニツィンをどれほど知っていたかは詳らかにしないが。また「探求の道」の参考文献は一九八五年まで、「新しい生活形態への呼び掛け」のそれは一九八三年までであることからすれば、それは微妙なところではあるが。

結語に至る件に書かれている「ヨーロッパの生活形態」は、この論文「新しい生活形態への呼び掛け」に言う「新しい生活形態」で、ガイドゥクが何を念頭に置いていたかを示唆していよう。『知人の家で』などに始まるチェーホフ晩年の思想傾向に関して、それは革命や社会主義の方向性を持つとする解釈が作家の祖国の文学・思想界に、強弱の差こそあれ、絶えることがない。だがその方向性が的外れであることについては、一例を挙げれば、原卓也による『中二階のある家』などの訳者としての解説で注意が喚起されている。

そして、同時にこれは、この時期の諸作品で彼がたびたび取上げている、「進歩」と「現実改革」の問題にも関係してくるのだ。『中二階のある家』や『我が人生』などは、この問題をかなり真正面から扱った作品と考えてよいだろう。

ここには、「進歩」ということに対する、まったく対照的な二つの考え方が出てくる。一つは、『中二階のある家』の姉娘リーダのように、農村に診療所を作ったり、村の子供たちに読み書きを教えたりすることによって、少しづつ現実を改革していこうとする考え方である。もう一つは、この作品中の「わたし」のように、そんな姑息な手段をしても却って農民を苦しめるばかりであるから、根本的に農民を労働のくびきから解放することが必要である、という考え方だ。『我が人生』の中にも、この二つの考え方は、「わたし」とドクトル・ヴラーヴォの議論、あるいは「わたし」と妻マーシャの意見の相違、といった形で表れてくる。これまで、たとえば『中二階のある家』に関する批評家や研究者たちの意見の中には、チェーホフが後者、つまり「わたし」の方を明らかに支持しているとするような見方が少なくなかった。「リーダは型の変わった俗物である、リーダのタイプは六〇年代のナロードニキの最後の一人だ」とか、「この作品でチェーホフは、リーダを代表とするリベラリスト・インテリゲントの思い上がった独善に痛い批判を加えている」とかいう考え方がそれだ。この考え方は、ともすると、チェーホフを革命の直接の予言者に仕立てようとする一部の解釈に通ずるものだ。

（中央公論社版チェーホフ全集、第十巻、四九三―四九四頁）

ここの末尾には「予言者」がお出ましになるが、予言者は聖人・聖者である。野球の名選手が「球聖」として野球殿堂入りするように、大作家や大詩人も「文聖」として「文学殿堂」入りをする。既に半世紀以上も前に、神西清は聖人扱いをされ「聖化」されるチェーホフについて皮肉気味に書いている。ロシアの文人で「作家殿堂」入りをした第一号はトルストイであるが、その「ヤースナヤ・ポリャーナの聖人」は齢ちょうど人生の半ばで転機に遭遇した後も、出奔して客死する最期まで、聖人とは程遠い煩悩のるつぼだったことは、『クロイツェル・ソナタ』や『神父セルギイ』といった晩年のすさまじくも痛ましい作品が雄弁に物語っている。ロシア文学の聖人はトルストイ一人で沢山であり、チェーホフまでその巻き添えにすることはなかろう。だがお祭り好きで、殿堂入り――いや殿堂入れ――が大好きな世の習い、チェーホフも殿堂に祭り上げられたが最後、人間としては二度と人間界には戻れない。聖人か革命の予言者として祭り上げられるのがオチである。殿堂とは一種の墓地であり、墓場の別名に過ぎない。チェーホフ文学の翻訳者として、原卓也は敬愛するロシアの作家が殿堂に葬り去られる危惧から、革命の予言者という仕立てに予防線を張ったのであろう。

ここで『知人の家で』を含むチェーホフ全集・第十一巻の訳者、池田健太郎の解説に耳を傾けてみよう。

> 四大劇との相関関係でとりわけ気を惹く作品は、『知人の家で』と『いいなずけ』であろう。前者は、今まで我が国の読者になじみの少ない作品かと思われるが（邦訳を私は知らない）、明らかに晩年の戯曲『桜の園』の先駆をなす作品と言ってよい。また名作『いいなずけ』は、未来への希望を語るその内容は勿論、その書きぶりが戯曲のタッチと極似している。四大劇と読み比べると面白いと思う。
>
> （中央公論社版チェーホフ全集、第十一巻、四六四―四六五頁）

『知人の家で』は作家の祖国でも発表当時、殆ど評家の目に止まらず、論評の対象に成らなかった事情に照らして、日本でも昭和の中期ごろまで知られなかったということは理解できよう。それだけに、ガイドゥクのこの本格的な論考はロシアにとってだけでなく、諸外国のチェーホフ受容にとっても貴重な研究文献、資料、手引きになろう。

『知人の家で』論である「新しい生活形態への呼び掛け」を含むガイドゥクの著書『一八八七―一九〇四年に於けるチェーホフの作品』には「探求の道」という題目で「シベリアとサハリン」を副題とした論文も収録されている。この「探求の道」という題名はそれをこの本の書名にしてもよい、いやそうした方がよいと思われるほど、この本のキーワード的なものになっている。「東海道五十三次」と言うように、「次」には「しゅくば、ものみ」、「やどや、はたごや」などの他に「ばしょ、ところ(所、処、位置)」という語釈もある。(『字源』)そしてこの本は然るべき「ばしょ、ところ」に然るべき論文が配された論文集であり、確かな連続性と方向性を備えている。一つの「道行き」であるチェーホフのシベリア・サハリン行の研究題目を「探求の道」としたこと自体が著者の才覚と受止められよう。旅行という言葉が似つかわしくないこの事績を挟む時期に、作家の転機があったのか、なかったのかという問いを前にする時、「探求の道」と題するこの論考は、看過できない一等資料と言うことができる。しかもこの題目の「道」の原語は「ドローガ」であって「プーチ」でない、すなわち英語なら「コード」であって「ウェイ」ではない。そこには作家が「足で探った真理・真実」というニュアンスがあり、観念的・抽象的なものではないという思いが込められていよう。それはチェーホフの道筋にあるシベリアの学者ならではの発想とも受け取れる。今も、イルクーツクの街角には、その昔チェーホフが立寄った建物に記念の銘板がある。ガイドゥクは言わば作家の道行きを追体験するようにその事績の意味を問うのである。

一見、シベリア（・サハリン）のテーマは、作家の文学的遺産に、たとえば、彼の同時代人コロレンコにおけるほどには、顕著な痕跡を残さなかったように思われる。（ガイドゥク、前掲書、二二頁）

ガイドゥクは冒頭の肯定的断定を受けて、否定的譲歩をこのように続け、その具体例を挙げるなどして、それに続けて次のように書く。

だが、最近の研究が示すように、この旅行の意義は今言及した科学的・時評的、芸術的、書簡体の文書だけによって決定されるのではない。チェーホフが受けたシベリア・サハリンの印象で最も重要な結果は、作家の市民的成長であり、その結果として、一八九〇―一九〇〇年代の彼の作品に於いて時代の根本的な社会的・政治的、そして哲学的・倫理的問題を提起し解決する際に批判的かつ楽観的傾向が強まったことなのである。（同書、二二―二三頁）

ガイドゥクはこれを以て作家の転機であるとは言わないが、これをしも転機としないなら、そもそも人間に転機などあり得ないことになろう。前述のように、ドレフュス事件とゾラの一件についても著者はこれと同じ意味づけをしている。そしてこれらの他にもある作家の転機を念頭において、著者はチェーホフ文学の「進化」と受け止めている（同書、四六頁）。「進化」という概念は成長、成熟、発展などを認知せずには成り立たない。（経済）「発展段階説」をもう一度ここで引合いに出さなくても、作家や詩人など一般に芸術家を語る際には、「進化」の概念は欠かせない――ダーウィンの進化論とはひとまず切離すとしても。あるいはここで「進化」を成長や成熟と言い換えてもよい――ガイドゥクもそうしているように(同書、二二頁)。そもそも成長や成熟の概念なしには人間のことは何ひとつ語れないことは自明の理である。従ってチェーホフのサハリン行に関する「転機なし」派は、この自明の理に異を唱えていることを知らなければならない。幾何学にも公理というものがある。それを知れば、サハリン行の「謎」も氷解する筈である。

ガイドゥクの本の特徴は三編、四編といったチェーホフの作品群を創作年代を追って取上げ、そうした考察が自ずと創作における言わば「発展段階説」を証する趣を持つことにある。とはいえ、それらの段階は必ずしも階段状に連続しているのではなく、途切れたり、踊り場みたいになったりする。また本の各章を構成する論文は著者によって三連作、四連作と見られるチェーホフの作品として括られるが、そうした論法はチェーホフ文学の「進化」という持論の裏づけとして説得力を持つ。

この本は全八章から構成される小著であるが、その第四章「抗議と忍耐」は副題を「シベリア・サハリン物の四部作」としている。

『グーセフ』(一八九〇年)、『女房たち』(一八九一年)、『追放されて』(一八九二年)、『殺人』(一八九五年)はシベリア・サハリンの旅が作家にもたらした思念、印象、観察が直接反映された、独特の四部作である。(同書、三二頁)

これは別段珍しい見方ではないが、二つの点で一考に値する。

一つは、この章の注釈に「チェーホフの散文におけるシベリア・サハリンのテーマ」というN・ソボレフスカヤの論文が紹介されていることである。これを見れば、サハリンとシベリアを切離さずに一体化したものとして、作家の旅とその所産を受止めるのは、別してガイドゥクだけではないことが分かる。
もう一つは、それと深く関係することであるが、神西清編『シベリアの旅　他一篇』（岩波文庫、一九三四年）には標題作である『シベリアの旅』の他にガイドゥクらの言う「シベリア・サハリン物」が併録されているが、それが四編でなく三編に限られて、創作年代では四番目で最後の『殺人』が除外されていることである。「解題」にはその理由が次のように書かれている。

『殺人』は素材的にはサハリンの印象と極めて密接に結びつくものであるが、その間約五年の時日を経ているから、これに対するチェーホフの態度にも自ずから有機的変化あるべきも考慮して除外し、〔……〕

（『シベリアの旅　他三編』、岩波文庫、一八四頁）

四十四歳という短命に終わったチェーホフの創作人生において、五年という歳月の比重は確かに小さくない。だが年代的なことに発する「有機的な変化」を第一義的に考慮して、その作品を除外するという取捨の基準は、少し説得力に欠けると言わざるを得ない。そこには文庫版という限られた紙数ゆえの除外という、同情すべき事情もあったと思われるにせよ。
ただこの文庫版の解題では、「チェーホフの序説」（一九三〇年）などの先行する論考と違って、神西がチェーホフの「転機、危機、転身」を何らの留保もなく言い、「二期」に分かれる創作上における分かれ目を

「一八九七―九八年あたり」としていることは注目に値する。これはガイドゥクがドレフュス事件とゾラの一件によるチェーホフのもう一つの転機とする時期と合致する。チェーホフという作家自身が「進化」したように、神西という稀代の文人もそのチェーホフ論においてここに「進化」したのだと言えよう。五十四歳で一九五七年に他界した神西もチェーホフと同様に短命であったとは、現時点でこそ言えようが、夏目漱石も五十歳で一九一六年に世を去っている時代のことを思えば、必ずしも短命とは言えない。(一九二〇年代、日本人の平均寿命は四十数歳であったことが分かっている。)ついでながら、チェーホフ全集のもう一人の訳者である池田健太郎は、遺作となった『チェーホフの仕事部屋』を執筆中の昭和五四年に五十歳で急逝し、その短命が惜しまれた。筆者も同人であった『えうゐ――ロシアの思想・文学』、第八号、一九八〇年にたまたま池田の名著『「かもめ」評釈』の書評を執筆中だった渡辺哲也がその急逝を悼んでいる。その号には筆者の紀行「シベリアのチェーホフ」(一)が掲載され、その(二)が掲載された翌年の第九号はチェーホフ生誕百二十周年の記念特集号になっている。

一八九八年の夏、チェーホフは南仏ニースでの転地療養を終えて帰国し、元気旺盛でメリホヴォでの生活に移る。間もなく作家は『箱に入った男』、『すぐり』、『恋について』という短編小説を書くが、それは同じ主人公の獣医イワン・イワーヌィチ(と中学校の教師ブールキン)によって構成上は統一されるが、同時にそれぞれが恰もまったく独自の作品であるかのような様相を呈している。これはチェーホフの作家活動の中で唯一の事例である。名前と父称だけで呼ばれるこの主人公の獣医はチームシャ＝ギマライスキーというかなり珍妙な姓を持っていたが、不似合いでもあり、それで呼ばれることはなかった。その反対に、ブールキンの方は名前と父称ではなく、姓だけで呼ばれる。この三作品をガイドゥクは「何のために待つのか」という題目、「短い三部作」という副題で考察している。

第一作『箱に入った男』について。ここではブールキンの同僚ベーリコフが死ぬまでが描かれるが、彼こそは標題通りの人物であり、「自分を覆い隠そう、自分のために言わば箱を、彼を外部の影響から隔離し防御する箱を作ろうという」男である。そして「この男が、丸十五年のあいだ中学校全体をその手に握っていた……中学校どころでない、町全体がそうだったのだ」という。また「ベーリコフのような人間の影響で、ここ十年―十五年のあいだ町中が何かにつけてびくびくしはじめた」とも。だがガイドゥクは「ベーリコフのような人間を前にして恐れを抱き、従属し、我慢する社会の精神的背信、社会的受動性をチェーホフはきつく叱責し、非難せずに置かない」と書く。この小説を書いた一八九八年の一月、ニースで作家はドレフュス事件とゾラの一件を身近に経験して「ゾラという模範」に敬服したのだが、この小説を書く作者にはそれによる「進化」が継続していたことが分かると言えよう。

ブールキンの述懐の中には、ある意味で「古き良き時代」であった一昔前（一八七〇年代）の言わば「地の塩」であったツルゲーネフやシチェドリンのこと、その時代が去ってから十五年が経ったという思いが込められているが、それについてガイドゥクは書く。

十五年！　この数字は何と多くのことを物語っていることか！　その中には丸々一時代がある――八〇年代の当初から九十年代末までの――。それはチェーホフと彼の作品の最良の主人公たちが重苦しい思いで体験した時代であり、ベーリコフがその立派な主人公であった時代である。

ここでツルゲーネフとシチェドリンの名前が言及されるのは偶然でない。彼らは七〇年代の先進的インテリゲンチアに強い影響力を持った人たちであり、彼らの作品は反動の時代に往古の真実と正義の高い理想を想起させたのだが、彼らの遺訓は正にこの「箱に入った根性」の影響のもと、ベーリコフの輩によって殲滅される恐怖のもと、多くのインテリが喪失したり卑俗化したものなのである。

（ガイドゥク、前掲書、五七頁）

第二作『すぐり』について。イワンの弟ニコライは税務監督局の小役人であるが、お役所仕事に愛想をつかして田舎に引っ込もうという願望を募らせ、地主屋敷を買おうと空想し始める。兄弟は亡父の世襲領地だった田舎で伸び伸びと少年時代を送った、という。そうした考えに対して、作者の思想を代弁すると思しき兄のイワンは言う。

都会から去り、闘争や浮世の喧騒から逃げ出して自分の持村に引っ込む――これは生活じゃなくてエゴイズムだ、怠惰だ、一種の遁世、それも苦行なき遁世だ。人間に必要なのは、三アルシンの土地でも持村でもなく、地球全体なのです、人間が自分の自由な精神のあらゆる性質や特長を伸び伸びと発揮できる自然全体なのだ。

（中央公論社版チェーホフ全集、第十一巻、七五―七六頁）

このニコライはその二十年ほど前にガルシンが書いた『出会い』（一八七〇年）のクドリャショフの同類であり、暗にそれを非難するチェーホフもガルシンを思わせる。沈滞期のロシアは資本主義の波が押し寄せた時代でもあり、ガルシンがそうした祖国を「動物の王国」と難じたように、チェーホフもそれを容赦なく断罪する。弱肉強食による自然淘汰の勝ち組となった今成金のクドリャショフが得々として「畜生道」を歩み、その象徴のように豪邸に水族館をしつらえたように、同類のニコライの頭には常に「すぐり」がある。この時期のチェーホフの手紙などには「小市民」という言葉がちらほら見え、この「小三部作」の四年後にはゴーリキーが戯曲『小市民』(一九〇二年)を書く。チェーホフ全集で「ゴーリキー宛ての手紙」を読めば、この時期に二人が多分に意気投合していたことが分かる。二人の胸中には反「小市民根性」もあったことは想像に難くない。とはいえ、この小説のテーマがそれでないことは、主人公のイワン自身が「しかし問題は弟のことではなく、私自身のことなのだ」と言っている通りである。このことをガイドゥクは次のように書く。

だが、おそらく、この物語の一番大事で意外なことはチームシャ=ギマライスキーとすぐりの運命でさえもない——それは精々恰も何か新しいこと、最も大事な、最も重要なことへの進入路に過ぎないのかも知れない。〔……〕語り手の主人公イワン・イワーヌィチがこの話の一部始終をしたのは、弟の堕落を暴露するためではなく、むしろ彼自身の人生がもたらした、じっさい新しくて大胆な思想が最も説得的かつ熱列に広く知れ渡るためであると分かるのである。
(前掲書、六一頁)

そしてイワンのその思想は「小三部作」全体の題名である「何のために待つのか」という問いに至るのであるが、その答えはおいそれと見つからない。問いっ放しのようなこの問いに強いて答えを探せば、「もし人生に意義や目的があるとしたら、その意義や目的は、決して我々の幸福の中にはなくて、何かもっと賢明な、偉大なものの中にあるのだ。……」という件ぐらいであろう。だが「賢明、偉大……」の前に「何か」

がついていることから分かるように、この答えはまた新たな問いに繋がる。そしてこの「何か」（シトー・ニブーチ）が「何」であるかは分からない。そのまた答えは、ガイドゥクによれば、「小三部作」の第三作を待たねばならない。

第三作『恋について』について。『すぐり』という小説のテーマは「すぐり」ではない——前作という「羹（あつもの）に懲りてなますを吹く」習いで、第三作についても題名を額面通りに受け取る前に、思わず身構えてしまう。すなわち、これはその名の通りに恋愛小説でも恋物語でもないのではないか、と。事実、小説の始め近くには「恋というものは……」で始まる件があり、終わり近くにも「恋をする以上は……」に始まる件があって、知ったかぶりのお説教が聞かれる。そういう書き方を見た上で「……について」という題名を見直せば、身構えは一段と強まろう。そもそも『恋について』という題名は論文かエッセイにつけるものであり、小説や物語につければ興ざめになるか顰蹙（ひんしゅく）を買うのが通り相場であろう。先ずは訳者池田健太郎の解説を聞いてみよう。

一方、『恋について』は自伝的な作品と考えられる。チェーホフは十年前に人妻リヂヤ・アヴィーロワと知合って恋し、長年にわたって控えめな、深刻な、かなわぬ恋に苦悶するが、その苦悶の一端がこの作品に語られているのである。チェーホフの恋の顛末は、アヴィーロワが手記を残している。

（中央公論社版チェーホフ全集、第十一巻、四六八頁）

これは定めしチェーホフの恋愛体験記プラス恋愛論というものであろうか。恋愛論にしては短か過ぎて、スタンダードのそれなどの比ではない。体験記には成功や失敗から得た教訓が付き物であるが、それは含まれている。とはいえ、何とも分かりにくい教訓ではあるが。

ガイドゥクはこれとはだいぶ違った読み方をしている。かつてツルゲーネフは『アーシャ』という短編小説を書いたが、作者はその中でいかなる社会的問題にも関わりたいとは思わず、ある恋愛のまったく気が置けない恋愛物語に限定した。チェルヌイシェフスキーはこの作品について「逢引するロシア人」という論文を書き、社会的に積極的な新しい主人公を創造する必要性という問題を提起した。そしてその際、当時のロシア文学の主人公たち――貴族のインテリ――が決断力のある行動をする能力がないことを強調した。こうしたロシア文学史上の事実を踏まえてガイドゥクは次のように書く。

ツルゲーネフとは違い、チェルヌイシェフスキーと同様に、おそらくチェーホフは深く内密な物語に重要な社会的意味を付与したのだ。チェーホフの主人公が恋において不決断で挫折したことは、彼の性格が受動的で行動力に欠けることの証である。主人公に於けるこうした精神的・心理的性向がこの場合、社会的闘争において彼の位置を決定したのである。作家はもうはっきりと次のことを理解している――生活の中で能動的な、先進的な役割を果たすためには、別の、もっと決断力のある物の考え方をする人間、より高くてより自覚的な努力の人が必要なのである。

（ガイドゥク、前掲書、六四―六五頁）

この見解はサハリン以後、そしてニース以後のチェーホフが大小の転機を経て進化する中で育まれた世界観に照らして説得的である。しかもここで、第二作に関する問いで留保された答えも出されたことになり、「小三部作」の有機的構成が解明された訳である。
ただこれにはさしずめ異論も向けられずに居まい。『恋について』の邦訳者・池田は夙に事実上こうした理解への反発を露わにしている。

だが、チェーホフが悩んだのは、こうした社会悪ばかりであったろうか。社会悪に対する悩みを強調するのはソビエトのチェーホフ学である。これは国柄から止むを得ないことでもあろう。だが、チェーホフが悩んだ社会悪は、一層広い次元でチェーホフが悩んだ生——人生——の一局部でしかないのではなかろうか。『すぐり』、『往診中の一事件』、『職務の用事で』、未完の『もつれた償い』などには、人生そのものに対する共通の悩みがありありと語られている。この苦悩は、若き日以来何度も語られ、テーマにされた苦悩である。人生に対する長い懐疑——苦悩——と、晩年に及んでいよいよ鮮明になったヒューマニスティックな態度と、この両者がこの巻以後のチェーホフの作品に課される筈の宿題であった。この宿題は永遠に解かれざる運命を持っていた。一九〇四年、チェーホフが死んだからである。肺結核であった。（中央公論社版チェーホフ全集、第十一巻、四六六—四六七頁）

こう書く池田健太郎もまた志半ばで早世する運命であったことは、日本だけでなく世界のチェーホフ学にとって惜しまれることであった。

第五章

『サハリン島』、『シベリアの旅』、短編小説

天翔る文学的「タタール海峡大橋」

一路東進シベリア路

ロシア民謡「バイカル湖のほとり」は「豊かなるザバイカルの……」と歌い出されるが、その「ザバイカル」とは欧露から見た「バイカルの彼方」、いわゆる「バイカル以東」地方を指す言葉である。この歌の原題は「浮浪者」（「ブロヂャーガ」）であり、元の歌詞は懲役か流刑でおそらく金鉱採掘の労役を課されていた犯罪人が、出獄か脱獄をして、バイカル湖畔をさすらい、湖を船で渡りながら運命をかこつ……といった内容である。この名曲はチェーホフのサハリン行を映画化でもする際には、定めしその主題歌にぴったりの歌になろう。「豊かなる」と歌われるザバイカルの、広くはシベリアの、そして本書の「本命」サハリンのチェーホフは豊かな旅の土産を欧露に持ち帰った。その豊かさが見える地平に立たない、あるいは立てないところから、『サハリン島』は文学作品とは言えないとか、あるいは、「百年一日」のように、サハリン行は（永遠の？）謎であるなどという、末通らぬ議論が罷り通ることになる。

『サハリン島』と『シベリアの旅』はアカデミー版でも日本語版でも同一の巻に収録されている。アカデミー版は「ナウカ」出版所版（一九七八年）の第十四巻、第十五巻であるが、合本で一冊になっている。巻末のM・セミョーノワによる註解には、個々の注釈に先立って、序論が、先ず二つの作品の両方に亘って、次に二つの作品に対して書かれている。

日本語版は中央公論社版（一九六一年）の第十三巻であり、訳者は『サハリン島』は原卓也、『シベリアの旅』は神西清である。日本語版では訳者が二人であるためもあって、二つの作品を通観する総論的な解題や解説に欠けることになる。だが神西清は文庫版の『シベリアの旅』（ほか三編の流刑をテーマにした短編小説）に訳者による解題を付しているので、二人の解題と解説を読み合わせ、読み比べれば、二作の通観が一応できる訳である。

原卓也の解説で注目されるのは、『サハリン島』の文学的価値や意義が疑問視されがちである世評に反して、多分に肯定的な見方をしている点である。「文学的修飾なしに」と「一個の文学的作品としてみても」とが幾分か矛盾してはいるものの、この作品はその他の意義と共に文学的意義を有するという見解は、訳者なればこそのものである。問題の「動機」については、前述のように九人の説を列挙し、自説に近いものとして「何をなすべきかを極めようとした」という、ソ連のエルミーロフの説を買っているが、余り深いものとは言えまい。それより「要するに、作家としての彼自身や彼の創作活動と密接な関係を持っていたと考えられる」という訳者の実感めいた述懐の方が的を射ていると言えよう。

『サハリン島』のもう一人の邦訳者（岩波文庫、上下、一九五三年）である中村融は、上巻の巻頭に「解題」を、下巻の巻末に「サハリン旅行の目的」という題で解説を書いている。ここでは「目的」を「動機」と読み替えても差支えない。（訳者自身が上巻に「その動機、目的など」とも書いているので。）

中村が解題に最初に引用するのはチェーホフのスヴォーリン宛の手紙（一八九〇年三月二十二日付）であり、そこには「……私は今度の旅行が文学にも、科学にも大した寄与をなし得るとは思っていません」とある。また続いて引用される同日付シチェグロフ宛の手紙にも「……どうか小生のサハリン旅行に文学的な期待などお掛けにならぬように」とある。これらに照らせば、旅の最大の所産である『サハリン島』を偏に文学的見地からのみ批評、まして酷評するのは見当違いも甚だしい、ということである。

この少し前（同年一月二十日付）、M・ガールキン＝ヴラスキー宛の手紙（請願書）には、「科学的かつ文学的な目的をもって今春、東シベリア、と言ってもサハリン島の中部、南部へ出かける予定であり……」とあり、二月二十日ごろのスヴォーリン宛の手紙には、「地質学者も、気象学者も、民俗学者にもならねばならない」とあることを考え合わせれば、旅の動機や目的が第一義的に文学的なものではなかったことが分かり、『サハリン島』が文学性に欠けると批判し、目くじらを立てることがどんなに的外れで、「ないものねだり」であるかが分かる。（ついでながら、請願書は中央刑務局官房宛てのもので、チェーホフはその名宛人と面会もして、サハリンの懲役を調査する仕事に協力してくれるよう彼に頼んだものの、彼は何の援助もしなかった。のみならず、その誓願は裏目に出て、おそらくその名宛人の指示により沿アムール州総督がサハリンの関係部署の役人頭に秘密の指令を出し、チェーホフが政治犯の流刑人と接触することを許可しないように措置が取られたことが分かっている。）

本章の見出しに列挙した三つの構成要素はチェーホフのサハリン行の直接的な所産として不可分の一体を成すものである。それらを有機的に受け止めれば、一体の作品群はその構成要素が互いに他を照らし合って、それぞれが真の姿を現す筈である。そのことは『サハリン島』と文学の関係をめぐる積年の議論に終止符を打つことになろう。それは銘記するに値することである。

それにつけても想起されるのは、チェーホフの愛好家で『私のチェーホフ』という一書も成した佐々木基一のような一流の文芸評論家が『サハリン島』に文学としての根強い不満を表明していることである。

それにしても、いまだに私にとって謎なのは、これだけの大旅行をし、これだけの体験と見聞をしながら、サハリンに直接取材した小説が『グーセフ』以下数編にとどまっていることだ。なるほど監獄の島サハリン、囚人の植民地であるサハリンについて報告したチェーホフの記録『サハリン島』を、チェーホフの文学的所産と見なすことはできないではない。しかし、たとえばドストエフスキーの『死の家の記録』と比べると、やはり文学的な昇華は稀薄と言わなければならない。

（佐々木基一『私のチェーホフ』、一二〇頁、強調は引用者）

邦訳されたチェーホフの手紙は、その膨大な数（アカデミー版チェーホフ全集のうち十二巻は書簡編）の一部に過ぎないため、佐々木は前掲の手紙を読まなかったのかも知れない。しかし中村融の『サハリン島』は一九六五年に刊行されているので、それを読めば、評論家はその解題の冒頭に引用されたチェーホフの手紙を読んだ筈である。そしてそれを読めば、あのような疑問は難なく氷解した筈である。その上なぜ「謎」と言い続けるのか、不可解と言わざるを得ない。まして『サハリン島』には「地質学者、気象学者、民俗学者」（先に触れたスヴォーリン宛の手紙）など、科学者としてチェーホフが活動した成果が豊かに盛り込まれているからには。

とは言え、邦訳者が二人とも、この作品に流れる言わば通奏低音（原卓也）ないし伴奏（中村融）としての詩性（中村）や文学性（原）をその意義に数えていることを忘れてはならない。作家の作品としてそれなしにこの作品はその意義や価値の多くを失うからである。

中村融

そしてエトランゼとしてあり勝ちな筆誅が全く見られず、安価な先入観にも煩わされず、もっぱら周到な文献の裏付けによる克明な実地調査の自由な印象によって筆が進められている点にも、青年文学者チェーホフの高い矜持と澄んだ頭脳が偲ばれて好感が持てるし、更に、かすかな悲歌の伴奏となって終始全編に漂っている薫り高い彼の詩性が本書を退屈な一片の流刑地調査化することから救っていることも特記されてよいと思う。

（『サハリン島』上巻、岩波文庫、一三頁）

原卓也

この文章（『殺人』）に現れている通り、チェーホフは、調査を行う際に、囚人一人一人に「生きて行きたい」という祈りにも似た気持を、痛切に感じざるを得なかった。

彼のこの客観的、学術的な調査研究の底に流れているものは、他の諸作品に見られる、あの「失われ、傷つけられた人間の尊敬に対する憤り」であることは、言うまでもないだろう。だからこそ本書は、その社会的、思想的意義以外に、一個の文学作品としてみても、極めて密度の高い、すぐれたものとなっているのである。

（同書、四七〇―四七一頁）

『サハリン島』には「旅日記より」(中村融訳)、「旅のメモより」(原卓也訳)という副題が付いている。いずれにしても旅を基にしているので、この副題自体が『サハリン島』を『シベリアの旅』(直訳すれば『シベリアより』)に結びつけていることになる。まして作者の旅はシベリアの旅からサハリンの旅へと移ったものなので、二作を連作と見なせば、『シベリアの旅』はその第一部、そして『サハリン島』は第二部となる訳である。二作のこうした関係にも拘わらず、それらを一体とした見方より切離した見方の方が明らかに多いことが、チェーホフのサハリン行をいつまでも「謎」のままにしている大きな原因(元凶)の一つであるとも言えよう。

一体としての二作を通読して先ず気づくことは、一作から二作への橋渡しとも読める『シベリアの旅』の最終・第九節に書かれた、圧巻とも言える作家の自然観と自然描写である。そこでは東シベリアの密林帯(タイガ)の旅を通して、壮大かつ雄大な、言わば「タイガ讃歌」が綴られている。それはエニセイ河とバイカル湖の地を舞台にした「自然と人生」の記である。

密林帯の迫力と魅力は、亭亭と聳える巨木にあるのでもなく、底知れぬ静寂にあるのでもない。渡り鳥でもなければおそらく見渡せまい、その涯しなさにあるのだ。〔……〕一昼夜の後また丘に登って見渡すと、又しても同じ眺めだ。……道の行方には、とにかくアンガラ河がありイルクーツクがある筈と心得ている。だが道の両側に南と北へ連なっている森林の向こうには何があるのか、この森林の深さは何露里あるのかは、密林帯生まれの馭者も農夫も知らない。彼らの空想は私たちに比べて一層大胆である。その彼らですら、密林帯の奥行きを軽々に決めようとはせず、私たちの質問に答えて、「きりはないでさ」と言う。

（神西清訳）

「閑話休題」のようなこの章は、旅の目的地サハリンを前にして、「いざ本番」とばかり呼吸を整える旅人が一服しているようにも読めよう。

マリインスク（トムスクからイルクーツクに至る途中にある町）からチェーホフ家（妹マリア）に宛てた手紙（一八九〇年五月二十五日付）で作家は次のようにシベリアの自然描写をしている。

春が始まっています。野原は緑になり、木々は芽を出しています。郭公、いや鶯さえ鳴いています。今日は素晴らしい朝でしたが、十時には冷たい風が吹いて雨が降り出しました。トムスクまでは平原でしたが、トムスクを過ぎると森林、谷間などが始まりました。

（アカデミー版チェーホフ全集、書簡編、第四巻、九六頁）

『シベリアの旅』やシベリア便りは旅の苦労だけでなく、その醍醐味も伝えて豊かである。シベリアを横断してサハリン島を目指す苦難の旅路は、しかしながらチェーホフにこうした豊かなシベリアの大自然に開眼する恵みを贈りもした。同じような醍醐味をその八年前、一八八二年にヤクート州の流刑地へ向かうコロレンコが味わっている。

川岸の橇道を百露里ほど通過して、私たちはついに割目に下った（住民はレナ川沿いの道をそう呼んでいる）。

近くを山がちなレナ川の荒々しい岸辺が走っているのを眺めながら、私は荷橇の窓を引っ切りなしに擦った。山々はしばしば風が割目に運ぶ濃霧、本物の雲に覆われた。平野部の住人である私にはこの光景が峻厳で壮大な、とはいえ驚くほど美しいものに思われた。私は丸々幾日もそれから目を離すことができず、時には夜中にも窓外に目をやり、暗くて巨大な岩の上空を月が飛ぶように走るのを眺めやった。

（V・G・コロレンコ『我が同時代人の思い出』、第三―四巻、レニングラード、「文学」出版、一九七六年、二二三頁。

（第四部「ヤクート州」、第一節「レナ川に沿って」））


「シベリア街道」という名こそあれ、十九世紀末でも実態は「来る勿かれ」という「勿来（なこそ）の道」である、言わば「道なき道」を行くコロレンコやチェーホフには、ドン・キホーテよろしく未踏の大地に敢然と挑んだ勇者の面影がある。コロレンコはロシアの英雄叙事詩に登場する勇士「ボガトィリ」の風貌を讃えている。「配所の月」と言うが、ヤクート州という、これまた最果ての僻遠の地へ赴く道行きで、政治犯である流刑人の著者コロレンコが仰いだ、言わば「配所への月」は、一種異様な月明かりで読者の胸を打つ。その回想録の第四部「ヤクート州」の第一節は「レナ川に沿って」であり、続く第二節「私が見たレナ川沿岸の幻影」にはウラル山脈のペルミ地方とバイカル湖のイルクーツク地方を行く著者の想像力を掻き立てた「自然と人生」の記が読まれるが、そこには一八八二年という年号が明記されている。そして第三節には「デカブリストの養い子――エヴゲニヤ・アレクサンドロワ」が続き、テーマが徐々に「自然と人生」から「自然と社会」へと移る趣が感じられる。

一八八一年と言えばいわゆる「三月一日の事件」、すなわち「民衆の意志」派によって皇帝アレクサンドル二世が暗殺された事件の年である。そしてコロレンコの「ヤクート下り」はその翌年のことであり、回想記の第四部は始めからその事件と作家の関わりを包み隠さず記している。そして作家はその事件を「大いなる悲劇」、おそらく、「全ロシアの悲劇」であると書いている。それ以前に既に流刑の辛酸を嘗めていた作家は、その事件を受けて政府が課した、すべての政治犯は新しい皇帝への忠誠を宣誓するべしという要求を拒否して、その処罰措置としてヤクート州への流刑に処される。言わば「確信犯」として作家は「新たな流刑」を選択した訳である。そこに浮かび上がるコロレンコの人物像は筋金入りのロシア・インテリゲンチア、正真正銘の「反骨ロシア文人」、紛れもない「骨太の系譜」であろう。チェーホフが流刑地サハリン島行きを思い立つに当たり、言わばベテラン流刑囚である先輩作家コロレンコの存在が持った意味は弥(いや)が上にも大きいと言わねばなるまい。

『サハリン島——旅日記より』と短編小説

中村融訳の『サハリン島』は、今ほど触れたように、副題を「旅日記より」としている。その伝で行けば、『サハリン島』とサハリン行に関わりの深い四つの短編小説『グーセフ』、『女房たち』、『追放されて』、『殺人』を考察するに当たっては、「チェーホフの旅日記と小説」という総称的なテーマを掲げることができる。前述のように、『ロシアの文学・思想』という分野を副題として明記した同人誌『えうゐ』はその第二十二号(一九九一年)に「作家の日記・作家の手紙」という特集を組んだ。筆者はそこに「『作家の日記』と作家の小説」を題目とし、「『罪と罰』と『白痴』」を副題として一論を寄稿した。それを踏まえれば、今ここでする考察はチェーホフ版『作家の日記』と作家の小説」となる訳である。

サハリン土産の第一作『グーセフ』（一八九〇年）は作家がシンガポールに向かう帰路、二人の死体が海中に投げ捨てられるのを目撃して、セイロン島でその稿を起こしたとされる。訳者の神西清は、解題の中で、「その末尾には「コロンボ、十一月十二日」と記されて、彼がこの島に寄港した時に想を得ていることを示している」と書き、言わば着想という現象を述べるだけで、その本質には目を向けていない。だが執筆に至る主要な刺激は、作家がサハリン行から持ち帰った印象や資料と思想であることが今では知られている。『サハリン島』の第六章「エゴールの物語」には、作家が島で知り合った実在の懲役囚エゴール（エフレイモフ）が登場するが、グーセフの面影はその人物像と一致するのである。作家は帰国後、折しもこの小説に着手した頃、やはり島で知り合った官吏から「エゴールの物語」を送られて、それを活用したことも分かっている。それに依れば、エゴールは冤罪と読み取れる殺人罪でサハリン流刑に処され、オデッサ経由でサハリンのアレクサンドロフスクへ船で護送される。

『グーセフ』は主人公がやはり船で祖国、そして故郷へ向かうという筋立てであるが、作家の帰路も海路であったので、小説で作者は主人公の船旅と自身のそれを綯い合わせている訳である。「エゴールの物語」には徒刑生活の様子も書かれているので、一編は主人公の流刑前、流刑中、流刑後を簡潔に描いて、サハリン流刑に関わる敗残者たちの悲惨な運命を伝えている。チェーホフの「シベリア土産」の第一作はたちまち江湖の話題作となった。早くもここで「日記」と「小説」の結びつきはこんなにも密接である。それは「事実と小説」の間に架かる曰く言い難い橋であり、「詩と真実」をめぐる就かず離れずの関係でもある。もし今ここに言う「日記」と「小説」の関係が、サハリン土産の四小説についてだけに限られず、総じてサハリン以後の後期小説についても検証されるなら、サハリン行と『サハリン島』が持つ意義と価値は弥増さるものになろう。ましてそのことが戯曲を含む総体としての後期作品についても言えるとしたら。

ここに言う「日記」と「小説」の関係について、原卓也は、「日記」では「懲役囚たちの心理の奥にまで立ち至ることを避け、ありのままの事実だけを、文学的な修飾なしに、読者の前に提示し、〔……〕同じ囚人が芸術作品〔「小説」〕の中で扱われると、次のような形で描かれる……」（原卓也訳『サハリン島』、四七〇頁。強調は引用者）として、『殺人』を例に挙げている。懲役囚を描写するに当たって、作家は「日記」（『サハリン島』）では外面から、「小説」（四短編）では内面から、を手法の基本として使い分けている訳である。『サハリン島』を文学性が稀薄だなどと言って非難する向きは、逆にそうしたチェーホフの作意を読み取っていないという批判を甘んじて受けなければなるまい。

『シベリアの旅』と短編小説

『シベリアの旅』には『サハリン島』にまさって「旅日記より」という副題がふさわしい（あるいは原卓也訳による「旅のメモより」という副題が）。それゆえ、当然のこと、ここでも「日記」と「小説」の関係は密接なものとして関係づけられよう。

四短編小説の第三作『フ・ススィルケ』は『追放されて』と『流刑地にて』という二つの邦訳題名があるが、前者を題名にすれば書き手の視点が主人公たちの内面からとなるのに対して、後者を題名にすればその外面からとなることを考えれば（相対的にではあるが）、「日記」でなくて「小説」の題名としては前者、『流刑にされて』が当を得ていよう。

アカデミー版チェーホフ全集・作品集第八巻は『追放されて』という小説を『シベリアの旅』及び手紙とつぶさに突合せて考察し、綿密に註解している。すなわち、そこではずばり「日記」（および手紙）と「小説」を不可分の一体と見る研究という手法が駆使されていることが分かる。

こうした手紙やルポルタージュに、私たちは後に小説『追放されて』に見られる特徴をもった人々を見いだす。それは追放された「不埒者」ら、喧嘩好きな渡し守の百姓ら、タタール人らである。道中を通してチェーホフは小説の三人目の主人公である地主のヴァシーリー・セルゲーイチに似た、追放された知識人に出会った。サハリンも大きな材料をもたらした——流刑囚たちの中でチェーホフはタタール人も、官吏も、貴族も、農民もといった、未来の作品のあらゆる主人公たちに出会ったのである。おそらく、セミョーン・トルコヴォイの人物像には老いたサハリンの渡し守である懲役人のクラシーヴイ（『サハリン島』、第四章）の特徴が使われていよう。

「神様に腹を立てることなんざ何もないさ、人生はいいもんだよ。神に栄あれ！」というように、彼は自分の境遇にすっかり満足しているのだ。このクラシーヴイと同様に、トルコヴォイは二十二年も服役中なのである。

（アカデミー版チェーホフ全集、作品編、第八巻、四四一頁）

ここには『追放されて』に照らして『シベリアの旅』が浮かび上がる様が説得的に考察されている。「小説」に照らして、もう一つの「（旅）日記」であるルポルタージュ『シベリアの旅』が浮上する訳である。

シベリアのチェーホフ（上）——欧露と亜露

シベリアのチェーホフは旅のチェーホフである。この旅の所産である『シベリアの旅』は独立した旅行記であるが、このシベリアの旅そのものは独立した旅ではなくて、サハリンへの旅の途上を成すに過ぎなかった。『シベリアの旅』が通常『サハリン島』に並置されて考察されるのもそれ故である。『サハリン島』と『シベリアの旅』とを直接の所産としたチェーホフの旅は普通サハリン旅行と呼ばれる。旅は普通その目的地の名を以て旅の名とされるからして、サハリン旅行というこの呼称も取り立てて異とするには及ばないものではあろう。

だがその一方でこの呼称はこの旅の全容を表象する上で必ずしも相応しいものではない側面を持っている。共に「オーチェルク」（スケッチ、ルポルタージュ）というジャンルが当てられる『サハリン島』と『シベリアの旅』という旅の土産の二作品に象徴されるように、この旅はその実シベリア・サハリンの旅という呼称がより相応しい内実の旅であった。このことは旅の直接の所産であるこの二作品からも察知されることではあるが、旅そのものからは一層実感的に認識されることである。目的地サハリンでの滞在が三カ月であったにほぼ等しく、途中の欧亜ロシア横断の旅程も三カ月になんなんとするものであった。大陸横断と島内滞在との比は、目的地と通過地との比は、時間的にはこのようにほぼ相拮抗するものであったが、空間的にはそれは文字通り大陸と島嶼との比であり、線と点との比でさえあった。

では内容的にはその比はどのようなものであったろうか。旅の土産の二作品を比べれば、『サハリン島』はその規模に於いて確かに『シベリアの旅』を凌駕している。だがこの旅のもう一つの大きな、そして一層直接的な所産である旅先からの書簡はその規模に於いて逆にシベリアからのものがサハリンからのものを圧倒している。そしてシベリアからの数多い通信は殊玉の書簡文学として、また優れた紀行文学として旅行記『シベリアの旅』に並び立つ文学性を見せているが、そのことはよく指摘される通りである。「道中からのチェーホフの書簡は内容に於けるように文体や言葉に於いても旅の通信文、印象記のめざましい模範である。」（A・B・エーシン『ジャーナリストとしてのチェーホフ』、モスクワ、モスクワ大学出版、一九七七年、四一頁）

偶々この書物が出版された年である一九七七年の一夏を、筆者はバイカル湖のほとりなるシベリアの古都イルクーツクに送る機会を得た。その折、その地のシベリアっ子が世代り久しい今以て、チェーホフの「シベリア書簡」を愛でいつくしみつつ、そのシベリアを誇りにしていることを知るにつけ、そしてまたチェーホフが逗留した建物が、その日々のままに町の目抜き通りであるカール・マルクス通りに立ち長らえているのを見るにつけ、筆者は「シベリアのチェーホフ」というテーマがそぞろ心頭に立つことを覚えた。そして今筆者は、その「シベリアのチェーホフ」には未だ付度（そんたく）されざる心事があり、未だ開明されざる意味があるのではないかという思いを新たにしている。「サハリンのチェーホフ」にはいくつかの動機があり明瞭な目的があった。だが「シベリアのチェーホフ」にはそれに並ぶ程の動機もなければ目的もなかった。それでいながら、結果に於いては「シベリアのチェーホフ」には「サハリンのチェーホフ」と殆ど互角と言ってよい意味があり内容があった。動機・目的と結果との間の一種のこの乖離には、なにがしかチェーホフのこの一挙を見る目を洗わずにいないものがある。これらを考え合せると、チェーホフのこの旅はその実「シベリア・サハリンの旅」であったとの感を誰しも深くするのではなかろうか。これは自明のようでありながら、少しく超剋されるべき自明と言わねばならないものであろう。なぜならば旅にあっては、人生にあってと同様に、目的と過程とは未分、不可分のものであり、その区別は往々にして画然としないものだからである。沉してチェーホフのこの旅は、コロンブスの西インド諸島への航海に於けるアメリカ大陸の発見ほどではないにしても、結果的にはその旅の過程での「シベリアの発見」が極めて大きな意味を持った旅であったからである。チェーホフのこの旅に於いては旅の目的の地サハリンでの成果はさることながら、旅の過程の地シベリアでの成果も甚だ大きなものとなった。ここは過程と目的とを巡るドストエフスキーの世界観や人生観が自ずと想起される所である。

*

ドストエフスキーは『白痴』の「我が欠くべからざる釈明」の中でイッポリートをして言わば人生論に於ける不完了体の思想を展開させている。「事は生活の中に、生活の中のみにある——絶えず永久にそれを発見して行くこと〔〈открывание〉＝不完了体動詞からの名詞〕にあって、発見〔〈открытие〉＝完了体動詞からの名詞）にあるのではない！」この命題の好個の例証としてイッポリートはコロンブスのアメリカ発見を取り、コロンブスが幸福であったのはアメリカを発見した（〈открыл〉＝完了体）時ではなくて、発見しつつあった（〈открывал〉＝不完了体）時であると断言する。のみならず彼は一歩を進めて、その発見の過程の最も困難な時が最も幸福な時であったと主張して止まない。「彼が失敗したとしても、ここでは事は新世界にあるのではない。コロンブスは殆どそれを見ずに、そして本質に於いては自分が何を発見したのかを知らずに死んだのだ。」人生に於ける不完了と完了とについての、過程と結果（或いは結果を見込む目的）についての、これは深い洞察と言うべきであろう。コロンブスの卵という挿話は人間の盲点を突いた一種意味深い話であるが、コロンブスの挙措の中にこのような人生観を読み取ることは一層意味深いことであろう。言う迄もなくここには明らかに誇張がある。不完了と過程とにのみ人生の意味を見て、完了と結果（或いは結果に至る目的）にはその意味を見ないとすれば、それはその逆の場合同様の誤謬であるとは、誰しもの直ちに反論する所であろう。だが近代・現代の人間がそのどちらの誤謬に陥り易いかを思う時、ドストエフスキーのこうした誇張の意味にもまた頷けるというものではなかろうか。不完了の世界、過程の世界というものは往々にして見えざる世界であり隠れた世界である。それは一般に人間の盲点とも言い得るものなのであろうが、時代の進行につれてその度合が強まって、近代・現代に於いてはそれは由々しき盲点とまでなっている観を呈している。周知のように分業による大量生産という産業革命の思想は生産性の向上という完了・結果の視点からは進歩であったが、労働の部分化による人間の疎外という不完了・過程の視点からは退歩であった。現代の状況がこの産業革命の延長上にあるという認識に立てば、不完了と完了という言語上の対比によって展開されるドストエフスキーのこの人生論議は、素朴ながら現代にとって深重な意味を持っている筈である。

*

チェーホフの旅はその目的の地サハリンに於けるが如く、その途上の地シベリアに於いても豊かなものであった。この旅はその一半を成す程の往路のシベリアの旅の豊かさ故に、シベリアの旅にしてサハリンの旅であったという趣を呈している。シベリア・サハリンの旅という呼称が相応しいこの旅は、時に一つの旅の顔を見せ、時に二つの旅の相貌を呈する。その旅の一なりしや二なりしやの思案に後世をいざなう旅とはそもそも何という旅であったのか。折しもこの旅の何なりしやの再考を迫るかの如くに、そしてまたこの旅の一なりしや二なりしやの熟考を促すかの如くに、一九八〇年、モスクワ・ナウカ出版からチェーホフ全集の一冊が配本された。すなわち一と二との微妙なあはひにあるチェーホフのこの挙措の趣はソビエト連邦科学アカデミーによって刊行されたチェーホフ三十巻全集（作品編十八巻、書簡編十二巻）の構成にもその一端を見せている。

この全集の作品編の第十四・第十五巻は一冊本で『シベリアの旅』と『サハリン島』とを収めている。この両作品が全集中の一冊本に収録されることにはもとより何らの異とすべきものもない。だがこの二作品が収録された一冊本に十四—十五という二つの巻名が併記されていることには多少の異を見ない訳には行かない。二巻の一冊本という一とも二ともつかぬ構成こそは、一なりしや二なりしやという、「シベリアとサハリン」のチェーホフへの問いを改めて新鮮にするものではなかろうか。思うに二巻の一冊本というこの構成は、ただこの一冊が全集の各巻の平均頁数を大幅に超過したという量的な事情だけのことではあるまい。蓋し両作品を一冊本に併録する時のその一冊の意味の深重さ、内容の大きさという質的な事情がその一冊に二巻の巻名を併記させたというのではなかろうか。『シベリアの旅』はその規模に於いては確かに『サハリン島』の比ではないが、その文学性に於いては前者は後者に決して劣るものではない。加えて両作品に対応する書簡を併読してシベリアの旅とサハリンの旅とに総合的な把握の視線を向ける時は、シベリアのチェーホフがサハリンのチェーホフに勝るとも劣るものでないことが知られて来る筈である。この旅の呼称に「シベリア・サハリンの旅」が望まれるとする所以である。エーシンの前掲書は、この旅のシベリア部分を然るべく評価する記述を欠かない数少いチェーホフ研究文献の一つのように見受けられる。この本の中にシベリアとサハリンとを並置した記述を拾えば次のようなものがある。

> シベリア、サハリンのテーマはチェーホフにばかりでなく他の諸作家にも増々頻繁に生まれている。例えば、レスコフは『あらゆる若い作家はペテルブルグからウスリー地区への、シベリアへの勤務に出て行かねばならない』と考えた。（三九頁）

> 子供の不幸のテーマはシベリアとサハリンとについてのスケッチの中で軽少ならざる位置を占めていた。だがこれらの最初のスケッチ風の描写は、一八八七年に於ける近親者への幾つかの描写同様に、スケッチのジャンルでチェーホフが首尾よく仕事をする可能性を慎ましく表明したものだったのであり、彼がそれを完全に実現することが出来たのはやっとシベリアとサハリンへの旅の時であったのだ。（五二頁）

これらはこの挙措を考察する際のサハリン偏重という誤謬を免れた数少い卓論の一例と言えるものであろう。『サハリン島』の内容に重なるものが既に『シベリアの旅』の中にある。『シベリアの旅』の第七章はロシアに於ける死刑の実質的存在ということを終身刑の考察から論証している。これはやがて『サハリン島』の主な内容の一つを成すものである。両作品に跨るチェーホフのこの問題への関わりをエーシンは次のように促えている。

チェーホフのこの関心を知っていれば、刑の終身性についての問題が旅行記『シベリアの旅』の中でも『サハリン島』の本の中でも幅広く反映していることに我々は驚かないであろう。スケッチ『シベリアの旅』の第七章で作家は、それを以て死刑の代りとしているすべての最高の懲罰刑は、刑事上であれ矯正上であれ、些も死刑より軽いものではない。刑の終身性、懲役、または流刑は、より良いものへの希望が不可能であるという、人間の中で「市民が永久に死んだ」という意識を生む。〔……〕サハリンについての本の中で著者は一度ならずこの問題に立ち返っている。（三七頁）

このようにスケッチ『サハリン島』はスケッチ『シベリアの旅』に始まる内容を持っている。このような内容上の大きな連関を有する二作品が、スケッチ（あるいはルポルタージュ）という同一の形式で創作されていることは偶然でない。そこには単に両作品が共に旅の所産であったということ以上の深い必然性が伺える。

シベリアのチェーホフがサハリンのチェーホフに連続しているように、作品『シベリアの旅』が作品『サハリン島』に連続している訳である。作品に於いて『シベリアの旅』が『サハリン島』に不可欠であるように、旅そのものに於いてもシベリアの旅がサハリンの旅に不可欠であった。ここの事情をもまたエーシンの前掲書は見事に説き明かしている。

旅行の経路の選択に於いて最小とは言えない役割を演じたのは新しい印象によって記憶を豊かにしたいという願望であり、自分の祖国を見、研究し、自分の国民の生活を知ると同時に国民に役に立ちたいという願望であった。また「如何にして二十五―三十年前に我らがロシヤの人々が、サハリンを研究しながら、そのために人間を崇拝することが出来るような功績を挙げたか」について物語ることであった。――それはあらゆる真剣な作家やジャーナリストにとってまったく理解し得るべき志向である。他ならぬこのことがチェーホフをして当時の条件では非常に困難な経路を選ばせたのであり、その経路沿いの旅行は健康と生命の危険に結びついていて、功績に似たものなのであった。（三八頁）

シベリアなしには、この危険もなかった代りにこの功績もなかった。正に「虎穴に入らずんば虎児を得ず」である。それは可能性としても結果としてもその通りであった。サハリンまでの一万キロの道程（みちのり）なしには、就中その大半を占めるシベリアの道程（みちのり）なしには、チェーホフのこの挙措はこれだけの意味を持つものとはならなかったであろう。そのことには疑念の余地がない。それには『シベリアの旅』を欠いた『サハリン島』を思えば足り、シベリア書簡を欠いたサハリン書簡を思えば足りる。チェーホフのサハリンへの旅をそれ自体として豊かにし、かつその所産として豊かにしたものはその途上なるシベリアの旅であった。ここにはロシアの奥行としてのシベリアの存在感が厳として迫り来る。ロシアの奥行であるシベリアはロシア文学の奥行でもある。チェーホフのこの旅はシベリアがロシアの奥行であることの文学的例証として好個なものとなった。祖国の奥行を文学の奥行に繋いだ作家は、真に民族の文人の名に相応しい。

この意味でチェーホフのシベリア・サハリンの旅は、我らが松尾芭蕉の陸奥(みちのく)の旅に比せられるものと言えよう。旅の土産の二作品、分けても『シベリアの旅』はロシア版『奥の細道』として表象される上で無理からぬ内実を備えている。「人生は旅なり」とは人口に膾炙(かいしゃ)した言葉である。我らが芭蕉は「月日は百代(はくたい)の過客(くわかく)にして行(ゆ)きかふ年も又旅人也」と「冒頭」のそのまた冒頭にそれを記した。続いて「舟の上に生涯をうかべ馬の口とらえて老をむかふる者は日々旅にして旅を栖(すみか)とす。古人も多く旅に死せるあり」と書いた近世日本のこの大詩人は「旅に病んで夢は枯野をかけ廻(めぐ)る」という辞世を残して逝(い)った。旅としての人生を生きた詩人の面目がここに遺憾なく発揮されている。

一方チェーホフもまた旅の文人の資質を多分に有していた。E・Z・バラバーノヴィチの論文「チェーホフの生活より」(『モスクワの労働者』出版、一九七六年)には「全世界を経巡らんものを!」という章題の一章がある。「サハリンへの旅の前夜」という章の前章である。そこにはチェーホフの旅人の資質を端的に伺わせる記述の幾つかを拾うことが出来る。

一八八七年の四月—五月にチェーホフは南への小旅行をした。彼はタガンローグを訪れ、ドネツ丘陵地にあるラゴージン峡谷の小村を訪れ、エカチェリースラフスカヤ県の僻遠の地に住んでいた知り合い

の文学者を訪った。（二二九頁）

一八八八年の六月に作家は一層遠い旅をした。彼はこの旅について次のように物語った。「私はクリミヤ、ノーヴィ・アトス、スフミ、バトゥミ、ティフリスへ行った……印象が非常に新らしく鮮烈なので、遭遇したすべてが私には夢に思われて自分が信じられません。果てしない限りの海、コーカサスの岸辺、山、山、山、ユーカリ、茶の木、滝、〔……〕を見ました。」〔……〕（二三〇頁）

これらの実行された旅の他に、チェーホフには実行されなかった旅も幾つかあった。大きな旅行計画の中にはバクーからカスピ海を経て中央アジア、ブハラ、ペルシャへ越えるものがあった。更にまた国内旅行だけでなく国外旅行のことも長いあいだ夢想していた。「私に余分な二百—三百ルーブルがあったら……私は全世界を経巡ったものを！」の述懐はその折のことである。ゴンチャロフの『フレガート・パルラダ』が青春時代のチェーホフの愛読書であったということも、チェーホフの旅の資質を裏付ける大きな材料であろう。バラバーノヴィチは、一八八六年にチェーホフが「今すぐ楽しくどこか世界周航のような旅に出掛けたいものだ」と語った時には、彼は巡洋艦「バルラダ」でのゴンチャロフの著名な航海のことを多分思い出していたのだろうとしている。チェーホフのサハリンへの旅の前にはこのような数々の大きな旅があり、或いはある筈だった。当初多くの人々に唐突と映り、今なおそのような見方が後を断たないチェーホフのサハリンへの旅は、このような背景に於いて考察される時その疑義が氷解する筈である。旅の資質があり旅の実績がある所には飛躍的な旅もあり得て何ら不自然でない。チェーホフに突然変異は似合わない。

まわりの人々にとって全く予想外であったチェーホフのサハリンの旅は、芸術家の内的発展の、彼の社会的自覚の成長であり、理にかなった結果なのであった。

（二三四頁）

十全なその前夜を持ったチェーホフの旅はその出立の日から実り豊かなものとなった。『シベリアから』（邦訳『シベリアの旅』）を待たずシベリアまでの旅路の便りに早くも捨て難い文学性が仄見えている。『サハリン島』が『シベリアの旅』を得て調和的であるように、『シベリアの旅』は「シベリア書簡」を得て調和的である。そしてそのシベリアからの旅路の便りはシベリアまでの旅路の便りと切り離せない。旅の二つの作品が不可分であるように、旅の数多の書簡も不可分である。それはこの旅の全一性、この挙措の一貫性を物語る事実と言えるものであろう。

旅路に入っての第一信、ヴォルガで「ネフスキイ」号の船上の人となったチェーホフの手紙は早くも「母なる大河（マーチ・レカー）」の懐に抱かれた感興を伝えている。

> ヴォルガは仲々よい。水に浸る原野、日光に浸る修道院、白い教会。驚くべき広がり。どこを見ても、至る所、座して釣を始めるのに相応しい。

（書簡808「チェーホフ家へ」一八九〇年四月二十三日。以下、番号は前掲アカデミー版チェーホフ全集、書簡編、全十二巻の整理番号）

ここを読む者は出発する直前の経路変更の件が記された書簡を想起する。

次の手紙はヴォルガから受取るでしょう、ヴォルガはとても素晴しいという話です。ヴォルガを能う限り味得する為に、私はわざとニージニイにではなくてヤロスラブリに行くのです。

（書簡805「スヴォーリンへ」、四月十八日、モスクワ）

人は早くもここにチェーホフのこの企図が有する内なる自然のモチーフを読み取れる筈である。この旅の前々夜、すなわちバラバーノヴィチの前掲書に見ればその第十章の記述には「自然」（〈природа〉）なる一語が極立って数多い。次の第十一章「サハリンへの旅の前夜」が言う迄もなくサハリンのチェーホフに直結するのに対して、この第十章「全世界を経巡らんものを！」はこの一事からしてもシベリアのチェーホフに連結すると考えるに相応しいものであろう。サハリン島にはロシアの社会の極地があり、シベリア大陸にはロシアの自然の極致があった。蓋しこの一挙に於けるチェーホフの認識の表層にはサハリンがあったが、意識の深層にはシベリアがあったと言えるのではなかろうか。さればこその『シベリアの旅』であり、シベリアからの殊玉の書簡でなければ、それらは余りにも出来過ぎていると言わねばなるまい。「自然との接触はチェーホフにとって創作の労働や人々との接触と同様に欠く能わざるものであった。」（バラバーノヴィチ、前掲書、二二五頁）この一文はチェーホフのシベリア・サハリンの旅の本質を深々と抉る一文ではなかろうか。

数日後のエカテリンブルク（現在のスヴェルドロフスク）からの書簡はいよいよ欧亜の境界に差し掛った感慨を伝えている。

私は今エカテリンブルクで座っています。私の右足はヨーロッパにあり、左足はアジアにあります。天気は、穏かな言い方をしても、嫌悪を催させます……いやはや、私の生活は何と変ったものでしょう！

（書簡812「オボロンスキイへ」、四月二十九日、エカテリンブルグ）

チェーホフはこのあたりでは寒暖が激変する土地の気候に対しても、「額の広い、頬骨の高い」周囲のアジア人に対しても不興をかこっている旅人である。欧露を脱するまでのこうした行程は感情の起伏が激しい、印象の濃淡が多い、そして意味の振幅が大きいこの旅の前奏曲として前途を占うに足るものであろう。筆者は先年ハバロフスクからノヴォシビルスクまでをシベリア鉄道で渡り、そこからモスクワまでをアエロフロート機で飛んだ折、飛行機が給油する都合でこのスヴェルドロフスク空港に予想外に降り立つ機会を得た。今にして思えばそこもチェーホフゆかりの地だった訳であるが、欧亜ロシアの境界の町らしく、荒涼とした東部ロシアの佇(たたず)まいの中にも西部ロシアの気味が残る土地柄であった。

シベリアまでの旅の便りもこのように興味薄いものではないが、チェーホフの感興の高鳴りを乗せた便りは何と言っても〝ウラルを越えて〟西シベリアの平原に踏み入る頃からである。月も変って出発から二週間目の五月七日付の手紙は、チュメーニを越えた春未だ来ぬイルトゥイシの河畔からである。

私はどこへ落ち込んだのだろう？　私はどこにいるのだろう？　あたりは荒野と哀愁。見えるものとては棵で陰気なイルトゥイシの岸辺……。〔……〕イルトゥイシのなだらかな岸辺は水面より一アルシン

〔七十センチ程〕だけ高い。それは粘度質で、裸で、浸食されていて、見た所つるつるしている……。濁った水……。白い波が粘土に打寄せているが、イルトゥイシ自体は吼えもざわめきもせず、何か奇妙な音を立てているが、それは恰も水の下で棺桶を叩いているようです……。あなたはよくボジャロフの淵を夢に見たそうですが、今度は私がイルトゥイシを夢に見ることでしょう……。

（書簡816「キセリョーワへ」、五月七日、イルトゥイシの岸辺で）

ドストエフスキーの川であったイルトゥイシが四十年後の今ここにチェーホフの川となる。求めずしてシベリアの人となったドストエフスキーと、求めてシベリアに赴いたチェーホフとの違いをよそに、両者のイルトゥイシのほとりでの物思いは何と相通じていることであろうか。そこには一世界を後にして来た者が別世界への戸口に佇んで二つの世界に思いを馳せる趣がある。読む者の感じる、そこからする一種言い難く豊かで床しい感懐は、両世界を望み見るその展望の大きさから来るものであろう。荒蕪の地と豊かなる精神と。イルトゥイシと二人の巨匠との「出会い」はこのような現象となった。荒涼の極みが豊饒を生む。この大いなる逆説こそはロシア文学でなかろうか。ロシアの音楽もまた然り、ロシアの美術もまた然り。荒涼の中の豊饒――かくしてそれは総じてロシアそのものの謂となるに至る。

こうして私は夜分、イルトゥイシの湖中に立つ小屋の中に座って、全身にじめじめした湿気を感じ、心には孤独を感じながら、私のイルトゥイシが棺桶を叩き、風が吼えるのを聞いては、自分に問うているのです。私はどこにいるのか？　何故に私はここにいるのか？――と。

（同）

シベリアのラスコーリニコフもこのような心境に傾いて行った。イルトゥイシのほとりなるチェーホフは「罪と罰」のエピローグの、そのまた大詰のラスコーリニコフに何と似通っていることであろうか。深々と自らが「何処に」と問われ、「何故に」と問われる川辺にあのドストエフスキーは立ち、このチェーホフは立ったのであった。光薄く地味やせた風土の、これはなんというほのぼのとした心豊かな光景であろうか。原初の自然が根源の問いを誘う。またここには『シベリアの旅』の冒頭が自ずと想起される。「——シベリアはどうしてこう寒いのかね？ ——神様の思し召しでさ——御者が答える。」〈отчего〉（何故に）という問いに〈Богу〉（神には）と答えて一編は書き出しとなる。問いが極まり答が窮する。神が引き合いに出されずには収拾がつかないような世界である「シベリアの記」の書き出しとして、この問答は全編に木霊する。冒頭には続いて作者自らが後にして来たヨーロッパのロシア（欧露）とは一種世界を異にするアジアのロシア（亜露）が対比的に素描される。シベリアの早春を写した甘美な書き出しである。

シベリア街道。チェーホフの写真コレクションから。1890年。（『肖像，挿絵，文献に見るチェーホフ』より）

然り、はや五月ともなれば、ロシアでは森は緑と化し鶯が歌い、南部ではもうとっくにアカシヤやライラックが咲いている。

なのにここチュメーニからトムスクに至る道沿いでは、地肌は渋色をし森は裸で、湖には艶のない氷が張り、岸辺や谷間にはまだ雪が残っている。……。（『シベリアの旅』、神西清訳。中公全集、第十三巻、昭和三六年）

欧露があり亜露がある『シベリアの旅』の冒頭はそれ自体がここにまた一なりや二なりやというロシアへの問いを喚起する。一を問うこの問いは作者自らに向けられた「何処に」という、「何故に」というあの問いの如くに読む者に湧き出でる。欧露があり亜露があるこの作品世界はヨーロッパがありアジアがあるロシアの世界さながらに広大である。『シベリアの旅』は単なるシベリアの記にあらずして、シベリアを包むロシアの記と言うに相応しい内実の書である。『サハリン島』が単なるサハリンの記にあらずして、シベリア・サハリンを包むロシアの記であることとそれは相通じている。イルトゥイシのほとりからキセリョーワへ宛てたチェーホフの前掲書簡は五月七日付になっている。『シベリアの旅』の第一、第二章の末尾には五月八日の日付が打たれている。シベリアに春まだ浅く、チェーホフの旅も猶まだ浅い。

シベリアのチェーホフ（下）――ロシアの陸奥（みちのく）

シベリアの春は遅い。それは遅いロシアの春より猶遅い。シベリアと言いロシアと言えば二つの国のように響いて異を感じるのも無理からぬことであるが、あの広大な露国の版図に於いては異は異のままで異を失うのもまたことわりというものである。チェーホフも『シベリアの旅』の中で、また『サハリン島』の中で、はたまた旅路からの書簡の中で、シベリアとロシアとを恰も二つの国であるかの如くに、少くとも二つの世界としては自明なものとして随所に対照させている。

> ここの彼ら〔＝シベリアの知識人〕の生活は退屈だ。ロシヤの自然に親しんだ彼らには、シベリヤのそれは単調で、貧相で、鈍重なものに見える。
>
> （『シベリアの旅』七、神西清訳、強調は引用者）

長時間、注意深く耳を傾けてみると分かるが、なんとまあ、ここ〔＝アムール地方〕の生活はロシヤか

ら遠く隔たっていることだろう！（『サハリン島』、原卓也訳、強調は引用者）

シベリアがロシアから遠いように、シベリアの春もロシアの春からまた遠い。一九八〇年の春、目下の主題には誂え向きに、筆者はロシアからシベリアへと、駆け足ではあったが晩冬早春の大陸の旅をする機会に恵まれた。チェーホフが発った四月二十一日に先立つこと二十日ほどの三月末日のこと、日本では彼岸も過ぎて春たけなわのこの頃でも、ロシアは雪と氷の一面に置く冬の最中であるのが常態と、頭で知ってはいても、身を以って痛いまでにそれを知ることはまた別のこととなる。況(ま)していつになく冬が長引いて厳然と居座っていると言われたその年のこの時期は、まだまだ春は時折その微かな気配を見せるのみであってみれば、ロシアに春まだ遠く、シベリアに春猶遠しの思いはひとしおの道理である。南寄りのキエフでさえ滞在の数日間は雪の降りしきる、ドニエプル川も雪にその姿を消すほどの弥生(やよい)のつごもり頃だったので、シベリアの冬将軍はさぞやという案の定、レニングラード―イルクーツク便の中継都市スヴェルドロフスクに降り立った三月三十一日の夜半には、寒天にウラルの月が冴えて「凍りつくようなくにざかい」という歌の文句のような「国境の町」（歌の題名）の佇(たたず)まいである。スヴェルドロフスク（旧エカテリンブルク）。ザウラリエ（ウラルの彼方、ウラル以東）のこの町からチェーホフは四月二十九日付で二通の手紙を残している。

十八ルーブルのシャツの代りをするのはここでは舗道を覆う雪です。温暖には厳寒が取って代わる。（書簡812「オボロンスキイへ」）

概して雨、泥濘、寒さ……ブルルル！
戸外には雪……

（書簡813「チェーホフ家へ」）

四月も末日のことである。シベリアの西玄関の町、欧亜両ロシアの境界のこの旧都ですら、この時期のこの冬景色である。追々道の奥に、シベリアの奥地に分け入っては、チェーホフにとって春の中の冬は、早春の晩冬は如何ばかりであったかと案じられた。莫大な欧亜大陸をその領土とするロシアでは、気候は緯度によってのみならずまた経度によっても大きく変化する。また緯度による気温の変化といえども緯度に反比例するのでないことは、その折に自身でキエフとレニングラードを一週間程の内に動いてみての体験知であった。気候上のこのような予想外の相違や変化は気候の変り目の春先や秋口などに著しいと考えられるので、三月末から四月末に掛けた冬から春への過渡期の季節にロシアを東西かつ南北に移動する旅が出来たのは、その度の主題の上からは恰好の機会であったかと思われる。キエフの雪とレニングラードの雨が象徴的であったように、南北二千キロを隔てて南が寒くて北が暖いという常識外の晩冬も珍らしくない由。経度に関しては冬期には西よりは東が、欧露よりは亜露の方が一段と寒いことは、一般にシベリアの寒さということでも知られているが、それはサハリン島への「旅のチェーホフ」が身につまされたことでもある。

イルクーツク大学付属の中央図書館で見た稀覯本（きこうぼん）に『ロシア――我等が祖国の地理学的記述の全集』がある。これは二十世紀初頭の一九〇〇年代にペテルブルグで出版され、ロシア帝国地理学協会副総裁のP・P・セミョーノフ＝チャン・シャンスキー他一名の共同指導とその子息V・P・セミョーノフ＝チャン・シャンスキーの編集に成るものである。この父親の方のチャン・シャンスキーは一九六四年に出版された『同時代人の回想するドストエフスキー』の第一巻に収録されたシベリア時代におけるドストエフスキーの回想の著者でもある。「チャン・シャン」は「天山」山脈に由来し、姓名から中央アジア人であることが分かる。その全集の一冊である第十六巻「西シベリア」(一九〇七年)には目下観察中のチェーホフの通過地、滞在地である西シベリアの気候を欧露や欧州のそれと自然地理学的に比較考察した記述があって興味深い。それによると平均年間気温はトボリスク県の中心でマイナス二度から零度、バラバ(現在のパラビンスク地区)でマイナス一度からプラス一度、トムスク県の中心でマイナス二度から零度であり、気候の厳しさでそれに相等しい地域はヨーロッパ・ロシアの最北東でのみ見出さねばならない。一方西シベリアの凍土地帯の北部では平均年間気温がマイナス一四度になって、気候では専らシベリアだけのものであり、この点でそれに相当する所はヨーロッパ大陸には見出せない。この原因を同書では次のように説明している。

暖流を持つ大西洋から遠く離れていること、北氷洋の冷たくて乾燥した風を北から防ぐものがないこと、北氷洋及び南西の風の湿気を吸収する南部の乾燥した草原(ステップ)が隣接していること——これらのすべてが一緒になって、この地方〔=西シベリア〕が緯度に於いてはそれに対応するヨーロッパ・ロシア及び西ヨーロッパの地域よりも寒くて大陸性の気候を持つ条件を成しているのである。

(『ロシア、我らが祖国の地理学的総記』、卓上および携帯用の書物、V・P・セミョーノフ=チャン・シャンスキー監修、第十六巻、西シベリア、サンクトペテルブルグ、「A・F・デヴリエフ」出版、一九〇七年。第一部「自然」、第二章「気候」、八七頁)

これが『シベリアの旅』に書かれた冒頭の問答に対する科学的な説明である。医学を収めて自然科学にも携わることの浅くなかったチェーホフがそれを知らなかったというのではないが、知識と体験とはまた別物であった訳である。

一九八〇年の旅で筆者は四月一日にイルクーツクに到着して数日問そこに滞在し、〝ロシア〟に比してシベリアの寒気が格段に峻烈で、厳冬ここにあり、シベリアの冬ここにありの感を深めた。見渡す限りに凍結してその上に一行の自動車を楽々と乗せてどこまでも走らせ、微動だにせぬバイカル湖は何というシベリアの冬の壮観であろうか。四月に入った晩冬でそんな冬景色なので、真冬のシベリアはさぞかし想像を絶する類の寒気であり、景観であるものと思われる。後年、筆者はヤクート（サハ）共和国のネリュングリでそれを凌駕する冬景色を体験するのだが。

数日後シベリアの地を後にして再び欧露に入り、モスクワを経てキエフより更に南のロストフ・ナ・ドヌー地方を訪れた頃は、四月も中旬に掛かり始めていたこともあって、さすがに南露は春めいていた。ところが四月末に帰国し、イルクーツクで再会してお世話になった知友に手紙を出したところ、更にそれから一カ月も過ぎた五月十三日付の返信に、今度は去りやらぬ春（＝中々来ぬ夏）を嘆くくだりを目にして、シベリアの気候に改めて驚かされた。「当地では春がどうしても私達に別れを告げてくれません。みんな夏を待っているのに、夏は来てくれません。」ここで春を冬と、そして夏を春と読み変えると、日本人の季節感に丁度合うことになる。シベリアに春が居座っているということは、日本でなら冬が居座っているということに等しい。この目に真冬と映じた三月から四月に掛けての時期でさえロシア人の目には既に春なのであった。筆者が冬と呼んだ彼地の四月が、シベリアっ子に「これは冬でなくて春だ」と言い直されたことが想起される。

イルクーツク。1890 年代の写真。(『肖像，挿絵，文献に見るチェーホフ』より)

シベリアに夏が来ないということは、日本人の感覚では春が来ないと言うに近い。冬と春との区別がしかと定かでない彼地で待望されるのは、春でなくて夏となる訳である。冬が厳しかった年の長引く春。春の行かぬを嘆ずる便りは五月も終らんとする頃のものである。春が冬のように感じられ、夏が春のように感じられる年。冬が長引き、その延長で春も長引く年。そんな春には不意に冬が舞い戻ることも多い筈。イルクーツクでは平年でも五月迄は雪が降り残り、九月にはもう雪が降り出すと聞くので、冬が長引き夏が仲々来ない年には春秋の雪もひとしおのことと推察される。ここではかつてフィンランドのケッコネン大統領が「我が国では夏は雪が少ない」と言ったことがなるほどと頷くことができる。

一九八〇年のロシアはそのような年の一つであったが、今から百三十年ほど前にチェーホフがシベリアの旅をした一八九〇年がどのような年であったかはちょっと知るに由なしである。けれどもチェーホフのシベリア書簡からすると、その年も春が遅く、夏も遅い年であったように思われる。五月十四日付クラースヌイ・ヤールからのチェーホフ家への手紙は、五月も半ばというのに春未だ来ぬ西シベリアの気候風土を伝えている。

シベリア平原は、見た所、丁度エカテリンブルクから始まって、どこで終るか分からない。ここかしこで行き当たる小規模な白樺の林がなく、頬を撫でる冷たい風がないとすれば、シベリア平原は我らが南ロシアの草原（ステップ）によく似ていると僕は言うことでしょう。春は未だ始まっていません。緑とてはなく、森は裸で、雪が溶け切っていません。湖には光沢のない氷が張っています。聖ニコライの日の五月九日に霜が降り、今日十四日には雪が六センチほど降りました。春を告げているのは鴨だけです。〔……〕夕方になると水溜りや道が凍り始め、夜は全くの厳寒で、毛皮の冬外套を着たい程です……。ブルルル！泥濘が凸起に変わるのでがたがた揺れます。魂がひっくり返りそうです……。明け方になると寒さと振動と錫の音とでひどく疲労し、暖かさと寝床が無性に恋しくなります。

（書簡818「チェーホフ家へ」。強調は引用者）

『シベリアの旅』の中にも同様の記述を拾うに難くない。その第六章には同じく六センチも地面を覆った雪のことが書かれ、「それが五月十四日のことである！」と感嘆符をつけた括弧内の付記が見られる。四月の末にモスクワを発ってやがて一カ月になろうとするその頃、チェーホフは冬を追い掛けるようにして西シベリアを行く。南ロシアのアゾフ海に面したタガンローグの町に生い立ったチェーホフにとっては、初めてのシベリアの春が冬と映り、早春が晩冬と映ったとて、それは無理からぬことである。

　チェーホフのこうした感懐は日本人が早春のシベリア路で感じるものと随分近いものであろうことは、その折りのシベリアの旅でした筆者自身の体験からも十分に推し測れる。筆者は未だ冬行かず未だ春来らずの思いを深くしてイルクーツクを後にし、それから一週間と経たない四月十日過ぎに、ロストフからタガンローグ及びノヴォ・チェルカッスクなどの南ロシア地方を訪れた。南露のこの地にはさすがに冬は面影ばかりで、雪もなく風もなく、ロストフのドン川は悠々と流れ、チェーホフの故郷タガンローグの町並には春雨がそぼ降って、作家の生家をも十一年間の学び舎だった旧ギムナジウム（中学校）をも濡らしていた。そこは、南露で温暖の地とはいえ、それは飽く迄も露国の中での比較的の話であり、温帯の国との比較となるとまた別の話となる。アゾフ海は緯度を辿れば北緯四五度から四七度に位置し、日本の最北端である北海道の宗谷岬よりなお北にあってほぼ南樺太の地に当たり、アゾフ海の北面にあるタガンローグは樺太のユジノサハリンスクとほぼ等緯度にある。このことからして南ロシアの暖かさというのは日本でなら北海道の寒さと同義語として受け取らねばならない類のものであることが分かる。即ち思うべきは南ロシアの暖かさではなくて、シベリアの寒さであることが分かる。寒さでは南ロシアといえども日本の北端より厳しい。冬期には凍結するアゾフ海のほとりにあるタガンローグの町の、インクも凍るというその寒さの程は、チェーホフの同時代人の回想集に収められた長兄アレクサンドル・チェーホフの想い出の記「チェーホフの少年時代」に如実に描かれている。（池田健太郎編「チェーホフの思い出」中央公論社版チェーホフ全集、別巻）

ロシアは広くシベリアは猶広いように、ロシアは寒くシベリアは猶寒い。露国の気候風土のこうした大きな振幅は外国人にとってはおろか、ロシア人であるチェーホフにとっても体験に際しては一驚に値する大きな振幅であった。ドストエフスキーはイワン・カラマーゾフをして「（ロシアの）人間の心の振幅は狭めたい程に大きい」と言わせたが、チェーホフはそのシベリアの旅からロシアの自然の振幅もまた縮めたい程に大きいことを観察し体験したのであった。「ロシアとヨーロッパ」というテーマは十九世紀のロシア文学の、いやロシアそのものの一大主題であったが、「ロシアとシベリア」というテーマもまたロシアとロシア文学の（もう一つの）大いなる主題であったことを『死の家の記録』のドストエフスキーが、そして『シベリアの旅』のチェーホフが闡明した訳である。

欧露を過ぎウラルを越えて西シベリアの平原に踏み入ったチェーホフが、欧露と亜露との、ロシアとシベリアとの違いを発見して行くのは独り気候や風土についてだけではない。シベリアに於けるチェーホフの発見は、シベリアの自然にあり、シベリアの人間にあった。大いなる自然の発見があり、大いなる人間の発見があった旅がチェーホフのシベリアの旅であった。シベリアのチェーホフがシベリアのドストエフスキーに通じる所以がそこにはある。

概して民衆はここでは立派で、善良で、素晴らしい伝統を持っています。

(書簡818「チェーホフ家へ」、五月十四日、ヤール村から)

あるいは、タタール人についてもあなた方に書きましょうか？　承知致しました。彼らの数はここでは多くはありません。立派な人達です。カザン県では牧師さえもが彼らのことを良く言っていますが、シベリアでは彼等は『ロシア人より立派』です——ロシア人達の面前で代表委員がこんな風に私に言いましたが、そのロシア人たちは黙ってそれを認めていました。本当にまあ、ロシアには何と立派な人々が多いのでしょう！　もしもシベリアから夏を奪い取る寒さがなかったとしたら、もしも農民や流刑人を堕落させる官吏連が居なかったとしたら、シベリアはまたと無い富める、幸福な土地であったでしょうに。

(書簡818「チェーホフ家へ」、五月十六日、トムスクから)

この手紙は十三頁余りの浩瀚なもので、『シベリアの旅』（全九節）の補遺としても十分に味読できよう。『シベリアの旅』とシベリア書簡は随所に対応の箇所を見せているが、五月十四日付のヤール村からの手紙には民衆の美しき伝統への言及と対応する記述が、五月九日の日付を持つ『シベリアの旅』の第三章に読まれる。

何と良い人々だろう！　私がお茶を飲んでサーシャのことを聞いている間、私の荷物は外にあって積まれたままになっている。それが盗まれはしないだろうかという問いに対して、ほほえみながら私に答える。――ここじゃ一体誰が盗むものかね？　当地では夜だって盗まれはしませんよ。――実際、通行人が何かを盗まれたという話は〔シベリア〕街道沿いのどこにも聞かれません。この点に関してここの風習は素晴らしく、伝統は善良です。

（『シベリアの旅』三）

ここには「何と良い人々だろう！」に始まるひとくだりを引用したが、エルミーロフは同じ章のこの一句に終るくだりを引いて、シベリアの習俗の美しさを称（たた）えるチェーホフの感嘆に言及している。

チェーホフが物語っているのは若い百姓女とその夫のことである。夫婦はある通り掛かりの町人女の赤ん坊をしばらくの間自分達の所で暮すようにと引き取ったのであるが、夫婦は母親が彼等からその子を連れ去って了うことを恐れる程に、その子に慣れ親しんだのだった。おかみさんは涙ながらにその可能性のことを語り、その旦那の方も同様にその子が惜しいのだった、「けれども彼は男なので、彼にはそのことを自ら認めることが気詰まりなのであった」。「何と良い人々なのだろう！」――チェーホフは彼には似つかわしくない、自分の感情のそのようにも開けっ広げな表情を抑制することが出来なかった。そして妹への手紙の中で彼は叫んでいる。「本当にまあ、ロシアには良い人々が何と多いことか。」

（V・V・エルミーロフ『A・P・チェーホフ』、モスクワ、「ソビエトの作家」出版、一九五四年、二二三―二二四頁）

妹への手紙の中でチェーホフは「ロシア」と書いて「シベリア」とは書かなかった。だがこの場合の「ロシア」は『シベリアの旅』やシベリア書簡に頻出する用法のあの「ロシア」ではない。これは文字通りのロシアである。即ちそれはシベリアをも含めたロシアの意味に使われている。換言すれば、「ロシア」の本来の意味が「シベリアのチェーホフ」に於いては往々にして例外的な意味となっているのである。ところでこの手紙に読まれる「ロシア」という用法は、即ち「ロシア」の本来的な意味に用いられたこの文脈に於ける「ロシア」の用法は、翻って目下の主題という見地からは注目に値する用法となる。なぜならそれは、シベリアの発見がチェーホフに於いてはロシアの発見であったことを巧まずして表現しているからである。「祖国へのチェーホフの感覚は拡大した」とエルミーロフは前掲書のサハリン旅行の章（第十六章）「遠い道」に書いている。今チェーホフの旅をシベリアとサハリンとに、通過地と目的地とに、そして過程と結果（目的）とに分ける時、エルミーロフのこの認識はシベリアに関して、通過地に関して、そして過程に関して為されていることが分かる。このような把握を記述する時のエルミーロフの目は『サハリン島』の方にではなくて『シベリアの旅』の方に注がれている。次の引用の中の「シベリアの」という、また『シベリアの旅』という両方の箇所は注目に値しよう。

道中のあらゆる困難にも拘わらず、アントン・パーヴロヴィチは元気横溢していた。風景の力強い美しさを楽しみながら、彼はアムール川に添って千露里以上も通過したのであった。祖国への彼の感覚は拡大した。彼は辛くもあり嬉しくもあった。彼は多くの乱暴なことや苦しいことを見、役人達の粗暴な我儘に憤慨した。けれども当時のシベリアの条件の中で苦労する毎日の英雄的精神を持った農夫やロシアの庶民に対する彼の観察は――明るく嬉し気である。旅行記『シベリアの旅』の中で彼は農夫との会話を特筆しているが、その農夫は彼に言う……

（同書。強調は引用者）

続いて、農夫に語らせたシベリアと真実というくだりを、読者は作家チェーホフの言葉として聞くことが出来よう。

人間は馬とは違う。凡その言い方をすれば、わっしらのシベリアの全地に渡って真実というものはない。もし何かの真実があったとしても、それはもうとっくに凍りついてしまったのだ。だからして人間はこの真実を探さなければならないのだ。

（『シベリアの旅』五。強調は引用者）

ここは逆に「シベリア」を「ロシア」と読み変えた方が作者の意図が一層はっきりする箇所の一つでもある。蓋しチェーホフは真実を求めてサハリン島への旅に赴いたのであり、そのシベリアの旅も真実一路の旅であったからである。ロシアの真実を求めてこそ、チェーホフはシベリアに行きサハリンに行ったのであった。(「探究の道」―ガイドック)モスクワのみではロシアがないように、モスクワのみではロシアの真実もない。思えばそのことはチェーホフのサハリン行の動機を解明すべき重要な一事であり、作家自身が漏らした射程の長い一言でもあった。それはサハリン行の翌年、一八九一年の十月十九日付のスヴォーリンに宛てた手紙の次に引くひとくだりにある。

ああ、友よ、何と退屈なのだろう！　もし私が医者であるなら、私には病人と病院とが必要だ。もし私が文学者であるなら、私にはマーラヤ・ドミトロフカにマングースと一緒に住むのではなくて、民衆の間に住むことが必要だ。社会的・政治的生活の僅かなりと、ほんの僅かなりとが必要だ。だが四壁の中で自然なしに、人々なしに、祖国なしに、健康・食欲なしにするこの生活は――これは生活ではなく、何かの……であってそれ以上ではない。(書簡1024、モスクワ)

シベリア・サハリン行の前後からチェーホフの精神的要求は一段とその強さを増す。自然の偉大さへの嘆賞が増し、社会の真実への希求が増す。シベリア・サハリンの旅そのものがこの要求によってもたらされ、その所産としての諸作品がまたこの希求によってもたらされた。自然と人生と。風土と人間と。シベリア・サハリンのチェーホフという主題はいついずこなりと変らない普遍的なこの主題の深まりに他ならない。自然や風土が主題の一半を形成するかの如くに作中に高揚して行く様は『シベリアの旅』と『サハリン島』との両作品に共通し、更に同じくこの旅の直接の所産と目されている『グーセフ』他の一連の小説群にも共通する。勿論それらのどれ一つの作品を取っても、人間という、人生という主題が一半という以上に、過半と言っても猶足りぬ程に、常に中心にある訳ではあるが、そこでは人間という、人生という主題の深化に呼応するように自然という、風土という主題もまた高揚するのである。『シベリアの旅』に於けるこの両方の主題の共存と自然・風土の主題の高揚とは既述の通りであるが、『サハリン島』に於けるこの二主題の共存ということはどうであろうか。そこでは人間（社会）・人生の主題が主柱を成していることは言う迄もないので、自然・風土の主題の存在が共存と言い得る水準で立論されれば事足りることになる。それに対してはアカデミー版チェーホフ全集に同伴して刊行された研究論文集『チェーホフの仕事場にて』（モスクワ、「ナウカ」出版、一九七四年）に収録されている一つの論文が所を得る。それはV・B・カターエフの『『サハリン島』及び物語『グーセフ』に於ける作者」という論文である。カターエフは流刑島を知って以来チェーホフの世界観と創作原理とに変化が生じたという見解に立ち、『サハリン島』と『グーセフ』の中には次の時期に作家の創作を特徴づける新しい特性が形成されたと書き出している。この論文はチェーホフのサハリン旅行に関係した論文としては前掲エルミーロフの本の第十六章「遠い道」などと並んでソ連時代の出色の労作と思われるが、その結末に掛けての二つの指摘が今は注目される。一方は、『グーセフ』の結末に於ける作者直接の言葉であり、そこでは「活動を始める二つの力があり、その一つは死の冷淡であり、もう一つは自然の偉大さである」ということが指摘されている。そこに於いてカターエフの結語はチェーホフの結語に重なり、自然の偉大さを浮上させる結果となっている。

『グーセフ』という物語は自然の偉大さと美しさとに対する観察をして記述を終えているが、そこにチェーホフは懲役のような恐怖がある、同じ地上に於ける人生の為の精神的な力を汲むのである。

（カターエフ、前掲書）

他方は、この二つの力の中からやはり自然の偉大の方を取り出して、『サハリン島』の中にも同じ記述を見出せるという指摘である。

私達が最も頻繁に行ったのは、谷間の上方のジョニキエル岬の上に高々と立っている灯台である……。高く登る程に呼吸が自由になる。海は広がり、牢獄とも、懲役とも、流刑植民地とも何の共通点も持たない考えが徐々に浮かんで来る、そしてここに於いては下界では暮しが何と退屈で困難であるかを意識するだけである……。海と美しい峡谷とを眼界に置く山の上では、そんなものは総て、実際その通りである如くに、この上なく俗悪で粗暴なものになって来る。（同書）

この二つの指摘は、シベリア・サハリンの旅のチェーホフには、その旅の前後を通して、またその旅の所産としての諸作品――『シベリアの旅』、『サハリン島』、『グーセフ』、『追放されて』等々――を通して、自然・風土という主題と人間・人生という主題が共存するということが共通し、しかも高揚された水準で共存するということが共通している。少なくともそれらはそうした立論に道を拓くものである。カターエフは更にこの二つの主題――自然と人生という主題――が先ず以て『シベリアの旅』に於いて発現したことを忘れずに指摘している。

既に『シベリアの旅』という手記の中でチェーホフは書いた。「松林の近くで背中に背嚢と薬罐を背負った逃亡者がのろのろと歩いて行く。巨大な大密林と比べては、彼の悪業も、苦悩も、そして彼自身さえも、何と小さな、些細なものに思われることであろう。彼がここの大密林で姿を消してしまおうと、そのことには蚊が死ぬことと同様に何の不思議なことも、何の恐ろしいこともありはしないだろう。」

(同書)

「サハリン物」という総称が可能なチェーホフの一連の作品の中では『シベリアの旅』が最も早く、作者がまだシベリアにありサハリンにあった一八九〇年の六月、七月、八月に発表された。次いで『グーセフ』で、これは作者がまだサハリンから、〝祖国〟(カターエフの記述)への帰路にある内に起稿され、その年一八九〇年の内に発表された。この年のこれら二つの作品から一八九三年に発表が開始される『サハリン島』までには三年の歳月が流れている。その三年の間に『女房たち』(一八九一年)、『追放されて』(同)、『六号室』(同)等が発表される。これらの創作年代を見ても『シベリアの旅』は一連の「サハリン物」に魁ていることがわかる。年代的にも内容的にも『シベリアの旅』は『サハリン島』の序曲たるにふさわしいのみならず、一連の「サハリン物」の序曲としての位置を占めるものである。一方旅そのものに於いては、シベリアの旅はサハリンの旅の序曲以上であったと言えるものであろう。作品に於いて『シベリアの旅』が『サハリン島』他に魁ているように、旅そのものに於いてもシベリアの旅はサハリンの旅に魁ている。それは単に時間的・空間的意味の魁なのではない。時間・空間を超えたより深い意味に於いて、言わば哲学的・文学的意味に於いて、「シベリアのチェーホフ」は「サハリンのチェーホフ」の魁なのである。

第六章

骨太の系譜——反骨ロシア文人の群像

ラジーシチェフ

チェーホフのサハリン行やシベリアの旅はラジーシチェフの『ペテルブルグからモスクワへの旅』を想起させる。これは帝政ロシアの暗部を抉り出した画期的な本である。思えば百年越しに謎とされてきたチェーホフの旅もそれに似通った動機や目的に動かされていた。ラジーシチェフ（一七四九―一八〇二年）はプーシキンのほぼ一世代前の人であり、大詩人はこの人が自決して果てる三年前に生まれている。二人は入れ替わるように現世に生きた訳である。だがそのプーシキンも天寿を全うすることなく、決闘でこの世を去る。その後継者と見なされたレールモントフも同じく決闘で他界する。トルストイのように長生きしたロシアの作家や詩人は稀であるが、そのトルストイの最後も出奔と客死であることを思えば、ロシアの文人や思想家は死神に取りつかれているような感を禁じ得ない。そう言えば、四十四歳で他界したチェーホフ自身も短命であった。「佳人薄命」のならいは漢字文化圏だけに限らない訳である。

それはさておき、言わば「二都間の旅」を著したラジーシチェフと『サハリン島』を書いたチェーホフは何かしら通じる所があるように思われる。ある意味で二人はそれぞれの問題作ゆえに寿命を縮めたとも考えられるので。二〇一七年五月、北海道(立)文学館が開催する記念行事の一環として、スタッフなど六人がユジノサハリンスクのチェーホフ文学館を訪問した際、同行した北海道新聞の記者による同紙の記事には、最近チェーホフのサハリン行の動機として新説が紹介されたことが書かれている。

サハリン州郷土博物館長のチェムール・ミロマーノフさんにも、チェーホフの旅の動機については持論がある。チェーホフがサハリンで最初に上陸した西海岸のアレクサンドロフスク・サハリンスキーの博物館長を長く務めた縁で手紙を子細に調べた結果、「彼はサハリン出発前、友人の印刷所で一冊の本を目にした。」それは帝政ロシア期の思想家ラジーシチェフが一七九〇年に書いた『ペテルブルグからモスクワへの旅』である。体制批判が強いため発禁処分となり、著者がシベリアの流刑地に送られた、曰くつきの一冊。チェーホフは復刻されようとしていたこの本のゲラ刷りを、「自分のサハリンの旅に置き換えて読んだのでは」。(北海道新聞、二〇一七年六月二十一日)

『ペテルブルグからモスクワへの旅』には著者の同窓・同僚の友人だったA・クトゥーゾフへの献辞が認(したた)められているが、その事実上の書出しはそぞろにダンテの神曲(地獄編)の書出しへの連想を誘う。

私は身辺を見回した——すると私の心は人類の苦しみに傷つき始めた。まなこを自身の内面に向けてみた——そして人間の不幸は人間から生じる、しかも往々にしてただ人間が彼を取巻く対象を直視しないことから生じることを見て取った。

（ラジーシチェフ『ペテルブルグからモスクワへの旅』、サンクトペテルブルグ、「ナウカ」出版、一九九二年、六頁）

われ正路を失ひ、人生の羇旅（きりょ）半ばに当たりて、とある暗き林の中にありき
ああ荒れあらび、分け入り難きこの林の様、語ることいかに難きかな、
恐れを追思に新たにし、
痛みを与ふること死に劣らじ、されど我がかしこに享（う）けし幸（さいはひ）をあげつらはんため、
わがかしこに見し事を語らん

（ダンテ『神曲――地獄編――』（上）山内丙三郎訳、岩波書店、一九五二年、一三頁）

『神曲』の背景には中世イタリアの政治情勢があることが知られている。『ペテルブルグからモスクワへの旅』も帝政ロシアの政治を見据えた問題の一書である。国と時代を異にするとは言え、また韻文と散文の違いこそあれ、「政治と文学」の見地からしてもこの二作は好個の一対を成す世界文学の古典的名著であると言うことができよう。

ドブロリューボフは祖国ロシアを敢えて「闇の王国」と呼んで、同名の文芸評論を書いたが、その「闇の王国」の闇を闇のままにしておけない文人や思想家の系譜を筆者は「骨太の系譜」と名づけて本章の見出しにもしている。ラジーシチェフもチェーホフもその骨太の系譜に連なることには議論の余地がない。ラジーシチェフはライプチヒ大学に留学して医学、自然科学、文学などを学び、ディドロやヴォルテールなどのフ

ランス啓蒙思想の影響を受けて、帰国後には折から起こったプガチョフの乱に深い関心を示したという。そこには言わば往年の「造反有理」という思想を読み取ることができよう。またそれなくしては「二都間の旅」を書くこともあり得なかったろう。折からエカテリーナ二世の時世、頭に啓蒙を冠するとはいえ、名だたる専制君主は農奴制をひときわ強化する。その反動として農民一揆が頻発し、その流れに乗ってプガチョフの乱（一七七三―七五年）が勃発する。プガチョフの七歳年下だけのラジーシチェフにとって、この乱の首魁（しゅかい）は同世代人であり、その乱の頃、思想家は二十五、六歳で、これまた自ら縮めて短くした五十三年という人生の半ばに差し掛かっていた。この「二都間の旅」には帝政下、農民の悲残な生活、専制政治の過酷さが二都間（すなわち地方都市、田舎、農村）を行く旅人の手記として活写されている。その創作年代はおよそ一七八七―九〇年で、作者が三十八―四十一歳の頃と考えられている。この「ロシア社会思想史上不朽の古典」（中村喜和）は、「闇の王国」のもと、内政面では農民戦争が（ソ連版の百科事典などはこれを「戦争」と書いている）、対外的には露土戦争が勃発する時代の社会情勢を重厚な文体で浮彫にしている。案の定、この本は女帝の逆鱗（げきりん）に触れて、著者は十年のシベリア流刑に処される。世替わりを機に首都に戻ったあと、思想家は皇帝アレクサンドル一世の命で官途に就いたが、間もなく自決して果てる。稀代の思想家にとって「闇の王国」には居場所がなかったということであろうか。次代のプーシキンにもレールモントフにも自由な居場所があったとは必ずしも言えないように。「ロシアは誰に住みよいか」――更に後代のネクラーソフはこうした先人の運命も念頭に置いて、自身の文学的集大成にこの名を冠したのではあるまいか。ロシアが農民や民衆に住みよくなかったことは言うまでもない。そこで、ならば「何をなすべきか」ということになる。既述のようにV・ガイドゥクによれば、チェーホフは短編『幸福』に、恰もそれとなくであるかのように、「何をなすべきか」という命題を忍び込ませている。（V・ガイドゥク、前掲書、一三頁）チェルヌイシェフスキーにもレーニンにも（そして事実上トルストイにも）この題目での著作があることは、やがて帝政から革命へと向かうロシア史の動きを暗示していよう。「何をなすべきか」という問いの答えがロシア史の巨視的展望の中で正解であったか否かは別にして。

プーシキン

詩人から散文作家に転じたプーシキンの代表作として知られる『大尉の娘』は、プガチョフの乱を背景に、歴史小説と家庭小説を見事に融合させた傑作として知られる。そしてこの小説の持つ様々な特質の中で特筆に値するのは、作家がプガチョフを決して悪事の頭目としては見ず、温かい目で見、人間性のある人物として描いていることである。ベリンスキーは次のように書いている。

『プガチョーフ反乱史』については我々は詳論しまい。ただこの歴史上の試みが歴史の面からも、文体の面からも、模範的な作品であることを言っておこう。後者の点でプーシキンは、カラムジンがただ志向していたものに完全に到達した。『プガチョーフ反乱史』は、もし仮に彼がピョートル大帝の歴史を書くことに成功したとすれば、我々は偉大な歴史作品を持ったことであろうのに、ということを示している……。
（ベリンスキー『プーシキン――近代ロシヤ文学の成立』、小沢政雄訳、慶昌堂、昭和六二年、六五五頁）

そしてその注釈には次のようにある。

『読書文庫』〔……〕に載った出版予告では、プーシキンの歴史的労作は『プガチョーフの歴史』となっていた。しかしニコライ一世は、プガチョーフのごとき犯罪者は歴史を持たないと考えて、自らの手でプーシキンのつけた題名を削除し、『プガチョーフ反乱史』と改めた。（同書）

プーシキンがプガチョフの乱に深い関心を抱き、『プガチョフ反乱史』も書いていることは、ラジーシチェフに繋がる「骨太の系譜」という見地からも興味深い。だがプーシキンの「骨太ぶり」は長じて散文作家に転じてから発揮されたものではなくて、早くも「文学事始め」をした頃にその萌芽を見せている。一八一七年、リツェイ（中等・高等の貴族学校）を卒業した年にプーシキンは頌詩（しょうし）『自由』を書く。（ラジーシチェフにも同名の頌詩があることは興味深い。）翌々年（一八一九年）に『村』を書いた作者は何と弱冠二十歳であった。プーシキンの政治的な詩の噂が流れて原稿が皇帝アレクサンドル一世の目に触れたことから、発表されなかったその詩の後半は次のように始まっている。

されど恐ろしい思いが　ここでは心を曇らせる
花咲く柳と山々のあいだに
人類の友は悲しげに気づく
至る所、無知のおそるべき恥辱に。

こうした一連の政治的な詩が祟(たた)って、明くる一八二〇年、二十一歳のプーシキンは南方に追放される。チェーホフの短編小説『追放されて』を地で行く身になる訳である。こうした道を歩んだ詩人には、五年後に似通った運命を迎えたデカブリストたちの身の上が我が事のように思われたであろう。デカブリストの共鳴者としてのプーシキンについて多くが語られるのは当然のことである。その運動のシンパとして詩人がした心情的な支持が、苦難の道を行くメンバーには大きな力になったことも知られている。

追放時代のプーシキンは(一八二〇―一八二四年)、南方のコーカサス地方でも(二〇―二四年)、北方のプスコフの地でも(二四―二六年)、それぞれ画期的な成長を遂げ、その証となる幾多の名作を書いている。そこには追放を逆手に取った気概が感じられる。同じことは追放、流刑、徒刑を余儀なくされた同胞をテーマにした作家や詩人たちについても言えよう。デカブリストの運命を書くネクラーソフも、流刑の島を訪ねるチェーホフも、それぞれに自身の代表作級の大作を書いているからである。そこには「苦労は人間を鍛える」という真理の現れを見ることができよう。周囲の無理解をよそに、敢えてサハリン島へ苦難の旅を決行したチェーホフであるが、そのサハリン行の謎を解く鍵もその真理なのではないか。謎多いその一挙は文学者である作家自身の鍛錬であり、苦行であり、言わば成長戦略であったと思われる。その真理を身をもって実証したチェーホフは満腔の賞賛に値しよう。思いがけず、サハリン行の謎解きにここでキーマンとしてプーシキンが浮上した。天才詩人は祖国の後進作家をめぐる謎解きの鍵を暗示する。ロシアの国民詩人プーシキンの誉れはここに弥増(いや)さるというべきであろう。その真理を身をもって実証したチェーホフの誉れもまた。

チェルヌイシェフスキー

チェルヌイシェフスキーは第一義的には思想家であり、文学者ではなく、チェーホフとの関わりも直接的には見いだせない。ただ二十年以上という、ダントツに長いその獄中生活は、サハリンやシベリアの流刑や徒刑をテーマにする際には、併せて考察する必要に迫られる。

チェルヌイシェフスキーは一八六〇年代および七〇年代における革命的民主主義運動の指導者であった。トルストイと同じ一八二八年生まれで、一八八九年まで六十一年の生涯であった。後にネクラーソフが主宰する「同時代人」で働いていた一八六二年に逮捕され、政治犯の収容所であるペトロ・パウロ要塞に投獄された。文学面での代表作であり、邦訳もある『何をなすべきか』は流刑中の二年間に書かれた小説である。六四年に公民権停止の刑に処せられてシベリアへ送られ、八三年からはアストラハンに移されたが、故郷サラトフに帰ったのはやっと、死去する八九年であった。投獄から数えて実に二十七年、優に人生の三分の一以上、いや半分近くをシベリアなどの獄窓で過ごしたことになる。ネクラーソフの『デカブリストの妻』の邦訳者・谷耕平は「あとがき」に、「この愛の事業への讃歌は、単に歴史的人物へのそれではなくて、彼の身近くの犠牲者チェルヌイシェフスキーやミハイロフに捧げられるべきものであり、検閲的考慮から、史実を借りて当時の革命的思潮へ呼び掛けるのが、これら詩作の動機であったことは容易に想像できる」としている。ネクラーソフは革命的民主主義者としてチェルヌイシェフスキーの盟友だったので、邦訳者のこの説は傾聴に値しよう。この説に接すれば、同じネクラーソフの『ロシアは誰にすみよいか』についても同様なことが言えよう。二十七年もの牢獄暮らしをした思想家のような人こそ、きっとこの問いを幾度となく問うたことだろうから。

ドストエフスキーは『罪と罰』の中でチェルヌイシェフスキーとの論争を幾カ所にも亘って展開している。ベローフの『「罪と罰」註解』には次のようなところがある。

「……誰かが（……）ルソーは一種のラジーシチェフだと吹き込んだのでね。……」

チェルヌイシェフスキーの論文『哲学の人類学的原理』（一八六〇年）に対する関心の表明。この論文においてはルソーが革命的民主主義者と呼ばれているが、これは多分ラジーシチェフをほのめかすものであろう。またそれはピーサレフの論文『否定的教義の普及者』（一八六六年）も暗示している。この論文中のルソーに関する伝記資料はロシアの読者にラジーシチェフを想起させたからである。

（S・ベローフ『「罪と罰」註解』、糸川紘一訳、群像社、一九九〇年、一七一―一七二頁）

「パレ・ド・クリスタル（水晶宮）を覗いてやろう……」

水晶の宮殿はチェルヌイシェフスキーの長編小説『何をなすべきか』において未来の社会主義社会の建築様式の模範となった。ドストエフスキーは『冬に記す夏の印象』において空想的な「水晶の宮殿」を擁護するチェルヌイシェフスキーと論争を始めたが、『地下室の手記』では論争を尖鋭化させている。

（同書、一八二頁）

『何をなすべきか』に代表される、「新しい人間」、とりわけ「新しい女性」を描いた小説が幾つかあるが、ドストエフスキーの思想からすればそうした人間たちも、彼らが目指す社会も眉唾物で、非現実的なものに過ぎない。彼らやそれらに対する揶揄するようなあしらいはそうした思想の現れである。

だが少し広く見渡せば、そうした思想からする批判が避けられそうもないのは『何をなすべきか』だけではなく、チェルヌイシェフスキーだけでもない。ゴーリキーの『母』などは真っ先にその矛先を向けられる小説であろう。そしてチェーホフの最後の小説『いいなずけ』も同様な批判を免れまい。オストロフスキーの戯曲『雷雨』にも批判の矢が放たれそうである。

それらの作品の超人的なヒーローやヒロインなどは『地下室の手記』の主人公によってあっさり化けの皮を剥がれてしまおう。彼らが築くという理想社会は「水晶の宮殿」のたぐいとして、机上の空論という烙印を押されてしまおう。ことほど左様にドストエフスキーの眼光は容赦なく敵失を打ち砕く。なにしろその作家はシベリアの「死の家」で四年半の人生修行をした人である。その苦労人は鍛え直され、真に新しいものは何か、真に新しい人間は誰かという答えをシベリア土産にしてロシアの文壇に返り咲いた人である。『罪と罰』以下、五大長編小説はどこを読んでも隠れた論争に満ちている。また周知のように、『作家の日記』は『アンナ・カレーニナ』の作者トルストイをも論敵にしている。従って我らのチェーホフだけはその論敵になり得ないという保証はどこにもない訳である。ここでチェルヌイシェフスキーに目を向けたのは、間接的ながら、回り回ってチェーホフにもお鉢が回るからである。ついでに言えば、論敵としてではないが、ソルジェニツィンは『収容所群島』(第三部第二章)で「チェーホフ式の嘆息者」という言い回しで「頼りない都会人」を叱咤している。ここには「群島」の作者の軽いチェーホフ批判が顔を出していそうに思われなくもない。

ゲルツェン

東へ、シベリアへ、サハリンへではなくて、西へ、パリへ、ロンドンへ。流刑ではなくて、亡命。その地で『鐘』を鳴らし、『北極星』を指差す。それがゲルツェンの道、その「人生の道」（トルストイ）であった。『過去と思索』はその道行きを記して豊かである。

ゲルツェンもチェーホフもロシアの「向こう岸から」祖国を眺めた。ゲルツェンは『向こう岸から』を書いて、現地で体験したフランス革命を受けた西洋文明への絶望を述懐した。チェーホフはサハリン島というロシアの「向こう岸から」帰還したあと、「サハリンは地獄だ」と書いた。サハリン島が「ロシアの」向こう岸であるという言い方は正確でないように聞こえるが、シベリアっ子でさえ昔から「ロシアでは」と言って、シベリアとは別の国であるかのような言い回しをしている。そうした事情はカザフスタンやウズベキスタンなど、ソビエト連邦を構成した中央アジアの五共和国でも同様である。チェーホフの『シベリアの旅』にも、「ロシアとシベリア」を別ものとしたような言い方や書き方は一再ならず見られる。従って、チェーホフが「ロシアの」向こう岸であるサハリン島から祖国を眺めたという表現は必ずしも不正確ではない。それはともかく、ゲルツェンとチェーホフは「向こう岸から」ロシアを見るという接点を持つ訳である。

ゲルツェンの前作『フランスとイタリアからの手紙』はドストエフスキーの『冬に記す夏の印象』を彷彿とさせるが、後者が間もなく『地下室の手記』を書いて後期作品の基本精神を宣言したように、前者も次の作品『向こう岸から』で世界観の方向性を素描したと言える。

そしてチェーホフも、言わば自身の『向こう岸から』である『サハリン島』で作家人生の転機を画する。『冬に記す夏の印象』もドストエフスキーが債鬼によってさながら祖国から「追放」されるように西欧に逃亡した体験を基に書いた「ロシアで記す西欧の記」である。(『冬に記す夏の印象』という長たらしい題名が『夏象冬記』と略記されることがあるのを受けて、筆者はそれを『欧象露記』と表記したことがある。) ゲルツェンの『向こう岸から』がゲルツェンの転機を告げているように、チェーホフの言わば『向こう岸から』である『サハリン島』も作家の転機を証する一書であることは興味深い。「海を渡る」——それは人間にとって大いなる一歩であるという思念にここでは誰しも誘われずにいまい。なるほど間宮(タタール)海峡は間宮林蔵が探査するまでは、海ではないと考えられていたほどの狭い海なのではあるが。島、島国、島民という認識は人間にとって不可欠のそれである、地球そのものが宇宙に漂う小さな島であることを思えば。

ゲルツェンは一八一二年、他でもないナポレオン戦争(祖国戦争)の年に生まれた。そしてその思想形成に顕著な役割を演じたのは自身がまだ十代だった一八二五年のデカブリストの乱であった。この(一八)一二年—二五年という年号の組み合わせは、家系の歴史を辿った小説『デカブリスト』(二五年の事件)を書こうとした企図から、必然的に遡って祖国戦争をめぐる『戦争と平和』(一二年の戦争)を書くに至ったトルストイの創作事情を想起させずにいない。こうした符合もあってか、トルストイは一八六一年に訪欧した際、三月にロンドンのゲルツェン宅で初対面し、十日あまりの間に殆ど毎日この同胞を訪ね、意気投合した二人はロシアと西欧のこと、農奴解放とその道筋のことなどを語り合っている。それより先、ゲルツェンは二度目の流刑から帰った(一八四二年)あと、思想物の著作や文学の創作に従事し、そうした作品において唯物論者の思想家、リアリズムの作家、農奴制と闘う闘志、人間の尊厳と権利の擁護者として発言している。そうしたゲルツェンはツァーリ政府に迫害され、一八四七年に亡命出国する。フランス革命の「その前夜」の年であり、明くる四八年から四九年にかけてフランス革命の目撃者になる。それはチェーホフが生まれる十二年前のことである。こうした「人生の道」（トルストイ）を辿るゲルツェンを後進作家チェーホフはどんな目で見ていたのであろうか。手紙に見る限り、なぜか言及は皆無に近く、膨大な十二巻の書簡集に僅か一通しかない。それは一八八八年一月十八日付、ポロンスキー宛の手紙で、新聞に寄稿する際の古今の相違点を述べた件である。そこでチェーホフは「刊行物の長にベリンスキーやゲルツェンなど、鮮明に表現された特徴を持つ人たちが居た時……」と書いて、言わば「古き良き」往時を現状と比較している。ベリンスキーと並べて、ゲルツェンをひと昔まえの大御所と見ている訳である。トルストイはゲルツェンとほぼ同時代人であるため、気安く談論風発という仲であったが、チェーホフはその一世代後の作家なので、精神的にもやや距離があり、溝もあったと言えるのかも知れない。それは措くとして、「向こう岸から」によって本人たちの思いもしなかったと思われる地平で、二人がロシア文学史上に興味深い、意義深い呼応を見せていることは心に留めておく必要があろう。二人の栄誉が弥増さるためにも。

ソルジェニツィン

チェーホフが帝政ロシアの沈滞期に『サハリン島』を書いたように、ソルジェニツィンはソビエト・ロシアの沈滞期であるブレジネフ体制下に『収容所群島』を書いた。そして『サハリン島』のあと二十年余りで帝政ロシアが崩壊したように、『収容所群島』(脱稿は一九六七年)のあと二十年ほどでソビエト連邦が崩壊した。今にして思えば、二人の作家、二つの大作はロシアの二つの体制崩壊を予告したようなものである。チェーホフは『サハリン島』を必ずしも文学書として書いた訳ではないが、文学書でないとも言えない。そしてソルジェニツィンは『収容所群島』に「文学的研究の試み」という副題を付している。十九世紀後半のチェーホフを、そして二十世紀後半のソルジェニツィンを思えば、ロシア史の中でロシア文学の意義がどんなに大きなものであるかが分かる。そして後述するが、ソルジェニツィンの歩みが「一から多へ」であるように、チェーホフからソルジェニツィンへというロシア文学史上の系譜もまた「一から多へ」の動きであることは興味深い。

『イワン・デニーソヴィチの一日』(染谷茂訳)を解説する内村剛介は、冒頭に「チェーホフが死ぬほど嫌ったあのポーシロスチ(低俗さ)という奴」をめぐる思念を置いている。このことは「チェーホフからソルジェニツィンへ」という目下の文脈では無視できない。ここで内村が言いたかったことは、ソルジェニツィンはラーゲリ(矯正収容所)の日常を描いたが、ラーゲリはそこだけのものではなくて、現代世界の日常茶飯事、いや現代文明そのものなのだ、ということである。またその方法は、日常のポーシロスチを描いてそれを超えたチェーホフの方法に他ならない、ということでもある。ラーゲリがそのように現代世界に普遍的なものであるなら、デヴュー作に『イワン・デニーソヴィチの一日』を書いたソルジェニツィンがやがて『収容所群島』を書くに至ることは「想定内」となろう。なぜなら、ラーゲリが普遍的なものであるなら、「一日」が幾年になり、一カ所が幾カ所になろうとも、それは理の当然だからである。そしてそこにはまた「一」が持つ大いなる哲学的意味が説かれてもいる訳である。

「一」なくして「多」はあらず。単数がなければ複数も多数もない。『イワン・デニーソヴィチの一日』が「一日」の出来事として書かれ、「一人」の物語として読まれることには作者の深い作意がある。そこには作者のロストフ大学物理学科卒業という学歴、そしてリャザン市の中学校で数学教師を務めたという職歴との繋がりもあろう。その十年余り後（一九七三年）の作である『収容所群島』は、作者自身における「一」から「多」への移行ないし成長が伺える。『イワン・デニーソヴィチの一日』から『収容所群島』へというテーマの変化である。そこでは題名の「群島」が端的に示しているように、ラーゲリ群、「多」としてのラーゲリが広範かつ詳細に書かれている。そこには大いなる「一」が大いなる「多」になった変化が目に見える。それは「一」と「多」という視点から『収容所群島』を見る重要なテーマであるが、今ここでの考察には場違いの嫌いがある。

それとは別に、やはり『収容所群島』をめぐり、かつ「一」と「多」にも関わるテーマがここでの考察の対象になる。それは『サハリン島』と『収容所群島』の間に架かる橋というテーマである。

島から群島へ（＝一島から多島へ）。『サハリン島』から『収容所群島』へ。そこに架かる橋はあるのか、ないのか。帝政ロシアからソビエト・ロシアへ。十九世紀から二十世紀へ。そこに架かる橋は無数にある。だがチェーホフからソルジェニツィンへと架かる橋、世紀を異にした二つの問題作の間に架かる橋はあるのか、ないのか。あるとすれば、それはどんな橋か。チェーホフの側からの橋はあり得ない。ではソルジェニツィンの側からの橋はどうか。『収容所群島』の中にちょっとしたチェーホフへの言及はあるが、この問いへの答えとして決め手になるものではない。その答えを出すことができるとすれば、それは内村剛介のように、二人の作家に精通した博学な人であろう。おまけにスターリン体制のもとで抑留され、ソルジェニツィンのように、幾年間もシベリアでラーゲリ生活に耐えた稀有な経歴まで持つ。そうでない身は、詰まる所、二作を読み比べ、二人の大作家の作品をせっせと読むしかない。

『収容所群島』全七部のうち、第二部は「永久運動」であるが、その全四章のうち三章の小見出しには「群島」か「島」の語が読まれる。すなわち、第一章「群島の船」、第二章「群島の港」、第四章「島から島へ」である。当然ながら、この章では「島」の語が本文中にも多用されている。広大なロシアの国土に点在する、あるいは遍在する流刑地や徒刑地の比喩的表現として、多島海に浮かぶ「島」は効果的であり、恰好であるということもあろう。それにしても、テーマが流刑（地）や徒刑（地）であるだけに、「島」は監獄の島サハリン島への連想を誘い易い。だからと言って、作者がこの作品を書くに当たってチェーホフの『サハリン島』に触発された、と断定することはできないが。またその作品の題名を念頭に置いて『サハリン島』の「島」を意図的に用いたと言うこともできない。なぜなら邦訳のタイトルには両作品ともに「島」の語が表に出るが、原書の『群島』のタイトルはギリシア語に起源をもつ「アルヒペラグ」というロシア語であるため、「島」の語が表に出ずに、その中に含まれている、あるいはその陰に隠れているからである。

「島」やタイトルをめぐる両作品の関係は右に述べたが、ソルジェニツィンが『サハリン島』を熟読していたことを伺わせる文面が一箇所『収容所群島』の第三部第十四章にあり、その見出しは「運命を変える」である。この言い回しは囚人用語の一つで、「脱獄」「脱走」を意味する。チェーホフは『サハリン島』の最終章に先立つ第二十二章「サハリン島の脱走囚……」に次のように書いている。

犯罪者をして勤労や懺悔ならぬ脱走のうちに救いを求めしめる原因をなす主なものは、彼の場合にも決して眠っていない生の意識である。もし彼が、どこでどのような環境の下で暮らそうと同じように幸せだとする哲学者でない限り、脱走を望まないなどということは、出来もしなければあり得る筈もないことである。

（『サハリン島』下巻、中村融訳、一九五頁）

ソルジェニツィンはこのくだりを引用しているが、その際チェーホフの名をちゃんと出し、自身の考えも括弧に入れて付け加え、更にチェーホフの文章を敷衍している。

チェーホフは言う。もし囚人が、どんな状況下にあっても同じように幸せだとする（あるいは、自分の中に沈潜することができる――と言ってみよう）哲学者でないとするなら、脱走を望まないなどということはできないし、ある筈もない、ない！

ある筈もない！――これこそは病める魂の至上命令である。なるほど群島の原住民は決してそんな者ではない、彼らは遥かに謙抑的である。だがそうした人たちの中にも、脱走を目論んだり、あるいは今にも脱走しそうな者が常にいるのだ。成功しなかったとしても、あちこちに絶え間なく脱走があるということ――それは囚人たちの精力がまだ失われていない確かな証拠なのである。

（ソルジェニツィン『収容所群島』、全三巻、第二巻、パリ、YMCA出版、一九八九年、三六二頁。強調は原著者）

前線からの帰還途中に逮捕され、一九四五年から八年間もラーゲリ暮らしの辛酸を嘗めたソルジェニツィンは、脱走にまつわる囚人たちの心理をよく心得ている。だからこの『サハリン島』に書かれた、脱走をめぐる囚人の心理に同感の思いを覚えて、敢えてチェーホフを引用までした訳である。

チェーホフとソルジェニツィンを隔てる歴史の壁は高くて厚い。二人の問題作を隔てる壁もまたそうである。世紀が変わり、体制が変わった。その変わり目にロシア革命という世界史上の一大「事件」があった。そこから始まった社会主義ロシアは世界の期待を担ったが、程なく世界の幻滅を招くものに成り下がった。スターリン体制は無数の同胞をラーゲリに送り込み、ロシアに第二次世界大戦以上の犠牲者を出した。そうした状況によって生み出された『収容所群島』は、当然のこと、前世紀が、前代が生み出した『サハリン島』とある意味で同日の談ではない。それにも拘らず、二作が共鳴する趣があるのは、それらの前にも後にも精神を通わせる作家や詩人たちが居て、それらを結ぶ一里塚があり、系譜があり、その道筋の中でこの二作が際立っているからでもあろう。帝政ロシアが「闇の王国」であったように、社会主義ロシアも「光の国」になることはできなかった。人類の期待をよそに。それぞれの体制の影の世界を描いたのがその二作であった。それが通じ合わない道理もあるまい。「道理で」、両者の間には引き合う引力があると思われ感じられるのではなかろうか。文学は科学ではない。従ってそれは理論や理屈ですべて説明のつくものではない。文学が科学でないということは、それは理性と感性が一体となって生みだされもし、受止められもするということである。それゆえ、「何となく」というのも文学には付きものである。「言外の意味」と言い、「行間を読む」などという言い回しがあるのもそれゆえである。論証といい、論争というも、文学にあっては絶対的なものではなく、相対的なものであるに過ぎない。この文脈に言う、言わば「二作問題」（関係論）の行き着く所も、定めしそうした曰く言い難い地平の彼方であろう。

アンナ・ポリトコフスカヤ

さて、現代ロシアはどうであろうか。またその文学は。残念ながら、筆者はそのどちらにも通じていない。現代ロシアはソルジェニツィンなどの時代からもう一度体制の転換をして、一九九一年にソ連が崩壊し、ロシア連邦となり、市場経済を標榜している。その頃も、そのあとも筆者はロシアで開催されるドストエフスキー学会、トルストイ学会、ゴーリキー学会、プーシキン学会、「銀の時代」学会などに毎年のように、あるいは隔年に参加する目的でロシア訪問を続けている。

だがネクラーソフの「ロシアは誰に住みよいか」という問いが去りやらない。ドブロリューボフの「闇の王国」という印象も変わらない。大体、プーチン大統領は国家保安委員会（KGB、現在のFSB）の元長官の出身であり、それはソルジェニツィンを逮捕し、投獄し、八年間も監獄に押し込め、挙句の果てに国外追放にした機関に他ならない。政治に疎い筆者は、その前のエリツィン大統領がどんな権限で「後任」の大統領にプーチンを指名し得たのかを知らない。のみならず、二期目の際、元KGB長官と知りながら、国民は選挙でなぜプーチンを大統領を選んだのか。事実上、それは崩壊した社会主義ロシアへの後戻りであり、ソ連の復活でもある。新生ロシアなどありはしない。そのプーチン大統領がした最初の「大仕事」、「功績」はチェチェン共和国の掃討・殲滅であった。その専横・暴虐ぶりは旧態依然で、ソ連時代、いや帝政ロシア時代とも本質的に変わっていないのではないか。それはイワン四世（雷帝）やスターリンの暗黒政治と何ら変わらない。クリミア併合は一面、ある意味で、十九世紀に繰り返されたロシア・トルコ（露土）戦争の現代版ではなかろうか。そしてシリアを自陣営の前線とする政策は露骨なロシア民族主義であり、丸出しの汎スラブ主義である。そして頻発する反体制派や対立勢力の締めつけ、妨害、迫害、逮捕、投獄、暗殺など。政敵は次々に追い落とされ、拘束され、逮捕・収監され、いつまでも牢獄暮らしを強いられるか、国外逃亡を余儀なくされる。ジャーナリストなどが射殺や毒殺されたニュースも記憶に新しい。これは正に暗黒政治であり、「闇の王国」そのものである。まるでソルジェニツィンの時代の再来のようである。現代ロシア「政治の思想と行動」（丸山真男）は正に旧KGBの手口そのものである。そんな現代ロシアには潜在的に現代のソルジェニツィンが居る筈であるが、ただ筆者の不勉強で知らないだけであろう。

こうした中、筆者は二〇〇五年に『ノーヴァヤ・ガゼータ』紙（「新報」）の評論員アンナ・ポリトコフスカヤ記者とモスクワで接触する機会を持った。チェチェン共和国に幾度も足を運び、妨害や身の危険に晒されながら貴重な取材活動をし、『チェチェン　やめられない戦争』（三浦みどり訳、NHK出版、二〇〇四年）などの著書もあり、国際的な賞も幾つか授与された女性ジャーナリストである。二〇〇六年、何とプーチン大統領の誕生日である十月七日に、誕生日の贈り物よろしく、彼女は自宅マンションのエレベータ前で無惨に射殺された。その前年、筆者は学会で滞在中のモスクワで彼女に面会の希望を伝えると、筆者の身にも類が及び兼ねないことをわきまえている彼女は電話での用談に済ませ、後日、二〇〇四年にロンドンで出版した英文の著書『プーチンのロシア』を日本へ郵送してくれた。（Anna Politkovskaya, "PUTINS' RUSSIA", London, The Harvill Press, 2004.）そして彼女が暗殺された翌月には、ロンドンでA・リトヴィネンコがポロニウムという放射性物質によって毒殺されている。その二年前、二〇〇四年には、「フォーブス・ロシア」の編集長が路上で射殺されている。さらにその二年前、二〇〇二年には、モスクワでノルド・オスト劇場占拠事件があり、る。

一二九人の死者が出ている。この他にも、暗殺などのおぞましい事件がプーチン・ロシアには頻出してい

『プーチンのロシア』にはその本が出る二年前の劇場占拠事件に一章が割かれている。彼女が犯人たちから、当局との仲介役を依頼されたことは当時報道された通りである。もう一章の見出しに「我が国の新しい中世」とあることには、「案の定」という思いが湧く。再選されたプーチンを(一期目はエリツィン大統領の指名によるものだが)、中世ロシア史における恐怖政治の元祖イワン四世(雷帝)に見立てている訳である。そして終章は「アカーキー・アカーキエヴィチ・プーチンII」。これは二期目のプーチン大統領をゴーゴリの小説『外套』の主人公に擬(なぞら)えたものである。なぜか。彼女はこの名を「成り上がり者」の象徴として使っている。元KGB長官といえども、国政の中では『外套』の主人公と同じく、一介のしがない小役人に過ぎない。エリツィンによって大統領に抜擢されたその小役人が、二期目にはイワン四世・雷帝のような暴君、専制君主に成り上がる。エリツィン自身、自らをボリス一世と名乗ったことがある。ボリスと言えばあのボリス・ゴドノフという僭称皇帝が想起される。彼を主人公にしてプーシキンが戯曲に書き、それをムソルグスキーがオペラ化し、その演目はボリショイ劇場の人気レパートリーになっている。彼は雷帝に寵愛されて政治家として頭角を現し、フョードル帝の摂政となって実験を握り、皇帝になる。従って、彼はリューリク朝の正系ではなく、傍系である。折から偽ドミトリー一世の侵攻で国内が混乱する中で彼は死去する。彼自身はなるほど偽皇帝ではないが、正系と偽皇帝に挟まれた在位という事実は、彼もまた何となく半ば偽皇帝であったような印象を免れない。第一のリューリク朝が衰退し、第二のロマノフ朝が誕生するまでの、ロシア史上のいわゆる「動乱期」のことである。プーチンの大統領就任はソビエト連邦が崩壊した後の、やはりロシア

の「動乱期」に起きたことだったので、プーチンは偽皇帝のようなどさくさ紛れの偽大統領という嫌いなしとしない。『プーチンのロシア』に読まれる次の一文が注目に値しよう。すなわち、この本が出た二〇〇四年の選挙でプーチンが二期目の大統領に選出されたが、それによって「誰もが、ソビエト連邦が帰って来たこと、そしてそれはもはや我々が何を思おうと頓着しないことを確信している」という一文である。プーチン体制の本質はロシア史を後戻りさせるものなのである。今ではもう十年ほど前のこと、「プーチンの本音はスターリンの復権である」と日本の某新聞のモスクワ特派員が書いていたのを、この一文は思い出させる。一九七〇―八〇年代のソ連時代を知悉する彼女は、もう一度その時代のような、最も恥ずべきロシアの住民には決してなりたくない、と「二期目のプーチン」の章の始めに書く。だが「プーチンのロシア」は真逆で、正にその時代のようなロシアに、本音を言えば「スターリンのロシア」に回帰することである。

ではなぜゴーゴリで、なぜ『外套』なのか。小役人アカーキー・アカーキエヴィチは薄給をせっせと貯めて新調した毛皮外套（シューバ、冬場の酷寒を凌ぐ、ロシア人にとってはひと財産）を、言わば東京の銀座通りであるペテルブルグのネフスキー大通りで、追い剝ぎ強盗に剝ぎ取られてしまう、という幻覚に襲われる。（思えば同じゴーゴリの『鼻』も主人公の鼻が取れて独り歩きするという幻覚の話である。）小役人は「あっという間に無一文」、という訳である。これはソ連が崩壊して「市場経済」体制に移行したという現代ロシアの言わば大多数の市民、「多数派」（ボリシェビキ）の暮らしぶりを自虐的に書いているようにも読める。まして「あっという間にあの世行き」という運命だった著者にとっては。主人公の名前と父称である「アカーキー」は「温厚な、人のいい」を意味するギリシア語に由来するものであり、ゴーゴリはそれを知っていた筈であるが、『プーチンのロシア』の著者がそれを知っていたとは思えない。もし知っていたなら、プーチンにつけられたこの名は最大級の皮肉以外の何物でもない。なぜなら、プーチンがアカーキーという名前通りに、名にし負う「温厚な、人のいい」人間なら、この本の著者とて彼を嫌う理由はなかろうと思われるからである。ところが彼女は「アカーキー」の章を「一冊の本を書く気にさせるほど、私にプーチンを嫌わせるものは何か」という文で「アカーキー」を書き出しにしているのである。そして同じ章の終わりには「なぜ私はプーチンを嫌うか」と自問して、「なぜならプーチンは国民が嫌いだからである」と自答している。

昔、東京外国語大学のある教授が『なぜ日本人はロシアが嫌いか』という題名の本を書いて、当時の在日ソ連大使の憤慨を買うことがあった。その著者は若くして病死したが、ふと今それを、事実上『なぜ私はプーチンが嫌いか』という本を書いた著者がその二年後には「あの世送り」にされたことと重ね合わせる思いに駆られた。そして自問した。なぜ彼女は「消された」のか、と。そして自答した。「なぜなら彼女ほどプーチンの本質を見抜いていた人はいなかったからだ」、と。そして思った。だからプーチンは彼女が怖かったのだ、と。憎かった以上に怖かったのだ、と。プーチンは力の人間である。ならば怖いものは力で消し去らねばならない。それ以外の論理は考えられない。同じ章に読む。「議論は彼の要素ではない。彼はどうやって対話するかを知らない。彼のジャンルは軍事スタイルの独白である。」そこからチェチェン共和国での大量殺戮も決行された。そこからクリミア併合も、ウクライナ侵攻も敢行された。そこから政敵や反体制の「消去作戦」も断行される。プーチンは現代ロシアのイワン雷帝であり、今スターリンなのである。

こんな話を書く小説家が、探せば今のロシアにきっと居るに違いない。現代ロシアののゴーゴリが、ソルジェニツィンが、そしてチェーホフが。だが小説に限り、文学にこだわるのは必ずしも正道ではないことも心せねばならない。なぜなら、文学は人間を見抜くものでもあるが、プーチンという人間をジャーナリストのアンナ・ポリトコフスカヤほどに見抜いた人はいないので。またなぜなら、文学に執着して『サハリン島』を文学の鬼っ子としてきた嫌いがなくはないので。

主要参考文献

チェーホフ関連

A・P・チェーホフ三十巻全集、ソ連科学アカデミー、モスクワ、「ナウカ」出版。作品編、全十八巻、一九七四―一九八二年。書簡編、全十二巻、一九七三―一九八三年。

『チェーホフの仕事場にて』、ソ連科学アカデミー世界文学研究所、L・D・オプーリスカヤ、Z・S・パーペルヌイ、S・E・シャターロフ編、モスクワ、「ナウカ」出版、一九七四年。

『チェーホフとその時代』、ソ連科学アカデミー世界文学研究所、L・D・オプーリスカヤ、Z・S・パーペルヌイ、S・E・シャターロフ編、モスクワ、「ナウカ」出版、一九七七年。

V・V・エルミーロフ『A・P・チェーホフ』、モスクワ、「ソビエトの作家」出版、一九五四年。

V・B・カターエフ『チェーホフの散文』、モスクワ、モスクワ大学出版、一九七九年。

G・P・ベルドニコフ『チェーホフ』、モスクワ、一九七四年。

L・I・シヴァルツマン（レフ・シェストフ）二巻著作集、トムスク、「ヴォドレイ」出版、一九九六年。

B・M・エイヘンバウム『散文について』、レニングラード、「文学」出版、一九六九年。

『肖像、挿絵、文献に見るチェーホフ』、モスクワ―レニングラード、ロシア共和国文部省「学習・教育図書」出版、一九五七年。

V・K・ガイドゥク『A・P・チェーホフ「シベリアの旅」、「サハリン島」、短編小説、書簡、編著者の論文「探求の道」および註解』、イルクーツク、「東シベリア書籍」出版、一九八五年。

V・K・ガイドゥク『一八八七―一九〇四年におけるチェーホフの作品』、イルクーツク、イルクーツク大学出版、一九八六年。

V・A・ゲイデンコ『チェーホフとブーニン』、モスクワ、「ソビエトの作家」出版、一九七五年。

S・V・ザイカ『ゴーリキーと十九世紀末――二十世紀初頭のロシア古典文学』、モスクワ、「ナウカ」出版、一九八二年。（「ゴーリキーとチェーホフ」を含む。）

D・S・メレジコフスキー『一、来るべき下種　二、チェーホフとゴーリキー』、サンクトペテルブルグ、一九〇六年。

P・A・クロポトキン『ロシア文学の理想と現実』、サンクトペテルブルグ、一九〇七年。（高杉一郎訳『ロシア文学の理想と現実』全二冊、岩波文庫。）

Y・I・アイヘンバルト『ロシア作家のシルエット』、モスクワ、「共和国」出版、一九九四年（初出はベルリン、「言葉」出版、一九二三―一九二九年）。［どの作家・詩人も記事は一編である中、チェーホフにだけは二編――「チェーホフにおける子供たち」と「チェーホフの書簡」――が収録されている。］

中央公論社版チェーホフ全集、一九六〇―一九六一年。

佐々木基一『私のチェーホフ』、講談社、一九九〇年。

ドストエフスキー関連

F・M・ドストエフスキー三十巻全集、レニングラード、「ナウカ」出版、第四巻、『死の家の記録』、一九七四年。第五巻『地下室の手記』他、一九七五年。

P・P・コセーンコ『心は不易』（カザフスタンのドストエフスキー）、アルマ・アタ、「ジャズーシゥイ」出版、一九六九年。

P・P・コセーンコ『イルトゥイシ川とネヴァ川』（文学者フョードル・ドストエフスキーの生活に於ける二十年）、アルマ・アタ、「ジャズーシゥイ」出版、一九七一年。

F・M・ドストエフスキー『我が懲役ノート』（シベリア・ノート）、V・P・ヴラジミルツェフ、T・A・オルナツカヤ編、クラスノヤールスク図書出版、一九八五年。

M・スローニム『ドストエフスキーの三人の恋人』、ニューヨーク、一九五三年。

S・V・ベローフ『ドストエフスキーの二人の恋人』、サンクトペテルブルグ、一九九二年。

S・V・ベローフ『作家の妻』(ドストエフスキーの最後の恋人)、モスクワ、「ソビエト・ロシア」出版、一九八六年。(糸川紘一訳『ドストエフスキーの妻』、響文社、一九九四年。)

A・P・スースロワ『ドストエフスキーと親しかった時期。日記、中編小説、書簡』、モスクワ、一九二八年。(中村健之介訳『スースロワの日記』、みすず書房、一九八九年。)

A・ドノフ『マリア・コンスタン――ドストエフスキーの妻』、サンクトペテルブルグ、「ロシアの芸術」出版、二〇〇四年。

その他の作家の関連

トルストイ二十二巻全集、第十六巻、一八五五―八六年の時評的作品集(『さらば我ら何をなすべきか』他)、モスクワ、『文学』出版、一九八三年。

B・M・エイヘンバウム『七十年代のレフ・トルストイ』、レニングラード、「文学」出版、一九七四年。

V・M・ガルシン短編集、モスクワ、「ソビエトの作家」出版、一九七六年。

V・ボルドミンスキー『ガルシン』(偉人伝シリーズ)、モスクワ、「若き親衛隊」出版、一九六二年。

N・S・レスコフ十二巻著作集、モスクワ、「プラウダ」出版、一九八九年。

N・S・レスコフ三十巻著作集、第一―三巻(続巻は中止)、モスクワ、「テラ」出版、一九九六年。

『未刊だったレスコフ』、文学遺産シリーズ、モスクワ、「遺産」出版、第一巻―一九九七年、第二巻―二〇〇〇年。

V・G・コロレンコ六巻著作集、「ともしび」文庫、モスクワ、「プラウダ」出版、一九七一年。

N・A・ネクラーソフ三巻詩文全集、レニングラード、「ソビエトの作家」出版、一九六七年。

A・N・ラジーシチェフ『ペテルブルグからモスクワへの旅。自由(頌詩)』、サンクトペテルブルグ、「ナウカ」出版、一九九二年。

A・S・プーシキン十巻著作集、モスクワ、「文学」出版、一九七四年。

N・G・チェルヌイシェフスキー五巻著作集、第四巻（「哲学に於ける人類学的原理」他）、モスクワ、「プラウダ」出版、一九七四年。

N・A・ドブロリューボフ『哲学作品二巻選集』（「闇の王国に差す一筋の光」他）、「国立政治文献」出版、一九四八年。

A・I・ゲルツェン九巻著作集、第三巻（「向こう岸から」他）、モスクワ、「文学」出版、一九五六年。

A・I・ソルジェニツィン『収容所群島』、全三巻、パリ、YMCA出版、一九八九年。

A・ポリトコフスカヤ『プーチンのロシア』（ロシア語からの英訳）、ロンドン、「ハーヴィル」出版、二〇〇四年。

あとがきに代えて

レスコフがチェーホフの「『六号室』はロシアである」と言ったように、その「『サハリン島』もロシアである」と言うことができよう。そしてそのロシアは当時の帝政ロシアだけではなく、ロシア革命を経た社会主義ロシアのソ連でもあり、その崩壊後の現代ロシアでもあると言わなければならない。それは『ソ連における少数意見』のロイ・メドヴェージェフや『収容所群島』のソルジェニツィンらのように、スターリン批判に参じた反体制派知識人のソビエト・ロシアでもあり、プーチン体制下の「粛清」の犠牲になったアンナ・ポリトコフスカヤ記者らの現代ロシアでもある。

チェーホフがサハリン探訪を企図し、身命を賭してそれを敢行したのは、そこもロシアであり、そこも祖国だからである。シベリアと極東を経て、間宮（タタール）海峡を渡る最果ての島とはいえ、そこが祖国ロシアであることは変わらない。しかもそこは悪名高い流刑地であった。作家かつ医師としてその島に心を痛めなければ、有望なロシアの作家も、米軍基地を戦後から今に至るまで沖縄に押し付けて、やれ経済復興だ好景気だ、やれ高度経済成長だと浮かれてきた本土の日本人と何ら変わらない。ユーモア新聞にユーモア小説を書いて築いた人気作家の境遇に安閑としていたなら、チェーホフ文学の生命はその短い一生と共に終わりを告げたことであろう。

『サハリン島』と『六号室』には作風が似ている所がある。執筆時期が一部重なることも（前者は一八九二—九四年で、後者は一八九二年）、二作が似通った雰囲気を漂わすページを持つことにそれは与かっていよう。後者の「七」には、「六号室のような醜悪な施設」、「あの小バスチーユ牢獄」と書かれているが、その「牢獄」などはサハリン島の牢獄への連想を誘わずにいない。同じくその「七」には当時の医学事情に関する医師チェーホフの一家言が開陳されているが、それは、『サハリン島』は医学書であるとする作者の認識に照らせば、二つの作品を結びつける有力な手立てになろう。

『六号室』では裁判、牢屋、流刑、徒刑に関して、医師アンドレイ・ラーギンが執達吏だった患者イワン・グローモフに次のように言う。

よろしい、仮に君の言う通りにしておこう。私が君の言葉尻をとらえて警察へ売ろうとしているとしてみよう。君は逮捕されて裁判に掛けられる。しかし、果たして裁判所や牢屋の方がここより悪いだろうか。もし流刑になったとしたら、あるいは悪く行って徒刑に出されたとしたら、果たしてその方がこの別棟に座っているより悪いだろうか。私は悪くないと思う。……そうだとしたら、何を恐れることがあろうかね。

（池田健太郎訳）

精神科病棟の「六号室」と牢獄、流刑、徒刑の地サハリン島を比較し、前者を後者に擬えたこの件は、二つの世界に通暁した作者ならではの筆致と読めよう。

編集者スヴォーリン宛ての手紙に（一八九四年一月二日付）チェーホフは次のように書いている。

僕の『サハリン』は学術的な労作で、マカーリー府主教賞ものです。今や医学は、僕を裏切者と非難することはできません。学問と、昔の作家たちが衒学趣味と呼んだことに、僕は当然払うべき敬意を払ったのです。それに僕は、自分の小説家の衣装戸棚にこの残忍な囚人服を掛けておけると思うと、嬉しいのです。掛けておくことにしましょう。（アカデミー版チェーホフ全集、書簡編、第五巻、書簡１３７１、二五八頁）

右の引用部分の続きには「これは雑誌論文ではなく、本になって出てこそ何かの役に立つものである、と私は考えます」という断わりが読まれるが、この断わりもまた『サハリン島』がどんな本であるかを暗示していよう。ここにはそれが通俗読物ではなく、本格的な学術書であるという作者の自負心が伺えよう。ただこの本を医学書と限定してしまうことには明らかに無理がある。少なくともこの本は医学書と言うよりは学術書と言うべきである。なぜならそこには地誌学、民俗学ほか、幾つかの学問分野が混在し、ジャンルとしてはそうした諸要素の複合体ということになるからである。

だがまた、そう言うだけでは甚だしい片手落ちになる。なぜならこの本は科学的、社会評論的、芸術的な要素の統一体だからである。これは医学書でございい、これは雑誌論文では毛頭ござらぬ、という作者の断言にも拘わらず、この本が社会評論的要素と芸術的要素も併せ持つことは多言を要しない。

アカデミー版チェーホフ全集の解題ではこの本のジャンルについて書く際に「オーチェルク」を主語としているが、その語釈は露英辞典では「sketch or essay」であり、露和辞典では「報道文学あるいはルポルタージュ」である。だがそれが『サハリン島』のジャンルについて書く文の主語としての仮の用語に過ぎないことは言うまでもない。およそ極めて独創的なものは得てしてそういうものであろう。そうした作品を前にした評家や読者の戸惑いなどは、その作家の名誉でこそあれ、不名誉ではない。既存のジャンルを時に逸脱するのが天才の証でさえあることは、『戦争と平和』のトルストイが世界に知らしめた通りである。

一般読者がチェーホフの「サハリン土産」の第一として『サハリン島』を読めば、戸惑いや期待外れを免れない。なぜなら大方の読者は医師チェーホフの学術書ではなく、作家チェーホフの文学作品を期待するからである。だがそうした戸惑いや期待外れは「サハリン土産」をつぶさに調べ上げることで解消されよう。言わば「相互理解」に資する一対の作品として例示した『六号室』と『サハリン島』の一対のように、『サハリン島』に照らして理解が深まるチェーホフの作品は枚挙に遑(いとま)がない。のみならず、作家の「サハリン行」と帰国後の作品という視点に立つならば、「相互理解」の一対は一段とその数を増す。『往診中のこと』の解説に訳者の松下裕は書く。

だが、この作品には、そのほかに、サハリン島での印象が痕跡を残している。上に挙げたメモにある、富についてのテーマの形成には、サハリン島での印象が痕跡を残している。このことは、この作品の構想が生まれるのに、サハリン島の旅以後の時期と関わりのあることを想像させる。

（筑摩書房版チェーホフ全集、全十二巻、第九巻、二五三頁〈解題〉）

そして作家の作風は晩年に掛けて徐々に深化し、進化し、いつ知れず様変わりする。転機後の作風の一新――それをこそチェーホフの「サハリン土産」と言うべきであろう。

＊

末筆ながら、本書を水声社で上梓する契機を作って頂いた早稲田大学名誉教授の川崎浹先生に厚く感謝申し上げます。また、水声社編集部の板垣賢太さんには、適切なご指摘や提言などにより拙稿の不備を正して頂いたことに厚く御礼申し上げます。

二〇一八年初夏

糸川紘一

初出一覧

＊ 本書は、既に発表した拙論を改稿した部分と、書き下ろしの部分から成る。
既に発表した部分の初出は、次の通りである。

序に代えて

「チェーホフ　サハリン行の謎」、東京・中日新聞、二〇一七年七月十八日付夕刊、七面。

第二章

「「生の家」の記録――異説『死の家の記録』」、『ドストエーフスキイ広場』一九九二年二月号、ドストエーフスキイの会、八五―一〇一頁。

「ドストエフスキー・逆説の文学」、『新潟産業大学人文学部紀要』第三号、一九九五年、二一―三七頁。

「ドストエフスキー・シベリアの恋」、『新潟産業大学人文学部紀要』第二号、一九九五年、三三―五二頁。

第四章

「チェーホフとトルストイ――作家の転機」、エフゲーニア・フィルソワ（「A・P・チェーホフ」サハリン島文学記念館館長）との対談より、ユジノサハリンスク、二〇一七年五月二十三日。

「チェーホフのサハリン旅行と転機」、『青淵』二〇一七年七月号、渋沢栄一記念財団、二四―二七頁。

第五章

「シベリアのチェーホフ（上）」、『えうゐ』8、一九八〇年六月号、えうゐ編集委員会、一五五―一六二頁。

「シベリアのチェーホフ（下）」、『えうゐ』9、一九八一年二月号、えうゐ編集委員会、四〇―四七頁。

著者について——

糸川紘一（いとかわこういち）　一九四一年、茨城県に生まれる。東京外国語大学大学院修士課程（スラブ系言語専攻）修了。新潟産業大学名誉教授。主な著書に、『ドストエフスキー。自明の超克』（マックス・プレス、モスクワ、二〇〇〇。ロシア語）、『トルストイ　大地の作家』（東洋書店、二〇一二）が、主な訳書に、S・ベローフ『『罪と罰』注解』（群像社、一九九〇）、B・スーシコフ『トルストイの実像』（群像社、二〇一五）がある。

装幀――滝澤和子

チェーホフとサハリン島――反骨ロシア文人の系譜

二〇一八年五月一〇日第一版第一刷印刷　二〇一八年五月二五日第一版第一刷発行

著者――糸川紘一

発行者――鈴木宏

発行所――株式会社水声社
東京都文京区小石川二―七―五　郵便番号一一二―〇〇〇二
電話〇三―三八一八―六〇四〇　FAX〇三―三八一八―二四三七
［**編集部**］横浜市港北区新吉田東一―七七―一七　郵便番号二二三―〇〇五八
電話〇四五―七一七―五三五六　FAX〇四五―七一七―五三五七
郵便振替〇〇一八〇―四―六五四一〇〇
URL : http://www.suiseisha.net

印刷・製本――ディグ

ISBN978-4-8010-0340-8